THOMAS HERZSPRUNG

TEAM SYLT MÖRDERSUCHER

DAS SCHWEIGEN
DER NORDSEE

Nordseekrimi / Küstenkrimi

Emo Media Verlag GmbH, Kuppenheim
www.emo-media.de

ISBN eBook 978-3-96032-072-2
ISBN Print 978-3-96032-071-5
Cover erstellt unter Verwendung von:
© stock.adobe.com/ Olga
© stock.adobe.com/ Benno Hoff
© stock.adobe.com/ Janis Smits
© iStock.com/ CreativeNature_nl

Für Renate

Die See schweigt.
Aber sie vergisst nichts.

Kapitel 1

An Tagen wie diesen fragte Cherry sich, weshalb sie den Job überhaupt machte. Draußen wehte eine leichte, aber stetige Brise, die Sonne brannte vom Himmel, und Kevin hatte den Anfängerkurs hinter sich gebracht, was ihm erlaubte, an der Surfschule abzuhängen, bis am späten Nachmittag die Fortgeschrittenen kamen. Perfekte Bedingungen, um mit dem hübschesten Surflehrer der Insel erst eine Runde über die Wellen der Nordsee zu reiten und anschließend ein bisschen rumzumachen. Doch was war Cherry stattdessen gezwungen zu tun? Sie stand im Halbdunkel der sanft illuminierten Aquarien vor einer Gruppe Touristen, fror, denn hier unten waren es nie mehr als zwanzig Grad, und tat ihr Bestes, die klägliche Aufmerksamkeitsspanne der acht Erwachsenen und fünf Kinder nicht abreißen zu lassen.

Anfangs hatten die Besucher ihre Handys noch dazu verwendet, Fotos von den verschiedenen Unterwasserwelten des *OceanView* zu schießen, doch inzwischen schielten nicht wenige immer mal wieder auf ihre Bildschirme, um ihre eingegangenen Textnachrichten zu checken, einen Post abzusetzen oder zu schauen, in welches Restaurant der Insel sie später gehen würden.

»Kinder, kommt mal alle zu mir rüber«, rief Cherry mit ihrer besten Gott-das-ist-jetzt-furchtbar-interessant-Stimme, worauf tatsächlich drei der fünf Gören zu ihr an das Wasserbecken traten. »Sagt mal, heißt zufällig einer von euch Peter?«

Kopfschütteln.

»Okay, schade.« Verdammt, der Teil der Führung funktionierte besser, wenn es in der Gruppe einen Peter gab. Heute würde es so gehen müssen. »Denn vor uns sehen wir das Große Petermännchen.«

Ratlose Kindergesichter, auf denen sich blaues Licht spiegelte.

»Na, Peter und Petermännchen. Versteht ihr?«, versuchte Cherry, den Faden wieder aufzunehmen.

»Da ist nichts drin«, empörte sich ein Mädchen von vielleicht sechs Jahren, das im weiß-rosa Prinzessinnenkostüm ins *OceanView* gekommen war. Mit einem Stab, auf dessen Spitze ein glitzernder Stern steckte, klopfte sie gegen das Glas des Aquariums.

Cherry, die eigentlich Charlotte hieß, wegen ihrer knallrot gefärbten Haare aber von allen Cherry gerufen wurde und inzwischen sogar von sich selbst als Cherry dachte, unterdrückte ein Seufzen. Sanft, jedoch bestimmt griff sie nach dem Zauberstab, hielt ihn fest und lächelte die kleine Nervensäge an. »Schau doch mal ganz genau.« An alle gerichtet fuhr sie fort: »Wer entdeckt das Petermännchen zuerst?«

»Ist mir egal. Das ist echt öde, ich will den Hai sehen und dann was essen. Aber bloß keinen scheiß Fisch!«, nörgelte ein Junge mit Seitenscheitel und ziemlich ausladendem Bauch, der Cherry schon die ganze Zeit gehörig auf die Nerven ging.

»Schatz, es dauert bestimmt nicht mehr lange, dann gehen wir auf direktem Weg zu McDonald's, was hältst du davon?«, fragte seine Mutter, die so dürr aussah, als bliebe für sie vom gemeinsamen Essen meist nichts übrig, wenn ihr Sohn sich darüber hermachte.

Schatz quittierte das Angebot mit einem Schmollmund, aber wenigstens hielt das Kind die Klappe.

Nachdem auch sonst niemand mehr etwas sagte oder sich die Mühe machte, nach einem Fisch im Becken Ausschau zu halten, deutete Cherry auf das Petermännchen, einen unscheinbaren Fisch, der fast vollständig im Sand auf dem Beckenboden eingegraben lag. Nur seine Augen und der Mund ragten aus dem feinen Kies heraus. »Da ist der Bursche«, flötete sie und strich dabei ihr Top glatt. Zufrieden stellte sie fest, dass die Diät der letzten Wochen tatsächlich Wirkung zeigte, obwohl sie sich beim Essen kaum einschränkte. Die Pillen halfen offenbar wirklich. »Das Petermännchen gräbt sich gern ein und wartet, bis jemand an ihm vorbeikommt, um zuzuschlagen«, machte Cherry mit ihrem Vortrag weiter. »Ein bisschen wie meine Freundin Nadine, wenn sie am Strand liegt und ein reicher Junggeselle an ihr vorübereilt.« Einige der Erwachsenen lachten pflichtschuldig, der Rest der Gruppe starrte in das scheinbar leere Aquarium, worauf Cherry sich beeilte, mit der Führung fortzufahren. Sie brauchte dringend frische Luft und eine Zigarette. »Aber im Ernst, Leute, es handelt sich um ein kleines, aber ganz schön gemeines Ding ... Ich meine den Fisch, nicht meine Freundin Nadine! Jedenfalls hat der Kerl Giftdrüsen auf dem Rücken. Das Petermännchen zählt zu den gefährlichsten europäischen Gifttieren und kommt auch in der Nordsee vor. Also aufgepasst und Finger weg, schon kleinste Mengen des Giftes können höllische Schmerzen verursachen. Mit diesem Peter ist absolut nicht zu spaßen.«

Da das Petermännchen keine Anstalten machte, aus seinem sandigen Versteck zu kommen und sich den Besuchern zu präsentieren, beschloss Cherry, die Abteilung Nordsee vorzeitig zu verlassen und zu den Tropen zu wechseln, damit der kleine Scheißer mit dem dicken Bauch endlich zu seinem Hai und anschließend zu McDonald's kam, das es bis in die Innenstadt von Westerland geschafft hatte.

Cherry führte ihre Gruppe weiter durch die Gänge des Aquariums und warf einen verstohlenen Blick auf ihre Armbanduhr.

Mist, schon nach drei.

Als sie sich mit ihrer Freundin Lisa hier im *OceanView* verabredet hatte, war sie noch davon ausgegangen, für die

Reinigung der Haupttanks eingeteilt zu werden, doch Eddie – der Wikipedia-Artikel zum Thema *Nichtsnutz* musste auf ihn zurückgehen – hatte sich krankgemeldet, was ihre Chefin auf die glorreiche Idee gebracht hatte, sie kurzfristig für die Führung einzuteilen.

Schönen Dank auch, Eddie.

Cherry lief weiter, die Besucher trotteten hinterher. Über ihnen spannte sich eine massive Decke aus Glas, hinter der in mehr als zweihunderttausend Litern Salzwasser Rochen, Seesterne und Kraken schwammen.

Die Touristen blieben stehen und staunten, und selbst der vorlaute kleine Fleischklops legte den Kopf in den Nacken, vergaß seinen Hunger und den Hai.

Cherry arbeitete jetzt schon beinahe drei Jahre im *OceanView*, trotzdem übte die Unterwasserwelt mit ihrer Weite immer noch eine Faszination auf sie aus.

Heute stand ihr allerdings nicht der Sinn danach, sich vom Reich der Meeresbewohner in den Bann ziehen zu lassen. Stattdessen zermarterte sie sich das Hirn darüber, was so wichtig war, dass Lisa darauf bestanden hatte, sich noch während Cherrys Schicht mit ihr zu treffen, anstatt bis zum Feierabend zu warten und ihr am Strand bei einem Bier von was auch immer zu berichten.

Ob es mit ihrem neuen Freund zusammenhing, dem großen Unbekannten? Oder hatte sie doch wieder was mit Tim angefangen? Das war zwar ziemlich unwahrscheinlich, aber bei Lisa konnte man sich nie so richtig sicher sein.

Cherry hätte Lisa gerne eine WhatsApp-Nachricht geschickt und ihr geschrieben, dass sie sich verspäten würde, doch für Mitarbeiter stellte das Benutzen des Handys während der Arbeitszeit einen Kündigungsgrund dar, weswegen Cherry ihr Telefon immer im Spind ließ, sie brauchte den Job.

Deshalb trieb sie die Besuchergruppe charmant, aber konsequent zur Eile an, durchquerte den Panoramatunnel, bis sie schließlich den tropischen Bereich erreichte, in dem die Führungen endeten. Die Augen der Besucher weiteten sich, als sie die leuchtenden Farben und seltsamen Formen der Fische sahen, die in den Korallenriffen hin und her glitten.

»Hier befinden wir uns im Herzstück des *OceanView*«, referierte Cherry und deutete auf die Korallenwelt in dem gewaltigen Becken hinter sich. Wie auf ein Stichwort hin tauchte Kai auf, wie sie den an die zwei Meter langen Schwarzspitzen-Riffhai getauft hatten. Mit der gelassenen Eleganz eines Fisches, der kaum natürliche Fressfeinde zu fürchten brauchte (na, dafür musste er aufpassen, dass er nicht als Sportfischer-Trophäe endete), glitt er um einen Felsvorsprung herum und schwamm auf die Besucher zu.

»Bitte sehr, mein kleiner Freund«, sprach Cherry den vorlauten Jungen an, »da kommt der Hai, auf den du dich die ganze Zeit gefreut hast.«

Mit weit aufgerissenen Augen und offenem Mund betrachtete der Kleine das Aquarium, doch es stand keine Faszination in seinem Blick, sondern Entsetzen.

Da hat aber einer die Hosen gestrichen voll, dachte Cherry, bis ihr auffiel, dass der Junge gar nicht dem Hai nachsah.

Irritiert drehte sie sich zum Becken um und erstarrte.

»Was …« Mehr brachte sie nicht heraus.

Hinter dem Hai trieb etwas ähnlich Großes im Wasser.

Ein Frauenkörper, bekleidet mit einem gepunkteten Sommerkleid und Riemchensandalen. Im Licht der Unterwasserscheinwerfer wirkte das Gesicht der Frau weiß und wächsern, die Lippen beinahe schwarz. Aus einer Wunde am Kopf strömte Blut.

Cherry schlug sich beide Hände auf den Mund, was ihren Schrei daran hinderte, ihre Kehle zu verlassen.

Cherry kannte die tote Frau.

Es war Lisa, die leblos im Wasser trieb.

Kapitel 2

Halb sitzend, halb liegend kauerte Anke unter dem Unimog, fluchte und kämpfte gleichzeitig mit einer besonders störrischen Schraube.

»Jetzt komm schon«, rief sie und zog, bis ihr der Unterarm schmerzte, doch das verdammte Ding rührte sich nicht.

Dübel, ihr schwarzer Riesenschnauzer, kam angetrabt und schaute vorsichtig unter den kleinen LKW, der ehemals im Besitz der Feuer- und Rettungswache Othmarschen gewesen war, bis Jens das in die Jahre gekommene Teil erworben und beschlossen hatte, es zu einem Wohnmobil auszubauen.

Als Anke erneut an der Schraube rüttelte, ohne Dübel besondere Beachtung zu schenken, entfuhr dem Hund ein forderndes, fast empörtes Bellen.

Hör auf, an der alten Karre herumzuwerkeln, lass uns lieber an den Strand gehen, Möwen jagen!

»Nicht jetzt«, stieß Anke zwischen zusammengebissenen Zähnen hervor, worauf Dübel empört abzog.

Keuchend und fluchend rüttelte Anke weiter an der Schraube, aber noch immer tat sich nichts. Vielleicht sollte sie sich doch in einem der Fitnessstudios der Insel anmelden und sich einen Bizeps wie der gute alte Arnie Schwarzenegger antrainieren, dachte sie. Der hatte zwar einige Jährchen mehr als sie auf dem Buckel, pumpte aber immer noch fleißig. Andererseits, sie kannte sich, und vor allem kannte sie den kleinen Haken, der stets dann kam, wenn man sich in einer solchen Folterkammer angemeldet hatte: das Leben. Spätestens im Herbst, sobald es draußen wieder kalt und dunkel war, würde sich ihre Motivation, sich an Hanteln oder auf Laufbändern abzuquälen, geradewegs in Luft auflösen. Außerdem gehörte sie in diesem Punkt zu den gebrannten Kindern. Mit Grauen erinnerte sie sich daran, wie Bea, Martina Navratilovas heimliche Zwillingsschwester und Ankes damalige Arbeitskollegin, zuständig für das Ressort Sanitär (interne Bezeichnung: Güllegrube), sie überredet hatte, sich im *SmarterFit* und an dessen neuestem Kurs anzumelden: Power-Bikram, was nichts anderes gewesen war als Yoga in der Sauna. Also die reinste Hölle. Anke hatte versucht, den schweißtreibenden Instruktionen der resoluten Trainerin Folge zu leisten, doch bei deren Aufforderung *Auf den Rücken, Brust raus, Arme eng an den Körper, Beine leicht gespreizt nach oben* hatte Anke sich wie eine gefüllte Weihnachtsgans gefühlt. Da war der Ofen aus gewesen, und sie hatte den Vertrag sofort wieder gekündigt.

Dann lieber ein paar Pfunde zu viel auf den Rippen! Die hatten Jens ohnehin niemals gestört, und es war ja auch nicht so, als lungerte sie unablässig auf der Couch herum.

Ganz im Gegenteil. Sie hatte sich vorgenommen, das alte Feuerwehrauto bis zum Jahresende fertig umgebaut zu haben, doch es schien, als wollte das Monster von Wagen ihr immer wieder neue Steine in den Weg legen. Was, bei Licht betrachtet, vielleicht auch nicht so übel war, denn dann hatte sie etwas zu tun. Etwas, das sie davon abhielt, in eine Art Schockstarre zu geraten.

»Du Miststück«, murmelte sie vor sich hin und setzte den Schraubenschlüssel erneut an. »Das wirst du nicht gewinnen.« Das Werkzeug rutschte ab, und Anke stieß einen leisen Fluch aus.

Sie wischte sich den Schweiß von der Stirn und atmete tief durch, um nicht die Geduld zu verlieren.

Dübel, der sich ein Stück weiter auf den Kies in die Sonne gelegt hatte, hob den Kopf.

»Ja, ich weiß, was du denkst: *Da will Frauchen mal was*

schaffen und hat dann plötzlich keine Lust mehr. Stimmt's?«, sagte Anke, bevor sie sich wieder unter den Wagen schob. »Also weiter, einer muss es ja machen.« Sie sah ihre ölverschmierten Hände an und begann, *Meat Loafs* Rocknummer *Loving You's a Dirty Job (But Somebody's Gotta Do It)* zu singen.

Der Himmel über ihr verdunkelte sich, als Wolken aufzogen, aber sie ignorierte es. Sollte es ruhig regnen, hier unter dem Unimog war sie in ihrer eigenen Welt, weg von allem anderen. Sie und Jens hatten den Wagen gekauft, um ihn gemeinsam auszubauen, doch nach seinem plötzlichen Tod im letzten Jahr war das Projekt an ihr hängengeblieben. So hatte sie sich das Leben auf Sylt nicht vorgestellt, aber es war, wie es war.

Sie setzte den Schraubenschlüssel erneut an und gab nicht nach, bis sich die Schraube endlich lockerte. »Ha, geschafft!« Sie zog sich unter dem Unimog hervor und nickte.

Immerhin ein kleiner Sieg.

Es war gut, wenn wenigstens der Unimog mitspielte.

Zufrieden lehnte sie sich gegen das Gefährt und streckte sich. Der Unimog war zu einem Symbol für alles geworden, was sie und Jens geplant hatten, und auch wenn sie jetzt allein daran arbeitete, fühlte sie sich Jens dadurch wenigstens ein kleines bisschen nahe. Das zumindest versuchte sie sich einzureden. Vielleicht dachte sie, wenn sie an dem Wagen schraubte, aber auch einfach nur weniger an die Vergangenheit. Nicht an das Gefühl des Verlusts und der Leere, das sie manchmal in dunklen Momenten übermannte. Hier draußen mit Dübel an ihrer Seite und Werkzeug in der Hand konnte sie den Schmerz in Schach halten.

Das Geräusch von quietschenden Bremsen riss sie aus ihren Gedanken. Sie blinzelte und sah, wie eine schlanke Gestalt auf einem Rennrad die Einfahrt hinauffuhr.

Unwillkürlich zogen sich Ankes Mundwinkel nach unten. Gisela Martensen.

Die hatte ihr gerade noch gefehlt.

Zusammen mit ihrem Mann und den zwei erwachsenen Kindern, die nur selten zu Besuch auf die Insel kamen, stellte Gisela ihre einzige direkte Nachbarin dar, bevor zwei Kilometer entfernt die ersten anderen Häuser auftauchten. Heute Morgen trug Gisela ein pinkfarbenes Ganzkörpertrikot, dazu einen Fahrradhelm und eine gewaltige Sonnenbrille, die ihr halbes – durch Botox etwas zu straff geratenes – Gesicht verdeckte, wodurch sie stets ein wenig dümmlich-erstaunt in die Welt schaute. Anke hatte längst aufgehört zu zählen, wie viele Sportarten Gisela schon ausprobiert hatte – jede teurer und elitärer als die letzte. Ob es nun Yoga in Indien, Mountainbiken in den Alpen oder eben Rennradfahren (am liebsten natürlich auf Mallorca) war, Gisela tat alles, was der Schönheit und ihren eigenen Interessen diente. Und das stets mit heiligem Ernst.

»Anke, meine Liebe, ich grüße dich«, flötete Gisela übertrieben freundlich, als sie vor dem Gartentor zum Stehen kam. Ihre Stimme hatte diesen typischen Ton, der immer ein wenig zu süß klang, um echt zu sein. »Schön, dich fleißig zu sehen. Aber sag mal, wie lange willst du dir eigentlich noch die Fingernägel an dem Ungetüm ruinieren?«

Stirnrunzelnd schaute Anke auf ihre von der Arbeit schmutzigen Hände und zuckte mit den Achseln.

Daran ließ sich weiß Gott nichts mehr ruinieren.

Sie wischte sich die Hände an der Hose ihres Blaumanns ab und zwang ihre Mundwinkel in eine Position, die, so hoffte sie, mit gutem Willen als Lächeln durchging. »Wenn du wegen des Hauses gekommen bist, dann war dein Weg umsonst.«

Wegen des Hauses. Anke musste schmunzeln. Auch wenn sie nun schon seit einiger Zeit nicht mehr als Chefredakteurin für *Echt hammer, Mann! – Das Do-it-yourself Magazin* arbeitete, den korrekten Gebrauch des Genitivs hatte sie noch drauf. »Das haben wir doch geklärt. Es bleibt dabei, das Haus steht nicht zum Verkauf.«

Gisela nahm die Brille ab, baute sich neben ihrem Rad auf und betrachtete das windschiefe alte Bauernhaus, dessen Reetdach Anke vor dem Einzug des Winters unbedingt erneuern musste. Dann verzog Gisela den Mund zu einem gezwungenen Lächeln.

Anke hatte einen wunden Punkt getroffen.

Gisela und ihr Mann, einer dieser typischen Rechtsanwälte (*Ich an Ihrer Seite. Setzen Sie auf Erfahrung, vertrauen Sie Dr. Helmut Martensen*), hatten lange alles daran gesetzt, Anke das Grundstück abzukaufen, doch da sie nicht von ihrer unmissverständlichen Weigerungshaltung abgerückt war, hatte sich das ohnehin schlechte Nachbarschaftsverhältnis auf ein arktisches Niveau abgekühlt.

»Dieses *Haus*? Du ziehst nicht ernsthaft in Betracht, wir hätten weiterhin Interesse daran? Das von Helmut in Auftrag gegebene Gutachten kann man getrost in einem Satz zusammenfassen: Geschenkt ist noch zu teuer. Auf uns kannst du nicht zählen, solltest du dich von deinen Relikten trennen wollen.« Sie sah erst zum Unimog, dann zum Haus und schwang sich schließlich wieder auf ihr Rennrad, fuhr aber noch nicht los, sondern taxierte Anke weiter.

»Ach, hast du es eigentlich schon gehört?«, begann sie, und ihre Stimme nahm einen verschwörerischen Ton an.

Anke spürte Ärger in sich aufziehen, denn sie reagierte ausgesprochen allergisch auf Dorfklatsch, und auch wenn Sylt im Sommer mehrere Hunderttausend Gäste zählte – mit ihren rund neunzehntausend Einwohnern war die Nordseeinsel letztendlich nichts anderes als ein großes Dorf.

Gisela wertete Ankes Schweigen offensichtlich als Punktgewinn für sich und wirkte ausgesprochen zufrieden, die Erste zu sein, die Anke mit den neuesten Gerüchten versorgte. »Oh, meine Liebe, dann weißt du es also noch nicht? Das ist ja furchtbar!«

Anke spürte, wie sich ihr die Nackenhaare aufstellten.

Gegen ihren Willen fragte sie: »Was weiß ich nicht?«

Gisela seufzte theatralisch, ganz so, als müsste sie sich überwinden, die Worte auszusprechen. »Es geht um deinen Stiefsohn, wobei, du und Jens, ihr wart ja nie verheiratet, wenn ich richtig informiert bin. Wollte er eigentlich nicht? Ach, ist ja nicht so wichtig. Es geht um Tim.« Mitsamt ihrem Rennrad beugte Gisela sich so weit in Richtung des morschen Zauns, dass Anke schon befürchtete, ihre Nachbarin würde jeden Moment hindurchbrechen und im Himbeerstrauch landen, der zwar kaum Früchte, dafür aber umso mehr Stacheln trug.

»Die Polizei hat ihn mitgenommen«, sagte Gisela.

Ankes Herz setzte einen Schlag aus, was Dübel nicht verborgen blieb. Er stand auf und stellte sich neben Anke, wobei sein Fell ihr Bein berührte. »Tim wurde verhaftet? So ein Unsinn.« Sie versuchte, bestimmt zu klingen, hörte aber die Unsicherheit in ihren Worten.

Gisela blühte regelrecht auf. »Du wusstest es tatsächlich nicht? Dann hast du sicher auch noch nichts von der Leiche im Aquarium gehört, die sie gestern gefunden haben. Eine grauenvolle Sache.« Wie aus Angst, jemand könnte sie belauschen, senkte Gisela die Stimme und genoss sichtlich Ankes ungläubigen Gesichtsausdruck. »Es ist wohl noch nicht offiziell, aber Tim wird verdächtigt, etwas mit der Sache zu tun zu haben. Dein Stiefsohn, wenn du ihn so bezeichnen willst, steht unter Mordverdacht.«

Kapitel 3

Mit einem für den alten Foodtruck halsbrecherischen Tempo bog Jannik in den Kirchenweg ein, worauf das Schlachtschiff protestierend knackte und knirschte.

Dabei kreisten Janniks Gedanken in einer Endlosschleife um den Kredit bei der Bank (mit dem war er zwei Monatsraten im Rückstand), die Frage, wo er heute Nacht unterkommen konnte (der Halsabschneider von Vermieter hatte ihm am Morgen seine Sachen vor die Tür gestellt) und seinen Kumpel Tim (wie zum Teufel hatte er sich so in Schwierigkeiten bringen können?).

Jannik gab noch einmal Gas, bis das alte Backsteingebäude in Sichtweite kam, das ein wenig an eine norddeutsche Kirche ohne Turm erinnerte und in dem die Polizei untergebracht war. Er nahm die Einfahrt zum Besucherparkplatz dermaßen eng, dass sich der Foodtruck gefährlich zur Seite neigte. Von hinten hörte er ein metallisches Scheppern, dann das Klirren von Glas.

Einer der Schränke hatte sich wegen seiner rasanten Fahrweise geöffnet und den Inhalt auf den Boden gespuckt. Der alte Ford war eben nicht sein Skateboard, mit dem er die engsten Kurven nehmen konnte.

Jannik versuchte, einen Blick auf den Schaden zu erhaschen, und stieg hart auf die Bremse, als er wieder nach vorn sah.

Was zum Geier war das?

Auf den letzten drei freien Besucherparkplätzen stand, die Scheinwerfer hell erleuchtet, ein Ungetüm von einem Fahrzeug. Ein Feuerwehrauto – nach Janniks Dafürhalten älter als er selbst, also musste es schon länger als sechsundzwanzig Jahre durch die Welt gurken – war dort derart unbeholfen abgestellt, dass für ihn und seinen Foodtruck nicht der Hauch eines Platzes blieb.

Jannik fluchte. Er konnte es sich nicht leisten, stundenlang nach einem anderen freien Parkplatz zu suchen. Die Zeit hatte er nicht, also fuhr er dicht an die Schrottschüssel heran und ließ die Lichthupe aufblitzen.

»Fahr ein Stück zur Seite, da ist genug Platz für uns beide«, rief er durch die geschlossene Scheibe.

Die Fahrerin, so um die vierzig, schätzte Jannik, trug einen Blaumann. Ihre stachelige Kurzhaarfrisur wirkte so angriffslustig wie sie selbst, und Jannik traute seinen Augen nicht, als sie ihm den Mittelfinger zeigte.

Vor einem Polizeirevier.

Er schickte ein Stoßgebet zum Himmel – *Herr, lass Fahrkunst regnen, und wenn schon nicht das, dann sorge wenigstens dafür, dass die alte Schachtel zur Polizei gefahren ist, um ihren Führerschein abzugeben* –, obwohl er sich sicher war, dass es keinen Gott gab, der ihn erhörte. Anders würde sein Leben nämlich nicht so beschissen laufen, seit er aus Dortmund abgehauen war, um sich auf Sylt selbstständig zu machen.

Er schluckte seinen Ärger herunter, und als er den Motor abstellte und aus dem Fahrerhaus kletterte, stieß er ein Seufzen aus, das ihn verdächtig an seinen Großvater erinnerte. Seit Jannik seine Zelte auf der Insel aufgeschlagen hatte, fühlte er sich immer öfter wie ein alter Mann, nicht wie ein agiler Koch und Skater, der in der vermeintlichen Blüte seines Lebens demselben eine neue Richtung verpassen wollte. Vielleicht wäre er doch besser in Dortmund geblieben, aber das war keine Option gewesen. Schließlich hatte nicht viel gefehlt, und sie hätten ihn …

»Da können Sie nicht stehenbleiben, so komm ich nicht mehr raus«, schnauzte die Frau im Blaumann Jannik an und sprang erstaunlich behände für ihr Alter aus dem schrottreifen Feuerwehrauto. »Wenn ich wiederkomme, sind Sie verschwunden.«

Ohne ihn eines weiteren Blickes zu würdigen, ging sie auf das Polizeirevier zu, ein ursprünglich als Amtsgericht errichtetes Backsteingebäude, wie Jannik aus einer Broschüre des Tourismusverbands wusste, die für Gäste in seinem Foodtruck auslag.

Aus purem Unverständnis fuhr Jannik sich mit beiden Händen durch seine blonden Haare, ein Überbleibsel seiner norwegischen Vorfahren mütterlicherseits, und schloss mit drei Schritten zu der renitenten Emanze auf. Zwar gehörte er nicht zur Generation der Boomer, die hinter jeder selbstbewussten Frau gleich eine Frauenrechtlerin alter Schule vermutete, doch diese hier schien die Vorlage für das Klischee geliefert zu haben.

»Es tut mir leid, wenn Sie heute einen miesen Tag haben«, fing er an, während er ihr zum Eingang des Polizeireviers folgte. »Aber ich denke, meiner toppt Ihren um Längen. Also tun Sie mir den Gefallen und parken Sie Ihre Monsterkarre so, dass ich auch einen Parkplatz kriege.«

»Wer zuerst kommt, parkt zuerst«, entgegnete die Frau und musterte Jannik in seiner Kochuniform, die aus dunklen Jeans und einem lässigen, Muskel betonenden T-Shirt im Matrosen-Look und dem Schriftzug *Janniks Fischbraterei* bestand. »Wie wäre es, wenn du dich mit deinem Gefährt wieder verziehst und Matjesbrötchen an die Touristen verscherbelst?«

»Bei mir gibt es viel mehr als Matjesbrötchen«, brauste er auf. Manchmal hatte er die Schnauze gestrichen voll von ignoranten Mitmenschen, die einen Foodtruck stets auf Pommes, Backfisch und – wie im Fall der Emanze – auf Matjesbrötchen reduzierten. Seit einem halben Jahr schuf er die interessantesten Crossfood-Arrangements, und trotzdem bekam er auf Sylt keinen Fuß in die Tür.

Himmel, er hatte gedacht, hier gäbe es einen Markt für seine Kreationen, die irgendwo zwischen Austern und Fish and Chips rangierten, doch bislang ließ die Kundschaft auf sich warten.

»Mehr als Matjes? Kann ich mir denken. Salmonellen, Listerien, Colibakterien … « Sie schnaubte verächtlich, ohne ihre Schritte zu verlangsamen.

Zorn flammte in Jannik auf. Was bildete die Frau sich ein? Er passte sich ihrer Geschwindigkeit an und legte schließlich eine Schippe drauf.

Okay, wer zuerst kommt, parkt vielleicht zuerst. Aber wer als Erster bei der Staatsmacht aufschlägt, wird auch als Erster abgefertigt, dachte Jannik. Er hatte wirklich keine Lust, sich den ganzen Vormittag bei den *Bullen* – äh, das sollte er besser nicht einmal denken, wenn er gerade auf dem Weg zu ihnen war –, bei der *Polizei* um die Ohren zu schlagen.

Der Blick der renitenten Frau zeigte ihm, dass sie sein Vorhaben, das Revier vor ihr zu betreten, durchschaut hatte. Sie würde nicht nachgeben, das war klar, nicht einen Zentimeter.

Als die Eingangstür des Polizeipräsidiums nur noch wenige Schritte entfernt war, bereitete sich Jannik gedanklich auf einen Sprint vor, doch aus den Augenwinkeln stellte er fest, dass die Emanze es ihm gleichtat. Noch immer liefen sie fast im Gleichschritt, und Jannik konnte schwören, dass sie sich leicht nach vorne beugte – bereit, einen Endspurt hinzulegen. Doch da hatte sie die Rechnung ohne ihn gemacht. Er lief los, und sofort hatte er sie hinter sich gelassen. Zwei Stufen auf einmal nehmend, hastete er die Steintreppe hinauf, riss die schwere Eichentür auf und kam als Erster vor dem Empfangstresen an.

»Ich muss …«, begann er, doch die Polizistin auf der anderen Seite, eine hagere Frau, die annähernd einsachtzig groß sein musste, denn Jannik blickte ihr direkt in die wässrig blauen Augen, hob gebieterisch ihren dünnen Zeigefinger, was Jannik sofort verstummen ließ.

»Moin erst einmal«, sagte die Streifenbeamtin, deren Namensschild sie als Polizeimeisterin Krepe auswies. Dann wandte sie sich an die Emanze. »Wollen Sie mich eigentlich provozieren, Frau Fischer?«

»Was?«, keuchte diese.

Mit ein wenig Genugtuung bemerkte Jannik, dass die Unimog-Fahrerin – Frau Fischer, na, das passte ja nach Sylt – kaum ein Wort herausbrachte. Sie stand, die Hände auf den dreckigen Knien ihres Blaumanns gestützt und nach Luft ringend, vor dem Tresen und schaute die Polizeimeisterin verständnislos an.

»Ich fragte, ob Sie mich provozieren wollen. Denn anders kann ich mir Ihr Auftreten nicht erklären«, sagte die Polizistin, während sie sich bückte und aus einem für Jannik nicht einsehbaren Teil des Tresens ein Formular hervorholte. »Aber dieses Mal werde ich kein Auge zudrücken. Heute werden Sie um ein Verwarngeld nicht herumkommen.«

»Aber … ich … es ist ein Notfall«, stammelte Frau Fischer.

»Punkt eins: Verstoß gegen Paragraf 49a der StVO«, las die Polizeimeisterin vor, was sie in das Formular eintrug. »Nicht zulässige lichttechnische Einrichtung. Punkt zwei: Verstoß gegen Paragraf 52 Absatz 3a der StVO. Nur Kraftfahrzeuge der Polizei, der Feuerwehr, des Katastrophenschutzes, des Zolldienstes, der Pannenhilfsdienste mit Berechtigung nach Paragraf 35 Abs. 6 der StVZO sowie von sonstigen Behörden oder Organisationen mit Sicherheitsaufgaben dürfen mit blauen Kennleuchten ausgerüstet sein. Punkt drei …«

»Ach, kommen Sie«, unterbrach die Frau im Blaumann die Beamtin. »Ich habe es noch nicht geschafft, die alten Blaulichter auf dem Dach zu demontieren.« Inzwischen hatte sie sich so weit erholt, dass sie wieder ganze Sätze formulieren konnte. »Ich wäre auch nicht mit Grisu … ich meine, ich wäre auch nicht mit dem alten Feuerwehrauto gekommen, wenn es nicht wirklich wichtig wäre.«

»Punkt drei: Amtsanmaßung«, leierte die Polizistin weiter ihre Vorwürfe herunter. »Wer widerrechtlich mit Blaulicht fährt, begeht eine Straftat nach Paragraf 132 des

StGB.«

»Was unterstellen Sie mir da? Also gut, schön, ich habe noch immer die alten Blaulichter auf dem Dach, zugegeben. Aber ich habe sie nicht eingeschaltet!« Die Frau im Blaumann klopfte Jannik auf die Schulter. »Er kann das bezeugen.«

Jannik schwirrte der Kopf. »Was?«

»Sie haben mich doch auf dem Parkplatz gesehen. Hatte ich das Blaulicht eingeschaltet?«, fragte sie.

»Äh, nein.«

»Also, keine Amtsanmaßung!«, beschloss die Frau im Blaumann. »Und jetzt zu meinem eigentlichen Anliegen, weshalb ich hier bin, es geht um …«

»Entschuldigung, aber ich war zuerst da«, fiel Jannik ihr ins Wort. »Ich muss zu …«

Gleichzeitig wie im Chor sagten Jannik und die Frau im Blaumann: »… Tim Behlen.«

Kapitel 4

Bislang hatte Anke sich für einigermaßen nervenstark gehalten, doch als Oberkommissar Max Ziegler sie und den Jungen von der Fischbude, diesen Jannik, nach hinten zu den Verhörräumen führte, wurden ihr doch die Knie weich.

»Fünf Minuten!«, sagte Max Ziegler und beugte sich näher an Anke heran. »Und kein Wort zu irgendjemandem. Wenn herauskommt, dass ich euch zu einem Verdächtigen gelassen habe, liegen meine Tage als Oberkommissar hinter mir, und sie stellen mich dazu ab, Jagd auf die Möwen zu machen, die den Touristen das Eis klauen. «

»Danke, Max, du hast was gut bei mir«, sagte Anke. Sie kannte die Mutter des jungen Oberkommissars, und nur deshalb hatte er beide Augen zugedrückt und sich bereiterklärt, Anke und diesem Jannik ein paar Minuten mit Tim zu verschaffen.

Der Kommissar schloss die Tür zu einem Verhörraum auf und ließ Anke und Jannik hinein. »Fünf Minuten«, trichterte er ihnen noch einmal ein, dann schloss sich die Tür hinter ihrem Rücken, und Anke erhaschte einen ersten Blick auf Tim.

Himmel, der Junge sah schrecklich aus. Zusammengesunken kauerte er auf einem einfachen Stuhl, die Hände mit Handschellen gefesselt, und schien ein Schatten seiner selbst zu sein. Seinem Körper fehlte jede Spannung, die Schultern hingen schlaff herab, sein Kopf war gesenkt. Unter seinen Augen hatten sich dunkle Ringe gebildet, man sah, dass er geweint hatte. Wie immer, wenn

Anke Tim anblickte, spürte sie einen Stich in ihrem Brustkorb. Er sah seinem Vater wirklich ähnlich. Die dunklen, struppigen Haare, die jeder Bürste trotzten, die unergründlichen, beinahe schwarzen Augen, der Dreitagebart. Bei Tim handelte es sich um eine jüngere Ausgabe des Mannes, mit dem Anke hatte alt werden wollen.

Bei ihrem Eintreten schaute Tim erstaunt auf.

»Jannik?«, sagte er zu dem Fischverkäufer, als sei der Typ allein gekommen, was Anke schwer schlucken ließ, schließlich war sie es gewesen, die es geschafft hatte, den halsstarrigen Inselpolizisten zu erweichen.

Trotzdem hätte sie Tim am liebsten in den Arm genommen, doch das traute sie sich nicht. Sie und er hielten meist Abstand voneinander, daran hatte auch Jens' Tod nichts geändert. Dabei war es nicht so, dass Anke Tim nicht mochte, im Gegenteil. Tim hatte etwas, das sie beeindruckte: Er war clever, ehrgeizig und hatte es als Community Manager von Online-Spielen weit gebracht, auch wenn Anke zugeben musste, dass sie oft nicht verstand, was genau ein Community Manager eigentlich so tat.

Umgekehrt war Tim mit Anke jedoch niemals richtig warm geworden. Als sie mit Jens, Tims Vater, zusammengekommen war, hatte Tim das wie einen Schlag ins Gesicht empfunden. Für ihn war Anke der Grund, weswegen seine Eltern sich getrennt hatten – ein Vorwurf, den er ihr einmal wütend entgegengeschleudert hatte, auch wenn es nicht stimmte. Als Anke Jens zum ersten Mal über den Weg gelaufen war, hatte er Tims Mutter längst verlassen und war von Westerland nach Malchow an den Müritzsee gezogen. Sein erstes Treffen mit Anke war rein beruflicher Natur gewesen. Sie hatte Jens, der als Ingenieur für Schiffstechnik arbeitete, für eine Sonderausgabe von *Echt hammer, Mann!* interviewt.

Das war nun fünf Jahre her. Seitdem hatten sie und Tim Frieden geschlossen. Die Auseinandersetzungen waren mit der Zeit abgeflaut, und die Spannungen, die anfangs so präsent gewesen waren, hatten sich aufgelöst. Dennoch, von einem innigen Verhältnis konnte man auch heute immer noch nicht sprechen. Zu tief war so manche alte Wunde. Einige Erinnerungen hörten nicht auf wehzutun, egal, wie viel Zeit verging.

»Tim«, sagte Anke daher einfach nur. Unbeholfen legte sie ihm eine Hand auf die Schulter, bevor sie sich den freien Stuhl neben Jannik griff und, so wie der Junge von der Fischbude es getan hatte, Tim gegenüber Platz nahm.

»Alter, was ist hier los?«, fragte Jannik. »Ich hab mir verdammte Sorgen um dich gemacht. Die Bullen behaupten, dass du …«

»Ich war es nicht«, rief Tim, den Blick wieder auf die Tischplatte aus billigem Resopal geheftet. »Ich habe Lisa doch nicht umgebracht. Herrgott, wie können die nur so was glauben?«

»Natürlich warst du es nicht«, bestätigte Jannik. »Ist doch klar.«

Anke blickte sich kurz in dem kargen Raum um. An den unverputzten Backsteinwänden hingen keine Bilder, ein Gitter sicherte das Fenster zur rückwärtigen Seite des Polizeireviers.

Einfach trostlos.

»Wie kommen die überhaupt auf dich?«, fragte Jannik.

Anke fiel auf, dass der Fischverkäufer begann, seine Hände zu kneten.

»Keine Ahnung, wirklich nicht«, beteuerte Tim. »Wahrscheinlich liegt es daran, dass wir zusammen waren. Aber seit Lisa von der Insel abgehauen ist, habe ich sie nicht mehr gesehen. Wir hatten keinen Kontakt mehr.«

Anke runzelte die Stirn und stellte fest, wie wenig sie von Jens' Sohn wusste, obwohl sie inzwischen selbst auf Sylt lebte. Tim hatte eine Freundin gehabt, und sie hatte nichts davon mitbekommen.

Eine schöne Stiefmutter war sie, wilde Ehe hin oder her.

Vorsichtig sagte sie: »Max, also ich meine Oberkommissar Ziegler, hat durchblicken lassen, dass du zur gleichen Zeit im *OceanView* warst wie diese Lisa. Kann da was dran sein?«

Nun schaute Tim sie zum ersten Mal richtig an, und sie meinte etwas von der alten Feindseligkeit in seinem Blick zu entdecken. »Glaubst du mir etwa nicht?«

»Natürlich glaube ich dir«, beeilte sich Anke zu sagen. »Aber wenn wir dich hier rausholen wollen, müssen wir wissen, was sie dir vorwerfen. Also, warst du zusammen mit Lisa im *OceanView?*«

Tim nickte. »Ich bin ihr dort zufällig über den Weg gelaufen.« Er schaute wieder zu Jannik. »Du kannst dir bestimmt vorstellen, wie überrascht ich war, als ich sie dort getroffen habe. Drei Monate totale Funkstille, ich wusste ja nicht mal, wohin sie verschwunden ist, und auf einmal steht sie vor mir. Ich wollte nur mit ihr reden, das ist doch verständlich. Schließlich waren wir ein Paar, wir waren glücklich. Und dann haut sie einfach ab. Aber deswegen bringt man doch niemanden um!«

Obwohl erst drei, höchstens vier Minuten vergangen waren, ging die Tür auf, und ein Mann von Ende vierzig oder Anfang fünfzig kam herein. Mit den vielen Sommersprossen und den rotblonden, an einigen Stellen bereits deutlich lichter werdenden Haaren gehörte er zu den hellhäutigen Nordeuropäern, doch davon war in seiner Wut nun kaum mehr etwas zu erkennen. Rote Flecken zogen sich von seinen Wangen bis hinunter zum Hals. Wäre sein Kopf ein Atomkraftwerk, stünde er kurz vor der Kernschmelze. Inständig hoffte Anke, dass der Kommissar seinem Kollegen Max denselben nicht bereits abgerissen hatte, so ungehalten wirkte er.

»Raus hier!«, begann er ohne jegliche Begrüßung. »Verlassen Sie auf der Stelle den Verhörraum.«

Aus den Augenwinkeln bemerkte Anke, wie Jannik sich tiefer in den Stuhl drückte, ganz so, als könne er damit dem Zorn des Polizisten entgehen.

Der Polizeibeamte schwitzte. Unter den Achseln seines grauen T-Shirts hatten sich dunkle Flecken gebildet. Am Gürtel seiner dunkelblauen Stoffhose steckte in einem Holster seine Dienstwaffe – alles sehr einschüchternd. Doch Anke hatte nicht die Absicht, sich einfach so von ihm abspeisen und wie ein ungezogenes Schulmädchen in die Ecke stellen zu lassen.

Nach einem raschen Blick auf Tim spannte sie die Schultern an, sprang auf und streckte dem Polizisten ihre Hand entgegen.

»Guten Tag, mein Name ist Anke Fischer. Mit wem, bitteschön, habe ich das Vergnügen?«

Diese Reaktion brachte den Kommissar derart aus dem Konzept, dass er einschlug. »Hauptkommissar Martens, ich leite die Ermittlungen«, sagte er schon ein wenig zugänglicher.

Jetzt bloß keine Schwäche zeigen.

»Sehr erfreut. Sie haben meinen Sohn festgenommen. Ich möchte wissen, wieso. Was werfen Sie dem Jungen vor?« Anke fühlte mehr, als dass sie es sah, wie Tim überrascht zu ihr aufschaute, als sie ihn als ihren Sohn bezeichnete. Das hatte sie noch nie getan, und genau genommen stimmte es auch nicht, aber in diesem Augenblick stellte sie fest, nein, sie spürte es ganz deutlich, dass es auf eine gewisse Weise eben doch stimmte.

»Sie sind die Mutter von Tim Behlen?« Falten legten sich auf die Stirn des Hauptkommissars. Er schlug die in seiner Hand liegende Akte auf und warf einen Blick hinein.

Anke merkte, wie die Anspannung im Raum zunahm, während der Hauptkommissar darin herumblätterte. Dann endlich hob er den Kopf und sah Anke direkt ins Gesicht.

»Laut meinen Unterlagen lautet der Name des Vaters Jens Behlen und der der Mutter Nadja Behlen, geborene Loschky«, sagte er. »Sie, Frau Fischer, können demzufolge nicht Tims Mutter sein.« Er ließ die Worte im Raum hängen, als wollte er ihre Wirkung noch verstärken.

»Außerdem, und ich denke, dass ich da richtig informiert bin, leben Sie erst seit Kurzem hier bei uns auf Sylt. Tim hingegen ist …«, ein souveränes Blättern in der Akte, »… wenn man von den achtzehn Monaten absieht, in denen er bei seinem Vater und damit möglicherweise auch bei Ihnen an der Seenplatte lebte, durchgehend in Westerland wohnhaft gewesen. Also frage ich mich: Was wollen Sie hier, Frau Fischer? Tim ist dringend tatverdächtig. Sie können hier nicht einfach so reinspazieren, erst recht nicht, da Sie in keinerlei verwandtschaftlichem Verhältnis zu dem Jungen stehen.«

Anke wollte ihm widersprechen, aber er brachte sie mit einer Geste zum Schweigen. »Und jetzt verlassen Sie beide umgehend diesen Raum. Wenn Sie mit Tim über den Mordfall sprechen wollen, erfordert das gewisse Vorbereitungen. Ich schlage vor, Sie wenden sich an den Staatsanwalt, dann sehen wir weiter.«

Einen Moment lang herrschte Stille, nur das leise Summen der Deckenlampe war zu hören.

Anke fühlte, wie sich weiter Wut in ihr aufbaute. Sie stand kurz davor, zu explodieren, also nahm sie einen tiefen Atemzug und zählte innerlich bis drei. Dann trat sie noch dichter an diesen Wichtigtuer von einem Beamten heran, so dicht, dass sie seinen schlechten Atem riechen konnte, und griff seine Taktik auf: Sie sah ihm direkt in die Augen.

»Bei allem Respekt, Hauptkommissar Mertens, aber …«

»Martens!«

»Wegen mir auch das. Aber lassen wir die Nebensächlichkeiten beiseite und kommen wir zu den wirklich wichtigen Dingen. Der Mord an dieser jungen Frau, Lisa, ist schrecklich, ja. Aber was hat das mit Tim zu tun? Er und dringend tatverdächtig? Das ist absurd. Die beiden hatten vor einiger Zeit eine Beziehung, na und? Es war längst aus, Lisa ist von der Insel weggezogen«, fasste sie das eben Gehörte so zusammen, als wisse sie über jedes

Detail bestens Bescheid. »Kein Grund also, Tim deswegen festzuhalten. Da können Sie genauso gut die Bäckereiverkäuferin verhaften, bei der Lisa sich morgens Franzbrötchen und einen Kaffee oder sonst was gekauft hat. Tim ist ein guter Junge, und das sage ich nicht, weil ich quasi seine Stiefmutter bin. Er hat sich niemals etwas zu schulden kommen lassen, der Junge kann keiner Fliege etwas antun.«

Ein selbstgefälliges Lächeln huschte über Martens' Gesicht, während sein Blick auf Tim ruhte. »Keiner Fliege, was?«, murmelte er und blätterte erneut in der Akte, bevor er sich wieder Anke zuwandte. »Es tut mir leid, wenn Ihr Sprössling, den Sie ja ach so gut zu kennen glauben, Ihnen das ein oder andere vielleicht nicht ganz unwichtige Detail aus seinem Leben verschweigt. Wir haben hier einige Vorstrafen. Beleidigung, tätlicher Angriff, Körperverletzung. Ihr feiner Herr Stiefsohn ist zu neun Monaten auf Bewährung verurteilt worden.«

Anke klappte der Mund auf, dann, als sie es bemerkte, schloss sie ihn wieder und ließ sich zurück auf den Stuhl fallen.

Tim verurteilt. Wegen Körperverletzung. Und sie hatte keinen blassen Schimmer.

»Das ist nicht so, wie es sich anhört«, schaltete Jannik sich ein.

»Du hast davon gewusst?«, fragte sie ihn, wobei sie ins Du verfiel, schließlich konnte der Fischverkäufer nicht älter als Tim sein.

Er nickte und schaute nun genau wie Tim auf die Resopalplatte.

Anke blieb der Atem weg. Offensichtlich kannte die ganze Insel ihren Stiefsohn besser als sie selbst.

Jens, wenn du mich hörst, ich gelobe Besserung. Ich werde Tim zukünftig unter meine Fittiche nehmen, aber hilf mir, flehte sie stumm.

»Okay, schön«, wagte Anke einen neuen Angriff, doch sie klang nicht mehr so selbstbewusst wie noch einige

Augenblicke zuvor. »Mag sein, dass Tim in der Vergangenheit Fehler gemacht hat, aber wer von uns hat das nicht? Kein Grund, ihm gleich einen Mord anzuhängen. Tim hat einfach das Pech gehabt, seiner Exfreundin zufällig im *Ocean View* über den Weg zu laufen. Hätte ich gestern Lust verspürt, mir Fische anzusehen, wäre ich ebenfalls dort gewesen. Und ich bin mir sicher, dass neben Tim und Lisa noch viele andere Leute das Aquarium besucht haben. Warum nehmen Sie keinen von denen fest?«

»Frau Fischer«, sagte Hauptkommissar Martens, und nun klang er doch wie ein Lehrer, der drauf und dran war, eine begriffsstutzige, aber sehr vorlaute Schülerin in die Ecke zu stellen. »Eigentlich bin ich nicht befugt, die Einzelheiten des Falls mit Ihnen zu erörtern. Da ich jedoch die Befürchtung habe, Sie werden alle Nase lang hier auftauchen, die Ermittlungen behindern und mir auf die Nerven gehen, wenn ich Sie jetzt rauswerfe, werde ich eine Ausnahme machen.«

Der Hauptkommissar entnahm der Akte einen Stapel Fotos und legte ihn in die Tischmitte. Obenauf lag eine grobkörnige Schwarz-Weiß-Aufnahme, die offensichtlich von einer Überwachungskamera des *Ocean View* gemacht worden war, denn Anke erkannte die Clownfisch-Figur von einem ihrer Besuche im Meeresaquarium wieder, die neben der Eingangstür stand. In einigem Abstand zu einem älteren Mann und einer Familie mit zwei Kindern, die das *Ocean View* betraten und gerade noch zu sehen waren, zeigte das Bild eine junge Frau. An den weit auseinanderstehenden Beinen und den wehenden Haaren erkannte Anke, dass die Frau sich beeilte.

»Das sind Standbilder aus den Videos der Überwachungskameras des *Ocean View*. Sie sind am Todestag von Lisa Albrich entstanden. Auf diesem Foto sehen Sie, wie das spätere Opfer das Gebäude betritt.«

»Aber …«, begann Anke, doch der Hauptkommissar war schneller und unterbrach sie.

»Warten Sie, da ist noch mehr zu erkennen.« Er legte die Fotos nebeneinander, worauf Anke den Eindruck hatte, ein Bild für Bild freigelegtes Daumenkino anzusehen.

Auf dem zweiten Foto tauchte Tim auf – offensichtlich rief er Lisa etwas zu –, auf dem dritten drehte sie sich zu ihm um, die Augen schreckhaft weit geöffnet. Dann die nächsten Bilder: Tim schloss zu Lisa auf, ehe er sie am Ärmel hielt. Sie schüttelte den Kopf, riss sich schließlich los und flüchtete ins Aquarium.

Auf dem letzten Foto jagte Tim ihr hinterher.

Kapitel 5

Jannik trottete neben der renitenten Frau im Blaumann die vier Stufen der Treppe vor dem Eingang des Polizeireviers herunter und fühlte sich genauso sprachlos wie seine Begleiterin.

Nachdem Hauptkommissar Martens ihnen die Bilder der Überwachungskamera gezeigt hatte, war es für eine Weile still im Verhörraum gewesen. Jannik hatte versucht, in Tims Miene zu lesen oder ihn dazu zu bringen, die belastenden Fotos zu kommentieren. Doch vergeblich. Sein ansonsten so gesprächiger und aufgeschlossener Kumpel (einer der wenigen echten Freunde, die er auf Sylt gefunden hatte), war weiter stumm geblieben, worauf auch Tims Stiefmutter, die nicht gerade auf den Mund gefallen war, die Worte gefehlt hatten. Für den Hauptkommissar war es daher ein Leichtes gewesen, sie alle rauszuwerfen.

»Was ist da drinnen gerade passiert?«, fragte Tims Stiefmutter, die wirkte, als sei sie soeben mit dem Kopf gegen eine Wand gelaufen.

Jannik zuckte mit den Achseln. »Denken Sie, wir sollten ihm einen Anwalt besorgen?«

»Ach, hör auf mit dem Sie«, entgegnete sie, blieb stehen und reichte ihm die Hand. »Tims Freunde sind auch meine Freunde. Ich heiße Anke.«

»Jannik, aber das wissen Sie ja … , also, ich wollte sagen, das weißt du ja bereits.« Jannik schlug ein.

»Ja, und ich denke, um einen Anwalt kommen wir nicht herum. Kennst du denn einen? Du hast nicht zufällig einen Anwalt unter deinen Stammkunden, oder?«

Jannik lachte auf. »Ich stehe am Ende der Promenade,

wo der Strand anfängt. Die meisten Leute kommen in Badehosen zu mir. Da unterscheiden sich Anwälte nicht sonderlich von Klempnern oder Steuerberatern.«

Sie straffte die Schultern und setzte ihren Weg zum Parkplatz fort. Jannik lief neben ihr her.

»Ich werde mich mal umhören, vielleicht kann ich ja einen Anwalt auftreiben«, sagte Anke. »Aber zum Teufel, in was ist Tim da reingeraten?« Sie fasste Jannik scharf ins Auge, suchte nach Antworten in seinem Gesicht. »Was ist das für eine Sache mit der Vorstrafe? Weshalb weiß ich davon nichts?«

Er blieb kurz stehen und überlegte, wie er seine Worte formulieren sollte. »Soviel ich weiß, ist es nicht immer einfach zwischen euch gewesen«, sagte er schließlich. »Hey, du bist die böse Stiefmutter.« Jannik grinste schief und wurde sofort wieder ernst, als er Ankes ungläubigen Blick bemerkte.

»Sorry, sollte ein Scherz sein«, schob er rasch nach und hob beschwichtigend die Hände.

»Sehr witzig.«

»Na ja, jetzt überleg doch mal. Mit einer Anzeige wegen Körperverletzung geht man nicht gerade hausieren, oder? Besonders nicht, wenn man auf einer so kleinen Insel lebt, wo sich Neuigkeiten und Gerüchte schneller verbreiten als der Sand im Wind. Außerdem liegt die Sache schon eine Ewigkeit zurück.« Jannik bemerkte, wie er seine Hände knetete, und hörte damit auf.

Dämliche Marotte.

Anke schaute ihn auffordernd an, während sie die letzten Meter bis zu ihren beiden Monstern von Wagen zurücklegten. »Los, raus mit der Sprache. Ich bin ganz Ohr.«

Jannik druckste ein wenig herum und betrachtete beiläufig die Dellen in seinem marineblau lackierten Foodtruck mit dem schneeweißen Aufdruck *Janniks Fischbraterei* und einem Anker-Logo. Das Gefährt war bereits fünfzehn Jahre alt, und das sah man ihm auch deutlich an. Vielleicht hätte er sein letztes Geld und das der Bank doch nicht in diesen Schrotthaufen investieren sollen. Andererseits, mit der Küche hinten im Laderaum konnte er gut arbeiten. Die war ihr Geld wert.

»Hallo, noch jemand zu Hause?«, schaltete Anke sich ein. »Dübel wartet, und ich habe noch einen Termin, also bitte, der Herr.«

»Dübel?«

»Mein Hund. Also?«

Jannik seufzte und kapitulierte. Tim hatte ihm die Geschichte unter der Bedingung strengster Geheimhaltung während eines bierseligen Abends am Strand erzählt, und auf Jannik konnte man sich verlassen. Er schloss nicht schnell Freundschaften, aber wenn, dann war er ein loyaler Freund.

Umso schwerer fiel ihm, sich selbst einzugestehen, dass die Zeit für Geheimniskrämerei vorbei war, zumal Tims Quasi-Stiefmutter jetzt von der Sache wusste und lediglich die nackten Fakten von der Polizei vor den Latz ihres Blaumanns geknallt bekommen hatte. Sie sollte die ganze Geschichte kennen, das wäre in Tims Sinne, befand Jannik.

»Das alles passierte an einem Samstagabend, und ja, es war Alkohol im Spiel, aber Tim hat geschworen, er sei nicht betrunken, sondern zu jeder Zeit Herr seiner Sinne und nur ein wenig müde und vom Tag ausgelaugt gewesen.

Er und seine Arbeitskollegen haben in Hamburg einen Kongress besucht, so ein Ding für Start-ups, mit Vorträgen über Innovationen und irgendwelche Trends, von denen am Ende immer sowieso keiner so richtig weiß, ob sie mehr als nur heiße Luft sind. Im Anschluss ging die ganze Meute, typisch Hamburg-Trip, noch auf die Reeperbahn in einen Club. Kein Sexding, kein zwielichtiger Schuppen, sondern ein ganz normaler Laden zum Tanzen und Feiern«, erklärte er, als er Ankes konsternierten Gesichtsausdruck bemerkte. »Na, wie auch immer, irgendwann hatte Tim genug. Die Musik, das Gedränge, der Alkohol – ihm wurde alles zu viel. Er wollte nur noch ins Hotel und dort ins Bett. Um Geld zu sparen und wieder einen klaren Kopf zu bekommen, ist er zu Fuß gegangen. Klingt vernünftig, oder? Tja, war's aber nicht. Es war ein Fehler. Er hätte die Kohle besser in ein Taxi investiert, denn dann wäre er nicht diesem Typen über den Weg gelaufen, der unter einer U-Bahn-Brücke seine Freundin übel beschimpft und seinen Worten mit ein paar Ohrfeigen mehr Gewicht verliehen hat. Tim ist dazwischengegangen. Hat dem Kerl gezeigt, wie es sich anfühlt, wenn man eine verpasst bekommt. Er wollte einfach nur verhindern, dass der Typ weitermacht. Und das war es auch schon, Ende der Geschichte.«

Jannik bemerkte, wie Anke die Stirn runzelte. »Aber es wird doch niemand wegen Körperverletzung verurteilt, wenn er einem anderen Menschen hilft. Das fällt unter Zivilcourage.«

Jannik lachte trocken auf und fuhr sich mit einer fahrigen Bewegung durch die Haare. »Das habe ich auch gemeint, doch Pustekuchen. Keine Medaille, kein Schulterklopfen. Der Schläger hat Tim bei den Bullen …«, Jannik schaute rüber zum Polizeirevier, »ich meine, bei der Polizei angezeigt und behauptet, Tim sei grundlos auf ihn losgegangen. Er habe ihn so heftig attackiert, dass er eine Gehirnerschütterung davongetragen hat.«

»Und die Frau?«

»Das war ja das Miese«, sagte Jannik und kickte mit der Fußspitze einen Kieselstein zur Seite. »Es stellte sich heraus, dass sie schon seit ein paar Jahren seine Freundin ist. Die beiden haben eine toxische Beziehung. Nach außen alles heile Welt, aber zu Hause fliegen wohl die Fetzen. Oder besser gesagt: seine Fäuste. Wie es aussieht, sitzt dem Mann die Hand locker. Doch die Freundin hat ihn niemals angezeigt. Sie lässt sich einfach so von ihm verprügeln, wehrt sich nicht mal. Im Prozess hat sie dann gegen Tim ausgesagt und die Lügengeschichte, Tim habe den Mann grundlos angegriffen, bestätigt. Das Gericht konnte den beiden nichts Gegenteiliges beweisen, daher wurde Tim verurteilt. Trotzdem war der Richter auf Tims Seite, weshalb das Urteil verhältnismäßig milde ausfiel. Aber Vorstrafe bleibt eben Vorstrafe.«

»Das hätte Tim mir doch erzählen können.« Anke klang verletzt, was Jannik gut verstehen konnte. Andererseits wusste er zu wenig über die Beziehung seines Freundes zu seiner Stiefmutter, deshalb hielt er sich lieber zurück und schloss seinen Truck auf.

Er kletterte auf den Fahrersitz, ließ die Tür aber offen. »Hat mich gefreut, Sie … äh, dich kennengelernt zu haben. Vielleicht kommst du mal vorbei? Ich gebe ein Essen aus. Wie gesagt, ich stehe unten am Strand, nicht weit von der Promenade entfernt.«

Anke nickte. »Mache ich.«

Jannik schloss die Tür und ließ den Motor an, worauf der Auspuff schwarzen Rauch in die Luft blies. Er wollte gerade losfahren, blieb jedoch stehen, als Anke mit dem Finger eine kreisende Bewegung machte, die andeutete, er solle das Fenster herunterlassen. Also kurbelte er.

»Du glaubst Tim, oder? Ich meine nicht die Sache in Hamburg, sondern …«

Sie musste nicht weitersprechen.

Ja, er war sich sicher, dass Tim nichts mit Lisas Tod zu schaffen hatte, auch wenn die Beziehung zwischen ihm und Lisa kompliziert gewesen war. Aber das sollte er Tims Stiefmutter besser nicht auf die Nase binden. Daher entgegnete er schlicht: »Ja, ich glaube ihm.«

Sie atmete hörbar aus. »Ich auch. Danke, Jannik. Es war … hmm … irgendwie tröstlich, nicht allein bei der Polizei gewesen zu sein.«

Jannik grinste und tippte sich gegen die Stirn. »Jederzeit wieder, Lady.«

Er warf ihr ein verschmitztes Lächeln zu und trat auf die Pedale, worauf ein dumpfes, ersticktes Geräusch aus dem Motorraum drang.

Es folgten ein lautes Knallen und ein Kratzen, und

bevor Jannik überhaupt reagieren konnte, gab der Motor den Geist auf.

Kapitel 6

Genervt versuchte Jannik, den Motor neu zu starten, doch der weigerte sich. »Das hat mir gerade noch gefehlt«, murmelte er in sich hinein, und vor seinem inneren Auge tauchte eine Werkstattrechnung mit vielen Nullen vor dem Komma auf.

Wie zum Teufel sollte er die bezahlen? Er war ja so schon mit den verdammten Ratenzahlungen, der Miete und überhaupt allem in Verzug.

Neben ihm tauchte Anke wieder auf. »Das, mein junger Freund, hört sich nicht gut an.«

Jannik rieb sich über das Gesicht und stieg aus dem Foodtruck. »Wäre ich doch heute Morgen im Bett geblieben«, fluchte er in sich hinein und trat gegen den Vorderreifen, obwohl der im Grunde nichts dafür konnte.

Anke ging zur Motorhaube. »Mach mal auf.«

Ungläubig hoben sich Janniks Augenbrauen.

Im Ernst?

»Los, mach schon!«

Jannik wuchtete sich zurück ins Fahrerhaus und entriegelte die Motorhaube.

Routiniert klemmte die Frau im Blaumann die Stütze unter die Haube und beugte sich über den Motor.

»Schauen wir mal, was der Kiste fehlt. Mit großer Wahrscheinlichkeit nichts, was ich nicht in Ordnung bringen kann.«

»Du? Willst du damit sagen, du hast Ahnung von so was? «

Jannik hörte ein Lachen.

»Denkst du, ich hätte meinen Grisu bei Amazon

bestellt?« Sie nickte in Richtung ihres umgebauten Feuerwehrautos.

Jannik trat neben sie und überlegte, was sie wohl tun würde, als sie auch schon ein paar Kabel beiseiteschob.

Anke inspizierte die Anschlüsse und beäugte den Zustand der Leitungen. »Kannst du mal mit deinem Handy etwas Licht machen?«

Jannik kramte sein Telefon hervor und leuchtete in den Motorraum.

»Hmm, könnte alles Mögliche sein: kaputte Zündkerzen, eine defekte Lichtmaschine, vielleicht auch nur ein loser Schlauch. Oder, was mir am wahrscheinlichsten erscheint, es ist … « Sie kroch unter der Motorhaube hervor, »… der Luftfilter.«

»Der Luftfilter?«

Anke fischte nach einem Lappen in ihrer Tasche und wischte sich die Hände an ihrem Blaumann ab, bevor sie sich wieder in den Motorraum beugte. »Wenn der verstopft ist, bekommt der Motor nicht genügend Luft, und dann kann das Ding eben so klingen, als würde es gleich explodieren.«

Jannik hielt weiter das Handy und leuchtete und kam sich dabei reichlich nutzlos vor, während Anke wirkte, als wüsste sie, was sie tat.

»Ja, da haben wir den Übeltäter. Übrigens, was weißt du eigentlich über die Tote aus dem *OceanView*? Woher kannte Tim sie?«

Jannik zuckte mit den Achseln, auch wenn Anke das gerade nicht sehen konnte. »Lisa und Tim sind sich im letzten Sommer beim *Scooter*-Open-Air in Westerland über den Weg gelaufen.«

»*Scooter?* Hey, ich mag zwar nicht mehr taufrisch sein, aber von gestern bin ich auch nicht! Tim hört Hip-Hop, R&B und Rap. Aber *Scooter*? Nicht dein Ernst?«

»Hey, auf Sylt gibt's nicht oft Konzerte, da darf man nicht wählerisch sein, wenn man mal Party machen will. Wirst du auch noch merken. Außerdem hatte er die Karten von einem Freund geschenkt bekommen«, sagte er, bevor er augenzwinkernd hinzufügte: »Und der Freund war nicht ich.«

»Aber hätte doch gepasst, so wegen *How Much Is The Fish?*« Während Anke den Refrain des *Scooter*-Songs trällerte, tätschelte sie Janniks rollende Fischbude, dann wurde sie wieder ernst. »Mein neuer Freund, jetzt sieh dir das mal bitte an.« Sie hielt Jannik irgendein Teil entgegen. »Kein Wunder, dass der Motor streikt. Der Filter ist komplett zu. Herr im Himmel, du machst deine Pfannen doch auch sauber, bevor du deinen Gästen ein neues Essen vorsetzt, oder?«

Jannik kratzte sich am Kopf, hatte aber keine Ahnung, was das für ein Ding war. »Sieht wirklich übel aus«, meinte er, weil er glaubte, dass sie das hören wollte. »Und du meinst, das kann man noch reparieren?«

»Über kurz oder lang wirst du dir einen neuen Luftfilter zulegen müssen, doch bis dahin werde ich sehen, was ich tun kann.« Anke begann, an dem Teil herumzuwerkeln. »Aber nochmal zu Tim und dieser Lisa. Wie ging es weiter?«

Jannik überlegte, bevor er antwortete. »Die beiden haben sich gut verstanden, denke ich. Anfangs hatten sie ein paar Dates, trafen sich auf einen Sundowner am Strand, waren tanzen und was man eben so macht, wenn man sich gerade kennenlernt. Irgendwann wurde es mehr. Tim war schwer verliebt. Ich hatte ihn noch nie so gesehen. Aber Lisa … für sie war es nichts Ernstes, doch das ist meine ganz persönliche Meinung.« Tim hatte Jannik einmal vorgeworfen, er würde seine neue Freundin nicht mögen, was vielleicht stimmte. Also war er möglicherweise in diesem Punkt nicht ganz objektiv. »Wenn du mich fragst, wollte Lisa bloß ihren Spaß, und den bekam sie. Im Bett muss es richtig abgegangen sein. Tim hat mir mal gesteckt, dass Lisa und er …« Er stockte, besann sich, dass er mit Tims Quasi-Stiefmutter sprach. »Ich wollte sagen: Die Beziehung hatte keine Zukunft, und eines Tages war

Lisa dann auch weg. Hat sich, ohne Tim etwas zu sagen, einfach aus dem Staub gemacht. Weg von Sylt und allem. «

»Und Tim?«

»Der war total fertig und hat überall herumgefragt, ob jemand etwas weiß. Aber niemand hatte eine Ahnung, wieso Lisa die Insel überstürzt verlassen hat. Weder ihre Vermieterin noch ihre Kollegen und Chefs, die Sandbergs vom *Malz & Milch*, in dem Lisa jobbte, konnten Tim etwas sagen.« Jannik beobachtete, wie Tims Stiefmutter weiter den Luftfilter malträtierte. »Tim hat Lisa wirklich geliebt. Er war hin und weg von ihr. Manchmal frage ich mich…«, Jannik brach ab, schüttelte leicht den Kopf und sprach dann schließlich weiter. »Na ja, egal. Jedenfalls hätte er ihr niemals etwas getan.«

Anke richtete sich auf, streckte sich und massierte sich den Nacken, bevor sie sich wieder über den Motor beugte.

»So, das hätten wir«, sagte sie nach einer Weile und wischte sich die Hände an ihrem Blaumann ab. »Jetzt probier mal, ob das Ding wieder anspringt.«

Jannik nickte und stieg zurück in den Truck. Er drehte den Schlüssel im Zündschloss, worauf der Motor röchelte, dann aber mit einem satten Brummen ansprang.

»Scheiße, du bist die verdammt nochmal beste Mechanikerin der Welt«, rief er von einem Ohr zum anderen grinsend.

»Ich weiß«, erwiderte Anke und ging zu ihrem Unimog. »Und jetzt sieh zu, dass du mit deiner Fischfritteuse verschwindest, damit ich endlich los kann.«

Kapitel 7

Sophia presste ihr Auge derart fest gegen das Okular des Mikroskops, dass hinterher wahrscheinlich ein roter Rand in ihrem Gesicht zurückbleiben würde, doch das merkte sie kaum. Stirnrunzelnd blickte sie auf die vierhundertfach vergrößerte Probe.

Das konnte nicht sein.

Sie setzte ihre Brille wieder auf, warf einen Blick auf die Liste neben den Reagenzgläsern mit den übrigen Proben, die sie an ihrem heutigen Arbeitstag noch zu analysieren hatte – eine Aufgabe, die sie bis spät in die Abendstunden im Labor festhalten würde. Dann verglich sie ihr Ergebnis mit denen, die ihr Chef, Dr. Tauschek, während der letzten Versuchsreihen eingetragen hatte.

Ihre Werte waren … schlichtweg unmöglich.

Sie passten absolut nicht.

Was hatte sie falsch gemacht? War sie womöglich nicht akribisch genug gewesen?

Sie spürte, wie die Pipette in ihrer Hand zu zittern begann.

Sie musste sich konzentrieren, denn sie durfte diesen Job auf keinen Fall verlieren. Wenn sie endlich mit dem Studium fertig werden wollte, brauchte sie ein erfolgreich abgeschlossenes praktisches Jahr, und nach dem Desaster in Kiel konnte sie sich keine weiteren Rückschläge leisten.

Am Tisch ihr gegenüber stand Ole, der genau wie sie selbst als Pharmazeut im Praktikum für einen Hungerlohn schuftete. Als kleines Pharmaunternehmen stand *Noxomed* noch ganz am Anfang, weshalb die Firma überwiegend billige Labormitarbeiter beschäftigte.

Selbst mit Haarnetz, Laborbrille und im unförmigen Kittel sah Ole verdammt gut aus. Breite Wangenknochen, dunkler Teint, ein Brustkorb wie ein Leistungssportler. Wie wahrscheinlich jede Firmenangestellte, zumindest jede heterosexuelle, hatte Sophia ihn zunächst ein wenig angehimmelt. Nur unauffällig und so, dass er es nicht mitbekam, schließlich war ihr natürlich sofort klar gewesen, dass er niemals etwas mit einer wie ihr anfangen würde. Oles Freundin, sofern er denn eine hatte, war gewiss groß, schlank und mit so langen blonden Haaren gesegnet, dass diese im Gegenlicht am Strand dem Strahlenkranz eines Engels glichen. Sophia mit ihren kaum eins fünfundsechzig, dem gedrungenen Oberkörper auf den zu breiten Hüften, dem bebrillten Mondgesicht und der tollpatschigen Art würde von Ole nicht den Hauch einer Aufmerksamkeit bekommen, wäre er nicht gezwungen, mit ihr im selben Labor zu arbeiten. Oles abstoßender Charakter war definitiv nicht schwächer ausgeprägt als sein anziehendes Äußeres, weshalb sie ihn partout nicht bat, ihr zu helfen und einen Blick auf die Probe zu werfen.

»Na, was machst du am Wochenende?«, fragte Ole, der offenbar ihren Blick gespürt hatte. »Wir wollen erst in die *Strandklause* und später ins *Cave* und brauchen noch einen Fahrer. Du kannst doch Auto fahren. Hättest du nicht Lust, mitzukommen, Mauerblümchen?«

Sophia spürte, wie ihr Hitze ins Gesicht schoss. Rasch senkte sie den Blick.

Bevor sie Ole und seine idiotischen Freunde durch die Gegend kutschierte, würde sie lieber in ihrer winzigen Einzimmerwohnung vor dem Fernseher krepieren. Außerdem ging es ihr gewaltig gegen den Strich, dass er sie in vorpubertärer Einfältigkeit und in Anlehnung an ihren Nachnamen Mauer stets Mauerblümchen nannte.

»Ich habe zwar einen Führerschein, aber kein Auto. Und mal ganz davon abgesehen, so langsam ist der Spitzname echt nicht mehr lustig!«, sagte sie mit

Nachdruck, doch selbst in ihren Ohren klang es piepsig.

Sie hob den Objektträger vom Mikroskop und überlegte nicht lange, sondern beförderte ihn in den Müll und nahm stattdessen mit der Pipette eine weitere Probe. Dann, dieses Mal sehr sorgfältig, streng nach Lehrbuch, entnahm sie einen Tropfen der Lösung mit dem Wirkstoff des neuen Medikaments, das kurz vor den klinischen Tests stand und den Durchbruch für *Noxomed* bedeuten würde, gab ihn zu der Blutprobe auf den Objektträger, fixierte die Probe mit einer zweiten Glasplatte und legte beides unter das Mikroskop.

Das gleiche Ergebnis.

»Ach, komm schon«, drängte Ole, während Sophia unter ihrem Haarnetz zu schwitzen begann. »Du kannst meinen Wagen nehmen. Es wird bestimmt lustig. Bist du schon mal im *Cave* gewesen?«

Sophia schüttelte den Kopf, nicht als Reaktion auf Oles Frage, auch wenn dies als Antwort gepasst hätte, sondern wegen der Konsequenzen, die ihre Analyseergebnisse mit sich brachten.

Sie musste Dr. Tauschek informieren.

Andererseits ging sie immer noch davon aus, einen Fehler gemacht zu haben. Vielleicht hatte die Wirkstofflösung die falsche Konzentration. Möglicherweise war auch die Blutprobe verunreinigt. Tauschek stand gewaltig unter Druck, schließlich hing das Überleben von *Noxomed* von der erfolgreichen Markteinführung des neuen Medikaments ab. Dementsprechend dünnhäutig reagierte er in letzter Zeit. Erst vor ein paar Tagen, als Evelyn, eine ältere und ziemlich resolute Laborantin, versehentlich das Spektralphotometer falsch kalibriert hatte, war Tauschek dermaßen an die Decke gegangen, dass die Frau in Tränen ausgebrochen war.

»Glaub mir, das *Cave* ist der Hammer«, fuhr Ole fort, als hätte Sophia sich an seiner Unterhaltung beteiligt. »Der Club kann es locker mit dem *P1* in München aufnehmen, obwohl das *Cave* bei Weitem nicht so groß ist.«

Ohne von Oles Geplapper auch nur ansatzweise weiter Notiz zu nehmen, straffte sie ihre Schultern und machte sich auf den Weg zu Dr. Tauschek.

Unbeirrt steuerte sie den Glaskasten am Ende des Labors an, in dem Tauschek die meiste Zeit über seinen Forschungen brütete, doch schon von Weitem erkannte sie, dass ihr Chef nicht an seinem Labortisch saß. Also verließ sie das Labor und trat in den verwaisten Korridor.

Sofort ebbten das Surren der Maschinen und die leisen Gespräche ab.

Auf den weitläufigen Fluren und Gängen mit den kalten Neonröhren, von denen viele nicht zuverlässig funktionierten, kam Sophia sich verloren vor, zumal man hier kaum auf eine Menschenseele traf.

Vor zwei Jahren hatte *Noxomed* die Räumlichkeiten samt des darin vorhandenen Inventars zu einem guten Preis von einer viel größeren, jedoch insolvent gegangenen Pharmafirma übernommen, weswegen die überwiegende Mehrzahl der Büros, Lagerräume und Labore leer standen.

Ab und zu, wenn sie lange arbeitete und sich niemand außer ihr und ein paar Leuten vom Putzdienst in dem drei Stockwerke umfassenden Gebäude am Flughafen von Westerland befand, überkam sie ein beklemmendes Gefühl. Sollte sich nach Einbruch der Dunkelheit jemand von hinten an sie heranschleichen und ihr ein mit Trichlormethan getränktes Tuch (dieses Zeug hatten sie massenweise im Giftschrank) auf Mund und Nase drücken, dann konnte derjenige sie in eines der leeren Büros ziehen und bis zum nächsten Morgen alles mit ihr anstellen, was er wollte. Sollte ihr dabei etwas zustoßen, sagen wir mal etwas Tödliches, würde wohl erst jemand ihre Leiche finden, wenn sie zu verwesen und zu stinken begann.

Bewusst nahm Sophia nicht den Aufzug, denn sie traute weder dem in die Jahre gekommenen Teil noch der Hausmeisterfirma, die *Noxomed* mit dessen Instandhaltung beauftragt hatte, sondern stieg die Treppe hinauf in den dritten Stock. Dort hatte Dr. Tauschek ein weiteres Büro, direkt neben dem von Peter Wehler, dem Geschäftsführer.

Ihr Kittel raschelte, während sie langsam, das Klemmbrett weiter vor die Brust haltend, durch das leere Großraumbüro schritt, an dessen Ende die Räume der Geschäftsführung lagen. In einigen der Nischen, in die der hallenartige Raum unterteilt war, hingen noch Familienbilder der Angestellten, die früher hier gearbeitet hatten, doch die meisten Arbeitsplätze waren bis auf die darin stehenden Schreibtische und Bürostühle leer.

Ihr Hals schnürte sich zu, und ihr Herz klopfte immer heftiger, je näher sie den Büros ihrer Chefs kam, als die Stimme von Peter Wehler sie innehalten ließ.

»Verdammt, Frank! Was soll das? Du hast gesagt, du hättest dich darum gekümmert!«

»Das habe ich auch«, entgegnete Dr. Tauschek, doch wie immer, wenn er mit Wehler sprach, klang er unsicher.

Obwohl Sophia die beiden Männer von ihrem Standort aus nicht sehen konnte, tauchte Tauscheks Hundewelpenblick vor ihrem inneren Auge auf, mit dem er seinem Geschäftspartner stets begegnete, wenn dieser ihn abkanzelte.

Wie Sophia wusste, war es Tauschek gewesen, der das neue Medikament maßgeblich entwickelt hatte. Außerdem besaßen der Wissenschaftler und Wehler *Noxomed* zu gleichen Teilen, trotzdem behandelte der Geschäftsführer seinen technischen Leiter wie einen Lakaien.

»Einen Scheiß hast du!« Wehler schien ganz schön in Rage zu sein. Die Tür zu Tauscheks Büro stand einen Spaltbreit offen, weshalb sie jedes Wort mitbekam. »Wenn du es erledigt hättest, dann hätten wir diese Scheiße nicht weiter an der Backe. Menschenskind, Frank! So etwas können wir uns nicht leisten! Wir stehen schon jetzt mit dem Rücken zur Wand. *Xolomed* muss auf den Markt, besser heute als morgen, ansonsten bin nicht nur ich erledigt, sondern du auch. Vielleicht sollte ich mal ein paar Takte mit Libby sprechen.«

»Halt meine Frau da raus!« Zum ersten Mal, seit Sophia bei *Noxomed* arbeitete, erlebte sie, dass Tauschek laut werden konnte. »Kein Wort zu ihr, oder …«

»Oder was?«, fragte Wehler, nachdem die Drohung unvollendet blieb. Dann lachte er abfällig. »Alles klar, ich werde es selbst machen. Sieh du einfach zu, dass die Testreihen glatt durchlaufen, dann steht den klinischen Studien nichts mehr im Weg.«

»Aber die Abweichungen …«

»Welche Abweichungen?«, unterbrach ihn Wehler kalt. »Sorg verdammt nochmal dafür, dass es keine Abweichungen gibt.«

Sofort musste Sophia an ihre aktuelle Messreihe denken. Hatte sie womöglich doch keinen Fehler gemacht? Aber wenn ihre Werte stimmten, dann …

Unvermittelt wurde die Tür zu Tauscheks Büro aufgerissen, und Wehler, wie immer im Maßanzug und mit tadelloser Frisur, stand vor ihr.

Vor Schreck ließ Sophia das Klemmbrett fallen, worauf es mit einem Klatschen auf dem Boden des Großraumbüros aufkam und das Geräusch wie ein Schuss von den Wänden widerhallte.

Kapitel 8

So schnell sie konnte, lief Anke über die nassen Bodenfliesen der *Sylter Badebucht*, dem in die Jahre gekommenen Hallenbad der Insel, und hoffte, in ihrer Eile nicht auszurutschen.

Ein gebrochenes Bein fehlte ihr gerade noch.

Über den ungeplanten Ausflug auf die Polizeistation hatte sie vollkommen vergessen, dass heute nicht ein x-beliebiges, sondern ein wirklich wichtiges Training auf dem Plan stand.

Der Stoff ihres Badeanzugs, der hundert Jahre auf dem Buckel hatte – tatsächliche hundert Jahre, keine metaphorischen – neigte im Laufen dazu, sich im Gesäßbereich unangenehm in die Ritze zu ziehen, aber Anke beherrschte sich. Die Presse gab sich heute die Ehre, da würde sie nicht an ihrem Hintern herumfummeln.

Zunächst hatte sie die Idee, die freie Kür in historischen Badeanzügen zu absolvieren, für originell gehalten, mittlerweile aber stand sie mit ihnen auf Kriegsfuß. Die Dinger waren zu dick, zu eng, zu klein. Doch jetzt gab es kein Zurück mehr. Seit ein Video, das Anke und ihre Mannschaftskolleginnen beim Training in diesen Teilen zeigte, viral gegangen war, nahm das öffentliche Interesse an den *Sylter Seenixen* täglich zu, was den heutigen Pressebesuch erklärte.

Anke hatte noch nicht den Rand des Beckens erreicht, in dem das Training bereits in vollem Gang war, als Mila Álvarez, ihre Trainerin, neben ihr auftauchte.

»Wo zum Teufel steckst du?«, fragte die gebürtige Portugiesin. »Seit einer geschlagenen Viertelstunde versuche ich, dich zu erreichen, aber ich lande immer auf deiner Mailbox.«

»Tut mir leid. Heute ist irgendwie alles zusammengekommen.«

»Du bleibst nachher zum Einzelunterricht«, raunte ihr Mila über die dramatische Musik zu, die durch die Schwimmhalle dröhnte. »Am Wochenende habe ich mir die Unterwasseraufnahmen vom letzten Training angesehen. Eine Katastrophe. Deine *Nadel* sieht aus wie ein Fleischerhaken. Das muss sich ändern, sonst können wir die Meisterschaft vergessen.«

Ergeben seufzte Anke und trat ans Becken.

Auf dem Brett des Drei-Meter-Sprungturms stand ein Kameramann und filmte das Geschehen unten im Wasser. Ein zweiter Mann – mit seinem Dreitagebart, den halblangen lockigen Haaren und dem Welpenblick erinnerte er Anke an Jon Snow aus *Game of Thrones* – stand am Rand und schrieb sich Notizen.

Beim Anblick des Reporters (*wäre ich nur zehn Jahre jünger*) machte sich wieder ihr Badeanzug bemerkbar.

Tapfer ließ Anke ihre Hände an den Seiten herabbaumeln und folgte dem Treiben im Schwimmbecken. Eine abenteuerlich gespreizte Fußspitze ragte aus dem Wasser, ehe im Takt der Musik achtzehn Waden auftauchten. Ausgelassen tanzten Kniegelenke, fröhlich winkten Fesseln, Ballen und Sohlen, bis schließlich die ersten ganzen Beine kreuzend aus dem Wasser schossen.

Der Kameramann filmte. Jon Snow kritzelte etwas in sein Notizbuch. Anke kam sich dämlich vor.

Die Musik schwoll zu einem letzten Crescendo an, und mit dem Verstummen schwebten die *Seenixen*, einem Stern gleich, bei dem an Ankes Position eine Zacke fehlte, auseinander.

»Jetzt aber rein mit dir«, fauchte Mila, bevor sie zurück zu dem Reporter eilte.

Anke sprang ins Wasser, worauf Jon Snow einen Satz

nach hinten machte.

»Wo warst du denn?« Mit zwei kräftigen Zügen kam Marie zu Anke herübergeschwommen und hielt sich neben ihr am Beckenrand fest. »Hast du vergessen, dass *Hamburg Live* heute zu Gast ist?«

Im Schutz des Wassers zupfte Anke sich den Badeanzug aus der Ritze – *was für eine Befreiung!* – und stellte dann nicht ganz ohne Neid fest, dass das antiquierte Ding an Marie wie immer fantastisch aussah. So wie eigentlich alles, was ihre Freundin anzog.

»Ich komme direkt von der Polizei«, flüsterte sie Marie zu. »Stell dir vor, Max hat mir ein paar Minuten mit Tim verschafft. Richte ihm nochmal meinen Dank aus, wenn du ihn später siehst. Ich bringe ihm demnächst eine Kiste Flensburger und eine Flasche Küstennebel vorbei.«

Marie senkte ebenfalls die Stimme. »Ich habe vor dem Training noch kurz mit ihm telefoniert. Erst wollte er nicht mit Einzelheiten rausrücken, dann hat er aber doch das eine oder andere verraten. Es sieht nicht gut für Tim aus. Sie beantragen Untersuchungshaft.«

Anke stöhnte. »Verdammt! Warum schießen die sich so auf ihn ein? Mensch, Marie, du kennst Tim doch länger als ich. Das alles … also …« Anke musste an Jens denken, und gegen ihren Willen schossen ihr Tränen in die Augen.

Dieses verdammte Chlor im Wasser brannte höllisch.

Sie tauchte kurz unter und kam sofort wieder hoch.

Wie es aussah, konnte sie Marie nichts vormachen, denn ihre Freundin rückte näher an sie heran und strich ihr über die Schulter.

»Gibt es sonst noch was, das ich wissen sollte?«, fragte Anke, als sie sicher sein konnte, dass ihre Stimme sie nicht im Stich ließ. »Ermittelt die Polizei noch in eine andere Richtung?«

Anke sah Marie an, dass sie mit der Antwort haderte. »Wie gesagt, ich weiß nichts Genaues. Aber die Indizien gegen Tim wiegen schwer. Die Spurensicherung hat Lisas Handy untersucht und darauf eine Menge Nachrichten von Tim gefunden.«

»Was wohl nicht weiter verwunderlich ist, schließlich hatten die beiden mal was miteinander.« Als Anke merkte, dass sie laut geworden war, tat es ihr leid. Marie verdiente es nicht, ihren Frust abzubekommen.

»Eins noch.« Marie kam noch näher, wobei sie nun Jon Snow im Auge behielt. Was sie zu sagen hatte, sollte offenbar unter keinen Umständen an die Presse durchsickern. »Ich weiß nicht, ob das hilft, aber Max hat bei der Untersuchung von Lisas Handy eine weitere Auffälligkeit entdeckt. In letzter Zeit hat sie sich besonders für ein ganz spezielles Thema interessiert; darauf lässt zumindest der Verlauf in ihrem Browser schließen. Herzrhythmusstörungen.«

»Arrhythmie?«, wiederholte Anke.

Marie nickte. »Wenn man Lisas Alter berücksichtigt, dann ist das doch ausgesprochen seltsam, oder?«

Kapitel 9

Jannik stellte den Foodtruck auf das letzte Stück der Promenade, die Ausgabeseite in Richtung Nordsee, und achtete peinlichst darauf, den ihm von der Gemeindeverwaltung zugewiesenen Platz nicht zu überschreiten. Weiter oben in Sichtweite lag eine Filiale von *Josh & Jakob* mit vorgelagerter Terrasse, gegen die Jannik mit seinem Foodtruck nicht anstinken konnte. Trotzdem hatte Hajo Appel, der Filialleiter, ihm vor ein paar Wochen das Ordnungsamt auf den Hals gehetzt, da er der Meinung gewesen war, Janniks Vorderreifen stünde einen halben Meter zu dicht an seinem Lokal.

Vollpfosten.

Jannik lebte nach der Devise *Leben und leben lassen*, doch Appel hatte keinen Hehl daraus gemacht, dass er zu den Verfechtern von *Fressen oder gefressen werden* gehörte.

Rasch vergewisserte sich Jannik, dass die Handbremse angezogen war, dann schnappte er sich sein Skateboard vom Beifahrersitz und kletterte aus dem Truck. Dabei glitt sein Blick über den Strand. Die ersten Urlauber suchten sich bereits einen Platz oder bezogen einen der Strandkörbe.

In einer Stunde würde es hier richtig rundgehen, bis dahin musste er wieder zurück sein, wollte er nicht alle hungrigen Mäuler an *Josh & Jakob* verlieren.

»Ach, der Herr Kalkhoff. Moin, Kollege.«

Jannik stellte das Skateboard auf die Promenade und drehte sich nach der Stimme um.

Hajo Appel, ein falsches Grinsen auf dem gebräunten Gesicht, eilte auf ihn zu. Mit seinem leicht gebückten

Gang, den zurückgekämmten Haaren und dem nach außen immer eine Spur zu devoten Auftreten erinnerte er Jannik an Gargamel, den bösen Zauberer aus dem Reich der Schlümpfe.

Wenn man vom Teufel spricht, beziehungsweise an ihn denkt …

Was wollte der Kerl?

»Moin«, entgegnete Jannik wortkarg, denn er hatte es eilig und zudem keine Lust, sich mit dem Griesgram zu unterhalten.

»Haben Sie von der Toten im *OceanView* gehört? Schreckliche Sache. Ich hoffe, das wirkt sich nicht negativ aufs Geschäft aus. Die Gäste sind ja so sensibel, das werden Sie früher oder später auch noch feststellen. Die wollen hier Urlaub machen, eine erholsame Zeit verbringen und keine Leichen im Aquarium bewundern. Sagen Sie, sind Sie nicht mit dem Mann bekannt, den die Polizei verhaftet hat?«

Ach, daher wehte der Wind. Das hätte Jannik sich auch denken können.

»Sorry, *Kollege*«, er spie das letzte Wort regelrecht aus. »Ich muss los. Vielleicht können wir uns ein anderes Mal ein bisschen länger unterhalten. Schönen Tag!«

Er stellte den rechten Fuß aufs Board, stieß sich mit dem linken ab und rollte davon.

Während er entgegen der Fahrtrichtung durch die Elisabethstraße bretterte, Fußgängern und Autos auswich und an Boutiquen, Cafés und jeder Menge Hotels vorbei glitt, hatte er Appel bereits wieder aus seinen Gedanken verbannt.

Eigentlich wollte er nur kurz in *Arndts Brotstube* vorbeischneien und die bestellten Baguettes und Brötchen abholen, doch da er noch etwas Zeit hatte und ihm beim Skaten immer die besten Ideen kamen, beschloss er, einen kleinen Umweg in Kauf zu nehmen.

Am Parkplatz vor der *Himmelsleiter* – auf der über zwanzig Meter hohen Treppe, die hinunter zum Strand führte, hatte man bei Sonnenuntergang einen Wahnsinnsblick auf die See – bog er wieder auf die Promenade ab und ließ das Board die letzten Meter bis zum *OceanView* ausrollen. Den Haupteingang ließ er hinter sich und bog rechts ab, Richtung Mitarbeiterbereich.

Das den Angestellten vorbehaltene Areal lag auf der rückwärtigen Seite des modernen Gebäudes, nach Norden versteckt durch einen Verschlag für die Müllcontainer und nach Westen durch die weitläufigen Dünen.

Jannik umrundete die Abfallcontainer und roch den Zigarettenrauch bereits, bevor er die Mitarbeiter des *OceanView* neben einem Standaschenbecher stehend in ihrer Pause entdeckte.

Nach Cherry brauchte er nicht lange zu suchen. Sie war nicht nur wegen ihrer knallrot gefärbten Haare, die in einem unordentlichen Dutt zusammengebunden waren, sondern auch aufgrund ihres unkonventionellen Outfits leicht auszumachen. Mit den abgewetzten Dr. Martens, ihren zerrissenen Netzstrümpfen und einem ausgeblichenen *Metallica*-Shirt, das in den Neunzigern schon in den Secondhand-Laden gehört hätte, sah sie aus, als hätte sie eine Rolle in einem Quentin-Tarantino-Film bekommen und wäre direkt vom Set hierher gelaufen.

Jannik ließ sein Skateboard locker in der Hand baumeln und ging auf die Gruppe zu.

»Hey, Cherry, alles klar?«, fragte er betont lässig.

Jannik Fischer, geborener Womanizer.

Doch mit seinen zugegebenermaßen nicht besonders ausgeprägten Verführungskünsten biss er bei Cherry auf Granit.

Sie verdrehte die Augen, während sie einen Zug von ihrer Zigarette nahm.

»Was willst du, Fish?«, fragte sie ohne den Anflug eines Lächelns. Das Sonnenlicht, das sich auf dem künstlichen Diamanten an ihrem Nasenring brach, stach Jannik ins Auge.

»Ich muss mit dir reden. Allein!«, entgegnete er.

»Huuu, Cherry-Baby, läuft was zwischen dir und dem Skater?«, zog ein junger Kerl mit blondierten Haaren, den Jannik nie zuvor gesehen hatte, den er aber auf Anhieb unsympathisch fand, Cherry auf.

»Ich geb dir gleich, *Cherry-Baby*«, fauchte sie. »Verzieh dich. Und nimm Duygu mit. Kontrolliert als Erstes Tank drei. Seit die Polente hier alles auf den Kopf gestellt hat, stimmt was mit der Temperatur nicht.«

Der blondierte Affe drückte die Zigarette aus und verschwand zusammen mit der schüchtern wirkenden jungen Frau, deren Haare unter einem hellblauen Hidschab steckten, durch die nur angelehnte Tür mit der Aufschrift *Zutritt verboten*.

»Also, was ist jetzt?«, fragte Cherry. Ihr Gesichtsausdruck schwankte zwischen gelangweilt und feindselig. »Wenn es um deinen mordlustigen Freund geht, von mir aus kann der im Knast verrecken.«

»Komm schon! Tim hat Lisa nicht umgebracht, das kannst du nicht ernsthaft annehmen. Er hat die Frau geliebt.«

Cherry lachte verächtlich. »Es haben schon ganz andere aus Liebe getötet.«

»Ach, hör doch mit den alten Plattitüden aus *CSI Miami* auf. Das hier ist kein Spaß und auch keine Fernsehserie.«

»Nein, zum Teufel, das ist in der Tat kein Spaß, Fish! Ich habe meine beste Freundin tot im Wasser treiben sehen!«

»Ja, ich weiß. Tut mir auch wirklich leid. Aber ich brauche ein paar Antworten von dir. Bitte, Charlotte.«

Beim Klang ihres richtigen Namens verzog sie das Gesicht. »Nenn mich nicht so, du bist nicht meine Mutter.« Demonstrativ blickte sie auf ihre Armbanduhr. »Ich muss dann auch wieder, sonst bekomme ich Ärger.«

Cherry warf die Zigarette in den Sand, den der Wind von den Dünen auf die Waschbetonplatten geweht hatte, und trat sie aus. Sie ging zu der nur angelehnten Hintertür, kickte den Keil, der sie aufgehalten hatte, beiseite und wollte die Tür hinter sich zuziehen, doch Jannik war schneller.

Er stellte den Fuß in die Tür und folgte ihr ins Innere, worauf sie sich in einem nüchternen, weiß getünchten Gang befanden. An den Wänden lief eine Armada an Rohren entlang, ein stetiges Rauschen und Dröhnen lag in der Luft.

»Als Lisa und Tim noch ein Paar waren, hast du ständig mit ihnen abgehangen, und jetzt ist dir Tim egal?«, rief Jannik hinter Cherry her und beeilte sich, zu ihr aufzuschließen.

Cherry fuhr herum und funkelte ihn wütend an, doch Jannik meinte zu sehen, wie ihre Augen feucht wurden.

»Ja, genau, seit er Lisa umgebracht hat, ist Tim mir egal«, entgegnete sie, hob die Hand zur Faust und wollte Jannik gegen die Brust schlagen, doch er hielt sanft ihr Handgelenk.

»Und wenn er es nicht war?«, fragte Jannik ruhig. »Sieh es doch mal so: In dem Fall hilfst du, indem du weiter schweigst, dem wahren Mörder, und er wird ungeschoren davonkommen. Denkst du, Lisa hätte das gewollt?«

»Du hast Lisa doch nie gemocht!« Cherry wandte sich von Jannik ab und ging zielstrebig den Gang entlang, wobei sie sich unauffällig mit dem Unterarm über die Augen fuhr. Dann verschwand sie hinter der nächstgelegenen Tür.

Jannik folgte ihr und fand sich in einer gewaltigen Halle wieder, in der das Dröhnen fast ohrenbetäubend anschwoll. Riesige, bis unter die Decke reichende Tanks standen dicht an dicht vor Wänden aus nacktem Beton. Weitere Rohre liefen von den Tanks zu dem blau illuminierten Becken mit hüfthohem Rand in der Mitte des Raums. Die kleine Leiter, die hinauf zum Beckenrand führte, war mit weiß-rotem Flatterband abgesperrt, auf dem *Polizei* stand. Es roch nach Salzwasser und Fisch.

Ein kleiner Hai tauchte in dem Becken auf, zog eine Runde und verschwand dann wieder aus Janniks Sichtfeld.

»Ist es hier passiert?«, fragte Jannik mit belegter Stimme.

Erneut funkelte Cherry ihn an. »Was glaubst du wohl?«

Jannik fühlte sich beklommen. »Wie sind Tim und Lisa überhaupt hier reingekommen?«, fragte er. »Ich meine, hier kann ein normaler Besucher doch nicht einfach so reinspazieren?«

Cherry verkrampfte sich und begann, mit dem Stecker in ihrer Nase zu spielen. »Keine Ahnung. Irgendjemand muss eine Tür nicht richtig hinter sich zugezogen haben. So was passiert selten, aber es kommt vor.«

Jannik kannte Cherry nicht besonders gut, sie waren nur ein paar Mal zusammen mit Tim und Lisa ausgegangen, trotzdem erkannte er auf Anhieb, dass sie log.

»Die Märchen kannst du der Polizei erzählen, aber bei mir zieht das nicht. Also, wie sind die beiden hier reingekommen?«, wiederholte er nun schärfer.

Cherry trat von einem Bein aufs andere. »Wenn das rauskommt, bin ich meinen Job los.«

»Komm schon, ich verpfeif dich nicht.«

»Lisa ist gekommen, weil wir uns treffen wollten.«

»Du wusstest, dass sie wieder auf der Insel ist?«

Cherry nickte. »Sie hat mich angerufen und gesagt, sie müsse mich dringend sehen; es sei wichtig. Ich habe vorgeschlagen, wir könnten uns nach meinem Feierabend in der Surfschule auf ein Bier treffen, aber davon wollte sie nichts wissen. Sie hat richtig geheimnisvoll getan.«

»Und dann hast du dich während deiner Arbeitszeit mit ihr verabredet«, schlussfolgerte Jannik.

Cherry nickte. »Wir wollten uns hier in der Technik treffen«, sie deutete auf eine schwere Eisentür weiter hinten. »Ich habe mit ihr ausgemacht, dass ich die Tür angelehnt lasse. Lisa sollte sie hinter sich zuziehen, aber ich habe mich verspätet. Sandra, meine Chefin, hat mich an dem Tag in ihr Büro gerufen, um mit mir die Dienstpläne für die Zwanzig-Jahr-Feier durchzugehen und mir dann auch noch eine Führung aufs Auge zu drücken. Das hat sich endlos hingezogen. Danach … na, du weißt ja, was dann passiert ist.«

Unvermittelt kam Jannik ein Gedanke. »Gibt es hier eigentlich auch Kameras?«, fragte er.

Erneutes Kopfschütteln. »Leider nicht. Aber das ist auch gar nicht nötig. Es gibt Aufnahmen, die zeigen, wie Tim Lisa in den Technikbereich gefolgt ist. Tim war verdammt wütend, das ist deutlich zu erkennen. Er hat sie umgebracht, ob dir das gefällt oder nicht.«

»Aber weshalb?«, brauste Jannik auf. »Was sollte er für einen Grund gehabt haben?«

Cherrys Augen verengten sich zu schmalen Schlitzen. »Hat er dir nichts gesagt, dein sauberer Freund?«

»Was gesagt?«

»Dass Lisa von ihm schwanger war.«

Jannik glaubte, sich verhört zu haben. Er schüttelte mit dem Kopf.

»Dann frag ihn danach, wenn du ihn das nächste Mal siehst.«

»Aber das passt doch noch weniger«, warf Jannik ein. »Tim hätte Lisa niemals etwas angetan, erst recht nicht, wenn sie von ihm schwanger war.«

»Das ist es ja, mehrere Besucher haben Lisa darüber reden hören. Dafür gibt es Zeugen. Lisa hat Tim gesagt, dass sie das Kind auf dem Festland hat wegmachen lassen.«

Kapitel 10

Jannik stand in seiner Fischbude und schnitt Matjes-Filets in gleichmäßige Streifen, froh über die Routinearbeit, denn in seinem Kopf herrschte ein heilloses Durcheinander. Selbst der leichte, vom Meer herüberwehende Wind und die in Wellen auslaufende Nordsee schafften es nicht, ihn aus seinen trüben Gedanken zu reißen.

Was hatte Lisa bloß getan? Sie und Tim hatten sich doch geliebt. Okay, ein Kind hätte eine Veränderung bedeutet, aber doch keine, mit der Tim nicht klargekommen wäre. Sie hatte es allerdings vorgezogen, klammheimlich zu verschwinden, um es wegmachen zu lassen.

Unfassbar.

Wenn Jannik sich vorstellte, ihm wäre so etwas passiert – was hätte er getan?

Er wäre tief verletzt gewesen.

Und wütend.

Aber wäre er so wütend gewesen, dass er …?

»Na, was hast du heute Feines für mich?«, fragte eine vertraute Stimme, was Janniks Grübeleien unterbrach.

Carsten, ein Stammkunde, der Jannik mehrmals die Woche aufsuchte, stand vor seinem Foodtruck und blickte zu ihm hoch. An den Lachfalten in Carstens stets gebräuntem, wettergegerbtem Gesicht erkannte man, dass er gern lachte.

Ohne dass sein Stammkunde etwas hätte sagen müssen, holte Jannik eine Flasche Flensburger aus dem Kühlschrank und reichte sie über die Theke.

»Die Firma dankt«, sagte Carsten, tippte sich gegen

eine imaginäre Hutkrempe und ließ den Verschluss aufploppen.

Obwohl Jannik seinen Stammgast auf Anfang bis Mitte fünfzig schätzte, strahlte Carsten immer noch etwas unverkennbar Jugendliches aus. Das mochte seinen ungewöhnlichen Klamotten geschuldet sein; heute trug er bis zu den Knöcheln hochgekrempelte Chinos, ein Shirt mit Kaktus-Print, ein rotes Halstuch, und wie eigentlich immer war er barfuß unterwegs. Vielleicht lag es auch an seinen beinahe bis auf die Schultern reichenden Haaren, die kaum graue Strähnen aufwiesen, doch das Ausschlaggebende war wahrscheinlich, dass Carsten nicht in der Vergangenheit lebte. Jannik hatte ihn nie rückwärtsgewandt, sondern immer voller Tatendrang erlebt. Wenn er so darüber nachdachte, kannte er niemanden, der derart vor Plänen strotzte wie Carsten. Im Moment arbeitete er gerade daran, sein erstes Album mit selbst geschriebenen Songs zu veröffentlichen, und er plante auch schon ein Konzert auf der Insel, auch wenn ihm dafür noch die Location (und möglicherweise auch das Publikum) fehlte.

»Das kulinarische Highlight des Tages ist mein *Matjes-Ceviche – Nordsee trifft Mexiko*«, sagte Jannik. »Na, wie klingt das?«

»Nehme ich«, entgegnete Carsten, dann legte sich seine Stirn in Falten. »Aber ist alles okay bei dir? Du siehst, sorry, wenn ich das sage, irgendwie mitgenommen aus. Probleme mit dem Geschäft?«

»Nein, alles bestens«, log Jannik, denn im Hinterkopf hörte er gegen seinen Willen die Worte von Hajo *Gargamel* Appel.

Gäste sind ja so sensibel.

Mit einem Achselzucken zog Carsten eines der ausrangierten Fässer heran, die im gleichen Marineblau wie der Foodtruck gestrichen und mit dem weißen Logo von *Janniks Fischbraterei* versehen waren. Dann stützte er die Ellenbogen auf die geölte Eichenholzplatte, die den Gästen als Tisch diente, und nahm einen Schluck von seinem Flensburger.

»Was ist denn drin in deinem Nordsee-trifft-Mexiko-Dingsbums?«

»Matjes-Filets natürlich«, begann Jannik, während er weiter die Fische bearbeitete. »Dann Kartoffeln, Bohnen und Apfelstückchen – die sorgen für die Süße. Das Ganze mariniert in Limetten-Chili-Milch.« Er zeigte auf eine Schüssel, in der er die Zutaten bereits gemischt hatte.

Zufrieden sah Jannik, wie Carsten schlucken musste, bevor er antworten konnte: »Ganz ehrlich: Nirgendwo auf Sylt ist das Essen in Anwesenheit des Kochs leckerer als bei dir.«

»Das liegt daran, dass du sonst nur in Läden gehst, in denen sie die Küche irgendwo verstecken.«

Carsten grinste. »Mag sein, mag sein. Aber mal im Ernst. Du bist ein netter Kerl und ein Held am Herd. Wie kommt's, dass hier trotzdem so wenig los ist?«

Jannik zuckte mit den Schultern, während er eine Limette in der Hand drehte und über dem Ceviche ausdrückte.

»Vielleicht ist Sylt einfach noch nicht bereit für meine Kreationen. Die Leute wollen, was sie kennen. Matjesbrötchen, Fischfrikadellen und dazu eine große Pommes. Und wenn es doch mal was anderes sein darf, dann gehen sie zu *Josh & Jakob.* Wer auf Sylt Urlaub macht, kommt an denen nicht vorbei.«

Carsten schnaubte. »Wie denn auch? Allein zehn Filialen hier auf Sylt, vierzig deutschlandweit«, antwortete er und nahm noch einen Schluck von seinem Flensburger. »Die sind fast schon so was wie der Fisch-McDonald's. Ich habe gelesen, dass sie allein in St. Peter-Ording bis zu 2.000 Essen und über 1.000 Fischbrötchen am Tag verticken.« Er schüttelte sich. »Hat etwas von Massenabfertigung. Mein Ding ist das nicht.«

Jannik begann, die Limetten-Chili-Milch über die Matjes-Mischung zu gießen. »Vielleicht gehe ich das Ganze einfach falsch an. Die Leute wollen schnell was auf die Hand, und das ist ja auch in Ordnung, aber für mich geht es in erster Linie darum, das Beste aus den Zutaten herauszuholen und den Leuten etwas Besonderes zu bieten. Etwas, das sie nicht alle Tage zu essen bekommen. Das dauert halt ein bisschen.«

Jannik war gerade dabei, die Schüssel mit dem Matjes-Ceviche auf die Theke zu stellen, als plötzlich ein lautes Zischen aus der Fritteuse ertönte.

»Was zum Teufel …«, begann er, als auch schon das Fett in der Fritteuse Feuer fing und eine Flamme hochstob.

Eine Schrecksekunde lang konnte Jannik sich nicht rühren, dann aber griff er nach dem Fettbrandlöscher und hielt ihn auf die Flamme.

Sofort erfüllte ein chemischer Geruch die Luft. Dichter Schaum breitete sich aus und erstickte die Flamme.

Carsten kam an die Theke gesprungen, das Bier noch in der Hand, und sah aus, als wollte er mit dem Gerstensaft beim Löschen helfen. Was bei brennendem Fett eine ausgesprochen schlechte Idee gewesen wäre; in dem Fall hätte Jannik seinen Foodtruck (und wahrscheinlich auch sich selbst) vergessen können.

»Alles okay, Junge? Ist dir was passiert?«

»Ich bin in Ordnung. Aber das war verdammt knapp. Scheiße, echt«, entgegnete Jannik, den Feuerlöscher in der Hand, das Herz in der Hose.

Genau in diesem Moment kam eine kleine, knatternde und in einem solch knalligen Rosa lackierte Vespa um die Ecke gebraust, dass es in den Ohren und den Augen schmerzte. Darauf saß niemand anderes als Anke Fischer. Den Blaumann hatte sie gegen eine Jeans und ein kariertes Hemd getauscht, eine Kombination, die jeden Waldarbeiter vor Neid hätte erblassen lassen. Sie hielt direkt vor dem Foodtruck, nahm den Helm ab und schwang sich von ihrem knalligen Gefährt.

»Wonach stinkt das denn hier?«, fragte sie, die Hände in die Hüften gestemmt, während sie zwischen Jannik und

Carsten hin und her blickte und schließlich den Foodtruck ins Auge fasste. »Spekulierst du auf Geld von der Versicherung, indem du das Teil abfackelst?«

»Sehr witzig«, nuschelte Jannik. »Was hat mich nur geritten, mein Glück auf dieser verdammten Insel zu probieren?« Er knallte den Feuerlöscher in die Ecke und nahm sich, entgegen seiner sonstigen Gewohnheiten, ebenfalls ein Bier aus dem Kühlschrank.

»Willst du auch eins?«, fragte er Anke.

»Nein, danke. Ich muss erst noch für Tim einen guten Anwalt auftreiben, anschließend geht's nach List. Eigentlich wollte ich fragen, ob du mich nach deiner Schicht begleitest. Es geht um ... Du weißt schon.« Verstohlen schielte sie zu Carsten und warf Jannik dann einen Kein-weiteres-Wort-in-seiner-Gegenwart-Blick zu.

»Er ist okay«, meinte Jannik und ließ nun ebenfalls den Verschluss der Flasche aufploppen, bevor er einen großen Schluck nahm. »Das ist Carsten, ein ...«

»... Freund«, ergänzte Carsten und lächelte. »Ich denke, inzwischen kennen wir uns lange genug, dass ich das behaupten kann.«

Jannik lächelte zurück. »Und das ist Anke, eine ...«

»... Freundin«, fügte sie ihrerseits an.

»Also, was willst du in List?«, fragte Jannik.

»Dort leben Lisas Eltern, das weiß ich von Marie, und die weiß es von ihrem Sohn, also von Oberkommissar Ziegler. Ich muss unbedingt mit den Eltern sprechen, etwas kommt mir seltsam vor. Zumal Marie gemeint hat, dass die Polizei sich nicht dafür interessiert.«

»Geht es um die Tote, die sie im *Ocean View* gefunden haben?«, schaltete Carsten sich ein.

Jannik nickte. »Die Polizei hat sich auf Tim eingeschossen, das ist Ankes Stiefsohn und ein guter Kumpel von mir. Aber er ist nicht der Täter, auf gar keinen Fall.«

»Und er wurde festgenommen, ohne dass er einen Strafverteidiger an seiner Seite hat? Ist das euer Ernst?«

Anke und Jannik nickten.

Carsten seufzte, schien einen Moment mit sich zu ringen, dann sagte er: »Also gut. Jetzt hat er einen Anwalt. Und zwar den besten.«

Kapitel 11

Anke steuerte den *Pink Panther*, wie sie ihre alte, rosa Vespa nannte, auf dem Wenningstedter Weg nach Norden.

»Jetzt entspann dich mal, ich bekomm sonst keine Luft«, rief sie über den Lärm des Zweitakt-Motors nach hinten, wo Jannik saß, die Arme so fest um ihren Bauch geschlungen, dass ihre inneren Organe kurz vor einer Meuterei standen und die Flucht nach außen planten.

»Ich hatte dich gewarnt. Zweirädrige Fortbewegungsmittel und ich, wir werden keine Freunde; erst recht nicht, wenn sie einen Motor haben«, rief er zurück. »Wenn Gott gewollt hätte, dass wir auf zwei Rädern unterwegs sind, hätte er dafür gesorgt, dass die Dinger nicht umfallen.«

Vor ihnen tauchte Kampen mit seinem weiß getünchten und auf halber Höhe mit einem schwarzen Streifen versehenen Leuchtturm auf, als der Fahrer des Mercedes vor ihnen unvermittelt auf die Bremse trat. Das Fenster auf der Beifahrerseite glitt herunter, und eine Frau im gelben Sommerkleid beugte sich heraus, um Fotos vom *Langen Christian*, wie der Leuchtturm von den Einheimischen genannt wurde, zu schießen.

Geschickt zog Anke an dem Mercedes vorbei.

»Das war knapp«, rief Jannik aufgeregt. »Kannst du nicht ein bisschen langsamer fahren?«

»Das war doch nicht knapp! Ich habe alles im Griff.«

Während Anke weiterfuhr, schweiften ihre Gedanken zurück zu dem gutmütigen, aber auch ein wenig abgerissenen Kerl, der an Janniks Fischbude auf sein Essen gewartet hatte. »Hoffentlich haben wir keinen Fehler gemacht, als wir Carsten mit Tims Verteidigung beauftragt haben.«

Janniks Helm schlug gegen ihren, als er den Kopf schüttelte. »Carsten hat sehr selbstbewusst geklungen, fand ich. Ich hoffe nur, er zieht Schuhe an, bevor er zur Polizei geht.«

»Und ein anderes T-Shirt«, gab Anke zu bedenken, ehe sie sich daran erinnerte, dass sie selbst im ölverschmierten Blaumann und mit Vogelnestfrisur sowie dreckigen Fingernägeln auf dem Polizeirevier erschienen war.

Ihr kam der Verdacht, dass auch sie eventuell ein wenig derangiert gewirkt haben dürfte, daher beschloss sie, Carsten nicht nach seinem Äußeren zu beurteilen, sondern ihm eine Chance zu geben. Zudem blieb ihr gar nichts anderes übrig. Die hiesigen Anwälte mochten sich hervorragend mit Erbschaftsdingen, Baurecht und Nachbarschaftsstreitigkeiten auskennen, eine Anklage wegen Mordes stand bei ihnen mit Sicherheit nicht oft auf dem Plan.

In Kampen stockte wie üblich der Verkehr. Anke ging vom Gas, und sie merkte, wie Jannik sich ein wenig entspannte, doch kaum dass die Fahrt weiterging, klammerte er sich wieder an ihr fest.

Dadurch spürte Anke ihren Muskelkater umso deutlicher. Mila, ihre Trainerin, hatte gestern tatsächlich ernst gemacht und sie so lange im Einzeltraining gequält, bis sie kopfüber in einer Senkrechten im Wasser gestanden hatte wie Willi auf Viagra.

»Da vorn, das muss es sein«, rief Jannik, als sie die Mövenbergstraße in List erreicht hatten. Er zeigte auf ein heruntergekommenes Backsteinhaus, das ganz am Ende der Straße im Schatten einer grasbewachsenen Düne lag. Dem alten Dach fehlten an einigen Stellen Schindeln, und die Löcher waren zum Schutz vor den Elementen nur notdürftig mit blauer Plastikfolie abgedichtet worden. Im Garten wucherte Unkraut, und Anke spürte beinahe die Kälte, die in stürmischen Nächten durch die Ritzen der

Holzfenster ins Innere drang.

»Was sagst du, warum wir gekommen sind?«, fragte Jannik, während er den Helm abnahm.

Der junge Kerl sah wirklich ein wenig blass um die Nase aus.

»Keine Ahnung«, gestand Anke, während sie ihren Helm neben den von Jannik auf den Sitz legte. »Wir werden improvisieren.«

Bevor sie der Mut verließ, straffte sie die Schultern, öffnete das Holztor, das den Durchgang im Friesenwall versperrte, und stapfte über die moosbedeckten Gehwegplatten bis an die Haustür.

Nach dreimaligem Klingeln hörte sie von drinnen schlurfende Schritte, kurz darauf öffnete sich die Eingangstür einen Spaltbreit, und eine Frau mit tief um Mund und Nase eingegrabenen Falten schaute mit wässrigen Augen hinaus. Die Frau mochte jünger sein als Anke, doch mit ihrem abgekämpften Gesichtsausdruck und dem breiten schwarzen Ansatz in ihren blonden Haaren wirkte sie wie hundert.

»Ja, bitte?«, fragte sie in einem Tonfall, der deutlich machte, wie wenig Wert sie auf unangemeldeten Besuch legte.

»Sind Sie Frau Albrich?«, entgegnete Anke betont freundlich.

»Wer will das wissen?«

»Guten Tag, mein Name ist … Beate Volmer, und das ist Jan … äh, Jason Müller. Wir haben von Ihrem Verlust erfahren und sprechen Ihnen unser ganzes Mitgefühl aus. Ich weiß, es ist nicht einfach, einen Menschen zu verlieren.« Anke musste schwer schlucken, gleichzeitig entschuldigte sie sich im Stillen bei der Frau für die Lüge, die jetzt kommen würde. Doch Anke blieb keine andere Wahl. Wenn sie ihr die Wahrheit verriet (*»Der mutmaßliche Mörder Ihrer Tochter ist mein Stiefsohn. Aber keine Angst, wir sind nicht voreingenommen. Wir wollen uns nur ein wenig mit Ihnen unterhalten«*), würde ihnen die windschiefe Tür gleich wieder vor der Nase zugeschlagen werden.

Daher sagte sie: »Wir arbeiten ehrenamtlich für eine Stiftung, die Verbrechensopfern oder deren Angehörigen unter bestimmten Voraussetzungen eine Entschädigung zahlt. Mir ist bewusst, dass wir ungelegen kommen, aber falls Sie Interesse an einer solchen Zahlung haben, sollten wir den Antrag so schnell wie möglich auf den Weg bringen. Das Verfahren dauert eine halbe Ewigkeit. Wir können Ihnen da Geschichten erzählen.« Anke schaute Jannik auffordernd an und stieß ihm unauffällig mit der Schuhspitze gegen das Bein.

Sag doch auch mal was!

»Äh, ja, … Geschichten erzählen … könnten wir«, stotterte Jannik wenig hilfreich.

Anke unterdrückte ein Seufzen. Warum hielten Männer sich für die Krone der Schöpfung, wenn sie so schlecht improvisierten?

»Entschädigung, sagen Sie?«, fragte Frau Albrich, und der Türspalt wurde zusammen mit ihren Augen größer. »Na, wenn das so ist, dann kommen Sie und Ihr Kollege eben rein. Muss ja nicht jeder mitbekommen, was wir zu besprechen haben. «

Die Jeans und das mausgraue, ausgewaschene Top der Frau saßen ausgesprochen eng, was ihre ausgemergelte Gestalt wenig vorteilhaft betonte.

»Vielen Dank«, gab Anke zurück und betrat hinter Frau Albrich den schmalen, düsteren Flur, Jannik folgte mit einigem Abstand. Muffige Luft, eine Mischung aus verkochtem Eintopf, Zigarettenrauch und einer alles überlagernden Kampfernote, schlug ihnen entgegen, und Anke verlegte ihre Atmung von der Nase auf den Mund.

»Nach der Sache mit Lisa schleichen die Nachbarn wie Hyänen um unser Haus. Immer auf der Suche nach Neuigkeiten, über die sie sich die Mäuler zerreißen können. Widerlich!«, meinte Frau Albrich und betrat das erste Zimmer, das vom Flur abging. »Was muss man denn machen, um Geld zu bekommen?«, wechselte sie abrupt das Thema, während sie das Wohnzimmer betraten.

Der Raum schien unter dem gewaltigen braunen Sofa an der einen und dem schweren Eichenschrank an der gegenüberliegenden Wand regelrecht zu schrumpfen. Zwei der Schranktüren standen offen und gaben den Blick auf den dahinterstehenden Fernseher frei. Es lief eines dieser Boulevardmagazine, dessen überbelichtete Moderatorin gerade mit einer vor künstlicher Betroffenheit triefenden Stimme über das Ende der Ehe eines Fußballspielers und seiner, wie sie sich ausdrückte, liebreizenden Frau, einem ehemaligen Model, berichtete.

Ein dürrer Mann mit gelblich-blasser Haut kauerte ganz am Rand des Sofas. Um die Beine hatte er trotz der stickigen Wärme eine Decke gewickelt, ein dünner Plastikschlauch lag unter seiner Nase und führte von dort zu einer Sauerstoffflasche, die schräg hinter ihm auf einem rollbaren Metallständer stand.

Mit jedem Atemzug des Mannes machte der Sauerstoff ein zischendes Geräusch. Auf dem Tisch vor dem Mann lagen neben einem vollen Aschenbecher und einer Packung Marlboro mindestens ein halbes Dutzend Tablettenschachteln.

Der Blick des Mannes wanderte zu den Neuankömmlingen.

»Setzen Sie sich doch«, sagte Frau Albrich, ohne den Mann vorzustellen. Sie wies auf die beiden Sessel. »Wollen Sie etwas trinken?«

Jannik und Anke lehnten gleichzeitig dankend ab.

»Die Leute sind von einer Stiftung«, wandte Frau Albrich sich dem Mann auf dem Sofa zu, bevor sie die Fernbedienung nahm und den Ton des Fernsehers abstellte. »Vielleicht bekommen wir Geld. Wegen Lisa.«

Der Mann wollte etwas erwidern, doch in seiner Lunge brodelte es dermaßen, dass er kein Wort herausbekam und stattdessen zu husten anfing.

»Das ist mein Mann«, erklärte Frau Albrich nun doch die Anwesenheit des Mannes und fügte unnötigerweise hinzu: »Er ist krank. Lungenemphysem. Ihn hat Lisas Tod auch schwer getroffen.«

Anke blickte sich in dem trostlosen Wohnzimmer um. Zwischen Trockenblumen stand eine goldene Gondel aus Plastik samt pfeifendem Gondoliere und eingraviertem Venedig-Schriftzug. Eine Erinnerung an bessere Zeiten.

Anke wünschte sich weit weg.

Weiter noch als Venedig.

Doch sie waren schon zu weit gegangen, als dass sie jetzt einen Rückzieher machen konnten.

»Also«, sagte sie geschäftsmäßig und stellte plötzlich siedend heiß fest, dass sie überhaupt nichts zu schreiben mitgenommen hatte.

An ihren detektivischen Fähigkeiten musste sie dringend pfeilen.

Rasch holte sie ihr Handy heraus und gab vor, die Daten direkt in eine App einzugeben. »Wie schon gesagt, dient unser Besuch heute lediglich dazu, ein paar Rahmendaten abzuklopfen. Das wird nicht lange dauern. Wenn ich richtig informiert bin, hat Lisa bis vor Kurzem auf Sylt gelebt, ist dann aber recht unvermittelt aufs Festland gezogen.«

Argwohn regte sich im Blick der Frau. »Ist das wichtig? Ich meine, bekommen wir nur Geld, wenn Lisa hier gewohnt hat?«

»Nein, das spielt keine Rolle«, beeilte sich Anke zu sagen. »Ich benötige lediglich eine Anschrift.«

Frau Albrich entspannte sich, wirkte aber mit einem Mal weniger zugänglich. »Dann tragen Sie doch einfach unsere Adresse ein. Lisa ist doch ohnehin tot.«

Anke blickte auf. »Lisas Adresse auf dem Festland kennen Sie nicht?«

Frau Albrich schob das Kinn vor. »Wissen Sie, Lisa war schon immer ein schwieriges Kind. Ein richtiger Wildfang. Es hat sie nie lange an einem Ort gehalten. Schon mit sechzehn ist sie hier ausgezogen und hat anfangen, in der Gastronomie zu arbeiten. Seitdem haben wir keinen

Kontakt mehr.«

Anke tippte etwas Sinnloses in ihr Handy. »Verstehe, dann nehmen wir Ihre Adresse.« Nun kam der heikle Teil, und Anke hoffte, dass die Albrichs ihr die Aufregung nicht anmerkten. »Gab es bei Lisa irgendwelche Vorerkrankungen?«, fragte sie möglichst beiläufig, als sei dies eine von vielen im Grunde unwichtigen Informationen, die bei Anträgen üblicherweise abgefragt wurden. »Litt sie unter chronischen Krankheiten? Vielleicht Asthma, Diabetes oder … Herzrhythmusstörungen. Irgendetwas in der Art?«

Kopfschütteln. »Lisa war kerngesund.«

Aus den Augenwinkeln bemerkte Anke, wie Jannik die Schultern hängen ließ.

So kamen sie nicht weiter.

Anke startete einen neuen Versuch. »Ich halte fest: keinerlei Vorerkrankungen. Und Sie oder Ihr Mann? Hat von Ihnen jemand mit einer Arrhythmie zu kämpfen?«

Frau Albrich sah sichtlich irritiert aus.

»Ich meine, mit Herzrhythmusstörungen.«

Die Frau zog die Augenbrauen nach oben. »Mein Mann hat eine Menge gesundheitlicher Probleme, aber sein Herz arbeitet tadellos. Genau wie meins. Aber was tut das denn zur Sache?«

»Ach, gar nichts. Am besten machen wir einfach weiter: War Lisa möglicherweise schwanger?«, fragte sie möglichst beiläufig, als sei das der nächste Punkt auf der Liste.

Erneutes Kopfschütteln.

Verdammt. Sie verschwendeten ihre Zeit.

Gerne hätte Anke Frau Albrich nach der Beziehung zwischen Lisa und Tim gefragt, aber so intime Fragen konnte sie beim besten Willen nicht mehr als Teil des Antrags auf Entschädigung verkaufen.

In ihrer Verzweiflung änderte sie ihre Strategie, wobei ihr das Herz schon jetzt bis zum Hals schlug. »Jason, wenn du kurz weitermachen könntest, ich müsste mal auf die Toilette, falls das möglich ist.«

Jannik schaute sie aus großen Augen an und schüttelte unauffällig mit dem Kopf.

Auf keinen Fall lässt du mich hier allein!

»Das ist kein Problem«, sagte Frau Albrich. »Es ist die Tür ganz am Ende des Korridors. Können Sie gar nicht verfehlen.«

Anke schrieb *Ich sehe mich ein wenig um, lenk du sie so lange ab!* in ihr Handy und drückte das Smartphone Jannik in die Hand.

»Ich bin gleich wieder da«, sagte sie, bevor sie aus dem Zimmer rauschte.

»Schön, dann wollen wir mal weitermachen«, hörte Anke Jannik stottern, bevor die Tür hinter ihr ins Schloss fiel und sie allein auf dem düsteren Gang stand.

In Filmen und Serien sah es immer völlig leicht aus, wenn der Held sich unauffällig davonstahl, um sich in fremden Häusern umzusehen, aber im wahren Leben verhielt es sich anders.

Ankes Beine fühlten sich so weich an, als würden sie sie keine drei Schritte tragen. Ihre Hände zitterten, und ihr fiel das Atmen schwer. Außerdem hatte sie bereits jetzt jegliches Zeitgefühl verloren.

Wie lange war Jannik bereits mit den Albrichs allein?

»Reiß dich zusammen, du bist noch keine zehn Sekunden unterwegs. Los jetzt, du hast schon ganz andere Sachen durchgezogen«, murmelte sie in sich hinein und öffnete die Tür, die dem Wohnzimmer gegenüberlag.

Ein Abstellraum.

Sofort drückte sie die Tür wieder zu und inspizierte die übrigen Zimmer im Erdgeschoss. Doch weder in der Küche noch im Elternschlafzimmer, in dem neben einem Ehebett noch ein monströses Krankenbett stand – Anke stieß nirgendwo auf etwas, das sie weiterbrachte.

Schließlich fiel ihr Blick auf die alte Holztreppe, die in den ersten Stock führte. Sollte sie es wirklich wagen?

Inzwischen waren bestimmt zwei Minuten vergangen, und Anke fiel auf, dass sie noch nie darauf geachtet hatte, wie lange es dauerte, bis man seine Blase entleert und die Hände gewaschen hatte. Ein weiterer Punkt auf ihrer Bucket List zukünftiger Detektivarbeiten: der Pinkeltimer.

Egal.

So vorsichtig wie irgend möglich stieg sie die Stufen hinauf, trotzdem ächzte und knarrte das Holz wie auf einem alten Segelboot.

Mit Schweiß auf ihrer Stirn, der nicht von der Anstrengung des Treppensteigens herrührte, kam sie oben an und rechnete jeden Moment damit, die Stimme von Frau Albrich mit der Frage, was verdammt sie denn da oben treibe, zu vernehmen, doch im Erdgeschoss blieb alles ruhig.

Hier unter dem Dach gingen vom Flur drei Türen ab. Anke entschied sich für die zweite und drückte die Klinke herunter.

Erstaunt blickte sie in ein typisches Mädchenzimmer. Auf einem gewaltigen Bett mit Überwurf saßen Stofftiere. Das zum Schminktisch umfunktionierte Sideboard quoll über vor Kosmetika, die allesamt den Anschein machten, seit Jahren nicht mehr benutzt worden zu sein. Die Tapete an der Dachschräge war fast vollständig von verblichenen Postern verdeckt, auf denen Bands abgebildet waren, die sich aus verträumt dreinschauenden Milchbubis ohne Bartwuchs zusammensetzten, deren Frisuren und Klamotten seit mindestens zehn Jahren aus der Mode waren. Im Gegensatz zum Rest des Hauses wirkte das Zimmer penibel gesäubert. Und so, als sei es nicht mehr verändert worden, seit das Mädchen, die tote Lisa, es vor Jahren verlassen hatte.

Anke bekam eine Gänsehaut und wollte gerade wieder verschwinden, als sie aus den Augenwinkeln etwas entdeckte, das nicht ins Bild passte.

Hinter der Tür stand ein dunkelroter Rollkoffer; darauf, gegen den ausgefahrenen Teleskopgriff gelehnt, eine recht neu wirkende Laptoptasche. Eine feine Schicht Dünensand bedeckte die kleinen schwarzen Rädchen.

Dieser Koffer stand definitiv noch nicht lange hier. Natürlich konnte er irgendjemandem gehören, doch Anke glaubte nicht, dass die Albrichs viel Besuch bekamen.

Sie würde jede Wette eingehen, dass es Lisas Koffer war.

Der braune Teppich dämpfte Ankes Schritte, als sie hinging, sich die Laptoptasche schnappte und sie unter dem karierten Baumwollhemd in ihren Hosenbund stopfte.

Eilig vergewisserte sie sich, dass das Hemd, das ursprünglich Jens gehört hatte und deshalb schön locker saß, ihr Diebesgut versteckte, dann drehte sie sich um und lief geradewegs in den schwer atmenden Mann hinein, der sich auf dem Flur hinter ihr aufgebaut hatte.

Kapitel 12

»Bin ich zu spät?«, fragte Marie. Sie trug ihre dunklen, lockigen Haare heute offen, sodass sie hinter ihr herwehten, als sie auf Anke zueilte. Sie musste sich wirklich ordentlich beeilt haben, denn rote Flecken bedeckten ihre Wangen, die sommers wie winters leicht gebräunt waren.

Anfangs hatte Anke vermutet, Marie ginge heimlich auf die Sonnenbank, doch tatsächlich rührte die gesunde Gesichtsfarbe von der vielen Arbeit im Freien her. Als Meeresbiologin war Marie häufig im Watt unterwegs.

Die Sohlen der Riemchensandalen, die Anke noch nie an ihr gesehen hatte, die Marie aber verdammt gut standen, betonten sie doch deren schlanke Beine, klapperten auf dem Pflaster der Fußgängerzone.

»Ich bin auch gerade erst gekommen«, sagte Anke, obwohl sie bereits seit einer Viertelstunde vor dem Eckhaus an der Kreuzung von Friedrich- und Elisabethstraße gewartet hatte. »Alle Achtung, du hast dich aber ziemlich rausgeputzt.«

Marie trat auf Anke zu und umarmte sie fest – kein *Küsschen, Küsschen*, einfach eine ehrliche Umarmung –, dann trat sie einen Schritt zurück und drehte sich einmal um sich selbst. Das kurze dunkelblaue Sommerkleid flatterte im Wind. »Gefällt es dir? Ich habe es schon eine Weile, hatte aber noch keine Gelegenheit, es anzuziehen. Seit Wochen komme ich nicht mehr aus dem Institut, ich bin so was von urlaubsreif. Manchmal beneide ich dich. Du hast schon Feierabend, wenn du morgens aufstehst.«

Ein Schatten huschte über Ankes Gesicht. Ihren Job als Chefredakteurin hatte sie nicht freiwillig aufgegeben, die

Verlagsleitung hatte sie mehr als eindringlich gebeten, zu gehen, damit sie den Posten für eine günstigere Kraft frei machte. Anfangs hatte ihr das Lotterleben ohne festen Job gefallen, doch dann war Jens gestorben, und alles hatte sich geändert.

Anke besaß einige Ersparnisse, aber ewig würde das Geld nicht reichen. Irgendwann musste sie sich wieder was suchen, doch sie hatte keine Ahnung, was. Arbeitslose Journalisten hatten es heutzutage, wo jeder mit einem Facebook-Account sich seine eigenen News machte, nicht leicht.

Maries Lachen verschwand. »Tut mir leid, mein Mund war wieder schneller als mein Gehirn. Ich wollte nicht …«

Anke winkte ab. »Alles in Ordnung, lass uns einfach reingehen. Ich brauche Koffein.« Sie sah hoch auf das über dem Eingang hängende Schild mit dem Aufdruck *Malz & Milch*. »Meinst du, die haben überhaupt Kaffee?«

Marie zuckte mit den Achseln. »Ich bin auch noch nie hier gewesen. Aber wir werden es gleich erfahren.«

Drinnen im Eingangsbereich sah sich Anke um. Der Laden war (geradezu wie mit dem Lineal gezogen) in zwei Bereiche aufgeteilt. Rechts von ihr ein Craft-Beer-Pub. Dunkles Holz, Ohrensessel, lederne Chesterfield-Sofas. An den Wänden hingen Emailleschilder aus Großvaters Zeiten und antiquierte Duellpistolen, sorgfältig in Glasvitrinen präsentiert, daneben Bücherregale voll mit dicken, gebundenen Bänden. Hier und da waren hölzerne Setzkästen mit Sammlerstücken wie Modellautos, antiken Taschenuhren und Raucherpfeifen arrangiert. Das Licht einer wuchtigen Industrielampe reflektierte sich in der glatt polierten Oberfläche der massiven Theke.

Auf der linken Ladenseite ein gänzlich anderes Bild: ein gemütliches Café. Auf rosa, blau und gelben Wandregalen befanden sich große Gläser, gefüllt mit Bonbons, Lollis, Kuchen oder Muffins. Der Holzboden war, genau wie die kleinen Tische und deren mit bunten Kissen versehenen Stühle, weiß gestrichen. Hinten ein großer, quietschrosa

Milchshaker. Alles zuckersüß. Alles mit Liebe zum Detail.

»Also, wonach ist dir?«, fragte Marie, »Gentlemen's Club oder Villa Kunterbunt?«

Anke deutete mit einem Kopfnicken nach links. »Ich wollte immer schon mal mit Pippi und Herrn Nilsson einen Cappuccino trinken. Wie gesagt, ich brauche Koffein.«

Am Tisch schnappte sie sich die Karte, denn sie musste sich beeilen. Trank sie nach halb fünf noch einen Kaffee, konnte sie sicher sein, die Nacht stehend im Bett zu verbringen.

»Jetzt rück endlich raus mit der Sprache«, sagte Marie und lehnte sich vor. »Warum warst du gestern bei Lisas Eltern? Was wolltest du da?«

Anke blickte von der Getränkekarte auf und sah sich in dem vollen Schankraum um. An den Nachbartischen schien sich niemand für ihr Gespräch zu interessieren, trotzdem senkte sie die Stimme. Sicher war sicher. »Nichts Bestimmtes. Jannik und ich wollten uns nur ein bisschen umhören.«

»Jannik Kalkhoff? Der junge Kerl, der die neue Fischbude an der Promenade betreibt?«

Anke nickte. »Er ist ein Freund von Tim, und er glaubt auch an seine Unschuld, deshalb hilft er mir.«

Ankes Herz setzte immer noch einen Schlag aus, wenn sie an den gestrigen Tag und vor allem an den Mann auf dem Flur vor Lisas Teenagerzimmer dachte. Im ersten Moment hatte sie wirklich geglaubt, der lungenkranke Herr Albrich hätte sich mit seiner Sauerstoffflasche in den ersten Stock gequält, doch nach einer Schrecksekunde hatte sie begriffen, dass es Janniks breiter Brustkorb gewesen war, der sie aufgehalten hatte.

Anke hätte sich fast in die Hose gemacht.

»Was machst du hier?«, hatte sie geflüstert und die Jeans hochgezogen, damit der Computer nicht zu sehen war.

»Verdammt, was machst *du* hier?«, hatte Jannik genauso leise und etwas kurzatmig entgegnet. »Du bist schon eine gefühlte Ewigkeit auf dem Klo. Die Albrichs fangen an, misstrauisch zu werden. Und mir gehen die Fragen aus. Ich hab gesagt, ich schau mal, wo du bleibst. Los jetzt!«

Also waren sie zurück ins Wohnzimmer geeilt und hatten noch zehn endlos lange Minuten einen imaginären Antrag ausgefüllt, bevor sie fluchtartig erst das Haus und anschließend List verlassen hatten.

Bislang hatte sie Jannik nichts von dem *geborgten* Laptop erzählt, denn sie ahnte, dass es ihm nicht gefallen würde. Außerdem konnten sie mit dem Computer ohnehin nichts anfangen, da sie das Passwort nicht kannten. Anke hatte gestern schon ein paar Mal ins Blaue geraten, doch vergeblich. Um ihr Talent als Hackerin schien es noch schlechter bestellt zu sein als um ihren ermittlerischen Scharfsinn.

»Hi zusammen, was darf ich euch denn bringen?«, fragte die Bedienung, deren Namensschild sie als Tilly auswies, und die mit ihrem Retro-Outfit perfekt auf die Milchshake-Kuchen-Bonbon-Seite des Ladens passte.

Um die schwarz gefärbten Zöpfchen hatte sie ein rotes Haarband mit weißen Punkten gebunden, sodass sie ihr beim Servieren nicht ins Gesicht fielen. Ein knielanges Vintagekleid mit ausgestelltem Rock aus demselben Stoff komplettierte ihre Aufmachung und ließ sie wie eine Mischung aus Rock'n'Roll-Girl und Märchenbraut wirken.

»Was können Sie denn empfehlen?«, fragte Marie.

Tilly deutete auf eine Tafel, auf der mit bunter Kreide eine Auswahl an Getränken und süßen Leckereien geschrieben stand. »Der Erd*Meer*-Milchshake ist leider aus, aber ich kann den Vanille-*Muh*-Lassi empfehlen. Dazu passt hervorragend ein Stück Apfel-Zimt-*Kuh*chen mit Schlagsahne. Wie hört sich das an?«

»Das nehme ich«, sagte Marie strahlend.

Anke, die an ihre Hüften und den Muskelkater vom Vortag dachte, bestellte eine Tasse schwarzen Kaffee und ein kleines, ein winzig kleines Stück Käse-*Kuh*chen.

»Der Laden ist wirklich ungewöhnlich«, fing Anke ein

Gespräch mit der Bedienung an. »Aber sehr schön.«

»Danke, das dürft ihr gerne weitersagen«, entgegnete die Frau. »Den Laden aufzuteilen, hier ein Café mit Milchbar, drüben ein Craftbeer-Pub, ist schon ein Wagnis. Aber die Gäste nehmen es gut an. Enno und ich können uns nicht beschweren, auch wenn wir noch ganz am Anfang stehen.« Sie lächelte dem tätowierten Barkeeper mit dem dunklen Vollbart, der Ballonmütze und der dunkelgrauen Fischgrat-Weste über dem weißen T-Shirt zu, der hinter der Theke des Pubs stand und Bier aus einem der zahlreichen Hähne zapfte. Seinem Bauch nach zu urteilen, der die Knöpfe seiner Weste vor eine Zerreißprobe stellte, verkostete er selbst ebenfalls gerne das eine oder andere hopfen- und malzhaltige Getränk. »Falls ihr später nach Kaffee und Kuchen noch Lust auf ein Bier habt, dann könnt ihr zwischen zwanzig verschiedenen Sorten wählen, alle frisch vom Fass.«

Anke schüttelte den Kopf. »Wir wollen noch ins *OceanView*, um in Gedenken an die tote junge Frau ein paar Blumen niederzulegen«, erfand sie rasch eine Ausrede, um das Gespräch auf die ermordete Lisa zu lenken.

Sofort wurde Tilly ernst. »Ach, das sollten Enno und ich vielleicht auch machen. Schrecklich, was der armen Lisa passiert ist. Wir sind untröstlich.«

»Ach, Sie kannten Lisa Albich?«, fragte Anke betont überrascht und hoffte, sie übertrieb es nicht, denn genau aus diesem Grund waren Marie und sie ins *Malz & Milch* gekommen. Weil Lisa dort vor einiger Zeit gearbeitet hatte.

Tilly nickte. »Eine Weile war sie bei uns im Service tätig, aber dann ist sie aufs Festland gezogen. Ich weiß nicht mehr, wohin, nach Rendsburg oder Schleswig, irgendwo in die Ecke. Sie hat dort eine lukrativere Stelle gefunden. Was auch nicht besonders schwer ist. Wie gesagt, wir stehen noch ganz am Anfang, da können wir nicht so viel zahlen, und die Trinkgelder sind auch nicht gerade üppig. Ich hätte es mir wirklich leichter vorgestellt, Personal zu finden.« Sie winkte einem der Gäste am

Nebentisch zu. »Ich komme sofort.« Dann wandte sie sich wieder Anke und Marie zu. »Wir sind gestern Abend erst von der *InterGast* aus Lübeck zurück. Wenn ich euch ein paar Blumen und eines unserer Maskottchen gebe, eine rosa Kuh mit Weste und Mütze, ganz niedlich, würdet ihr sie mit zum *OceanView* nehmen? Das wäre super nett, denn ich weiß nicht, wann wir heute hier rauskommen. Die Getränke gehen auch aufs Haus.«

»Na klar, das ist überhaupt kein Problem«, sagte Anke. »Sie müssen uns auch nicht einladen, das machen wir gerne.«

Nachdem Tilly zum Kassieren an den Nachbartisch gegangen und damit außer Hörweite war, sagte Marie: »Ich befürchte, mit unserem Besuch hier werden wir Tim nicht weiterhelfen können. Die Frau scheint Lisa nicht besonders gut gekannt zu haben.«

Anke verzog das Gesicht. »Niemand, nicht einmal die Eltern der jungen Frau, hatte näheren Kontakt zu ihr. Selbst Jannik, der sich ab und an mit Tim und Lisa ins Nachtleben gestürzt hat, kannte sie nur flüchtig und mochte sie nicht sonderlich, was die Sache nicht besser macht.«

»Wieso ist Jannik eigentlich nicht gut mit Lisa ausgekommen?«, fragte Marie, nachdem eine andere Servicekraft, die wie ihre Chefin Retro-Klamotten trug, die Getränke und Kuchen gebracht hatte.

Anke nippte an ihrem Kaffee – Teufel, war der stark! – und überlegte. »Ich glaube, er hielt Lisa für arrogant und hatte den Eindruck, für Lisa sei die Beziehung zu Tim nur ein Abenteuer. Ihr plötzliches Verschwinden hat Jannik dann auch recht gegeben.«

»Und was glaubst du, warum ist sie zurück nach Sylt gekommen? Was hat sie hier gewollt? Um Tim schien es ihr ja nicht gegangen zu sein, wenn stimmt, was er behauptet und er sie nur zufällig vor dem *OceanView* getroffen hat. Hmm, der *Kuh*chen ist lecker.« Sie kicherte.

Anke kaute lustlos auf ihrem Bissen Käsekuchen

herum. »Ja, was wollte Lisa hier?«, dachte sie laut nach. »Und weshalb behauptet ihre Mutter, sie habe seit Jahren keinen Kontakt zu ihrer Tochter, wenn Lisas Koffer in ihrem alten Kinderzimmer steht? Dazu noch Lisas plötzliches Interesse an Informationen über Herzrhythmusstörungen. Ich versteh's nicht.«

»Vielleicht wegen der Abtreibung?«, warf Marie mit vollem Mund ein. »Könnte es nicht während oder nach dem Schwangerschaftsabbruch zu Herzproblemen gekommen sein? So ein Eingriff ist schließlich nicht ohne.«

»Daran habe ich auch schon gedacht, aber bei meiner Internetrecherche ist diesbezüglich nichts rausgekommen.«

Anke fand es an der Zeit, ihrer Freundin zu zeigen, was sie in Lisas Zimmer gefunden hatte. Etwas umständlich zog sie das Neopren-Sleeve aus ihrer großen Umhängetasche und entnahm diesem ein MacBook Air.

»Aber vielleicht finden wir hier Antworten auf unsere Fragen«, sagte Anke.

Maries Augen wurden groß. »Sag nicht, dass es das ist, was ich denke, dass es ist. Du hast den Computer nicht aus dem Zimmer der toten jungen Frau gestohlen, oder?«

»Nicht so laut«, zischte Anke und beugte sich über den Tisch näher an Marie heran. »Ich habe nichts gestohlen, ich habe ihn mir ausgeliehen. Und jetzt komm mir nicht mit der Polizei«, griff sie dem vor, was Marie im Begriff zu sagen war, das sah sie ihrer Freundin an der Nasenspitze an. »Hätte Hauptkommissar Martens seinen Job richtig gemacht, wäre der Computer längst bei den Technikern der Polizei gewesen. Dass ich ihn noch bei den Eltern gefunden habe, zeigt mir, dass Martens die Sache falsch anpackt. Er hat sich von den Eltern mit der Lüge, sie hätten seit Jahren keinen Kontakt mehr zu Lisa, abspeisen lassen.« Anke überlegte kurz, ehe sie fortfuhr: »Leider ist der Computer mit einem Passwort geschützt, und ich habe keine Ahnung, wie ich das knacken kann. Meinst du, dass vielleicht …«

»Auf keinen Fall«, unterbrach Marie sie. »Ich werde

Max da nicht mit reinziehen. Wenn er erfährt, dass du Beweismaterial unterschlagen hast, und er nichts dagegen unternimmt, dann ist er seinen Job los.«

Anke winkte ab. »Ich denke nicht an Max, sondern an deinen Arbeitskollegen am Institut. Ihr habt doch diesen Nerd in der IT. Kann der sich den Laptop nicht mal ansehen? Bitte, Marie. Ich verspreche auch, den Computer zur Polizei zu bringen, aber vorher muss ich einen Blick darauf werfen.«

»Und falls du etwas findest, was Tim belastet?«, fragte Marie und legte die Kuchengabel auf den Teller. »Wirst du das MacBook dann trotzdem zur Polizei bringen?«

Würde sie das? Anke lehnte sich zurück und dachte an Tim und dessen Vater.

Entschlossen nickte sie.

»Also gut. Ich rede mit Nils«, gab Marie nach. »Aber ich kann nichts versprechen.«

»Du bist die Beste.« Anke nahm das MacBook und schob es zurück in das enge Sleeve, das den Computer wie eine zweite Haut umschloss, doch irgendetwas klemmte.

Sie zog den Mac heraus, schaute in die Tasche und runzelte die Stirn.

Am Reißverschluss hatte sich eine Naht gelöst, und in ihrer Hast hatte Anke versucht, das Laptop unter das Innenfutter zu schieben.

Vorsichtig zog sie den Computer wieder heraus und wollte das Innenfutter glattstreichen, da erkannte sie, dass sich noch etwas anderes darin befand.

Kapitel 13

Sophia stellte die letzte Probe zurück in das Reagenzglasgestell und notierte das Ergebnis, wobei ihre Hand so stark zitterte, dass sie in ein paar Tagen wahrscheinlich ihre eigene Schrift nicht mehr würde lesen können, sollten ihr die Notizen zur erneuten Durchsicht vorgelegt werden. Was natürlich niemals vorkommen würde, da sie die Ergebnisse später ins *LIMS*, das Labor-Informations-Management-System, übertragen und den Zettel anschließend in den Reißwolf stecken würde.

Etwas, das sie mit der außergewöhnlichen Testreihe, die sie gestern durchgeführt hatte, ebenfalls hätte tun müssen, es aber bislang unterlassen hatte.

Weshalb, das wusste sie auch nicht so genau.

Vielleicht lag es an dem, was sie unfreiwillig vor den Büros ihrer Chefs mitangehört hatte. Die Gesprächsfetzen geisterten seitdem unablässig durch ihr Gehirn.

»Aber die Abweichungen …«, hatte Dr. Tauschek, der technische Leiter, gesagt.

»Welche Abweichungen?«, hatte ihn Wehler, der Geschäftsführer, unterbrochen. »Sorg verdammt nochmal dafür, dass es keine Abweichungen gibt!«

Als Wehler aus dem Büro gestürmt und beinahe in sie hineingelaufen war, hatte sie vor Schreck das Klemmbrett fallen lassen.

Wehler hatte sie eine Weile misstrauisch taxiert und gefragt, wie lange sie dort bereits herumstehe, worauf Sophia ihm versichert hatte, gerade erst gekommen zu sein. Für einen kurzen Moment hatte Wehler ausgesehen, als glaubte er ihr kein Wort, weswegen sie aus Angst, gefeuert zu werden, zwei Nächte kaum geschlafen hatte. Doch seit dem Vorfall hatten weder Wehler noch Dr. Tauschek ihr besondere Beachtung geschenkt, sodass sie zumindest wieder einigermaßen durch die Nacht kam.

Trotzdem durfte sie die Ergebnisse nicht einfach unter den Tisch fallen lassen, und länger aufschieben konnte sie es auch nicht, sie musste mit Tauschek sprechen.

»Sag mal, Mauerblümchen, hier stimmt was ganz und gar nicht«, sagte Ole unvermittelt, als könne er ihre Gedanken lesen.

Sophia zuckte vor Schreck zusammen.

Ihr Kollege hatte die Laborbrille und den Mundschutz abgenommen und schaute sie fragend vom Tisch gegenüber an.

Ole und sie arbeiteten in vollkommen unterschiedlichen Bereichen. Er untersuchte Wechselwirkungen des neuen Wirkstoffs mit bereits zugelassenen Medikamenten, während ihre Aufmerksamkeit auf den Veränderungen des Stoffwechsels lag. Es war also nahezu ausgeschlossen, dass er von ihrer fehlenden Testreihe wusste.

Andererseits …

»Was meinst du?«, fragte Sophia, und sie hasste es, wie piepsig ihre Stimme mit einem Mal wieder klang.

»Sieh dir das mal an.«

Sophia kam um den Tisch herum auf Oles Seite. Ihr Kollege trat vom Mikroskop weg und forderte sie auf, einen Blick auf seine Probe zu werfen.

»Zwischen *Xolomed* und *Ibidum Forte* scheint es zu einer metabolischen Umwandlung zu kommen, die ein toxisches Nebenprodukt erzeugt«, erklärte er.

Sophia atmete erleichtert auf. Er war nicht über ihre fehlende Testreihe gestolpert, das war das Einzige, was gerade zählte.

Pflichtschuldig blickte sie durch das Mikroskop, stellte das Okular scharf und hätte sich im nächsten Moment am liebsten selbst geohrfeigt. In ihrem Schneckenhaus, in dem sie seit Tagen ausharrte und darauf wartete, vor die Tür gesetzt zu werden, war sie auf den ältesten Scherz der Pharmaziegeschichte hereingefallen. Statt eines Objektträgers lag ein Zettel unter dem Mikroskop, beschriftet mit winzigen Buchstaben, die durch die Vergrößerung jedoch gut zu lesen waren.

Ibidum – Ich bin dumm.

»Erwischt!«, sagte Ole und gluckste. »Toxische Nebenprodukte bei *Ibidum*. Ich hau mich weg.«

Er erntete einige müde Lacher von den Nachbartischen, bevor die Kollegen das Interesse verloren und sich wieder ihrer Arbeit zuwandten.

Sophia merkte, wie ihr Kopf zu glühen begann. »Sehr witzig«, sagte sie, ohne Ole anzusehen.

Sie wollte gerade wieder an ihren Arbeitsplatz zurückkehren, als Anne Voßkamp, die rechte Hand des Chefs, im Labor erschien.

Sie schien auf der Suche nach Dr. Tauschek zu sein, denn sie steckte den Kopf durch die Tür des Glaskastens und blickte sich um, obwohl offensichtlich war, dass der Leiter der Entwicklungsabteilung sich dort nicht aufhielt, sofern er sich nicht in einem der Wandschränke versteckte, was bei dem Chaos, das darin herrschte, sicher kein Vergnügen sein würde.

Sophia widmete sich wieder ihrer Liste, als sie die Stimme der Sekretärin vernahm.

»Gut, dass ich Sie noch antreffe, Frau Mauer«, sagte sie.

Sophia blickte auf.

»Herr Wehler bittet Sie, auf ein paar Worte in sein Büro zu kommen.«

Alle Augen richteten sich auf Sophia, worauf sie sofort wieder errötete.

»Ich … äh, meine Versuchsreihe …«

»Es dauert nicht lange«, sagte die Voßkamp und drehte sich um.

Sophia klopfte das Herz bis zum Hals, während sie der Sekretärin folgte.

Auf dem Weg nach oben, für den Sophia dieses Mal gezwungen war, den Aufzug zu nehmen, da die Sekretärin offenbar der altersschwachen Technik gegenüber aufgeschlossener war, sprach niemand ein Wort. Im Gegensatz zu Sophia schien der Voßkamp auch das Schweigen nichts auszumachen. Die hätte eine verdammt gute Stasi-Offizierin abgegeben, fand Sophia.

»Nein, bitte hier entlang«, sagte die Sekretärin, als Sophia Anstalten machte, geradeaus durch das geisterhafte Großraumbüro in den hinteren Teil zu gehen, wo sich die Räume der Geschäftsführung befanden. »Herr Wehler ist nicht in seinem Büro, sondern im großen Konferenzraum. Kommen Sie.«

Sie öffnete eine Seite der Doppelflügeltür und sagte in den Raum hinein: »Dr. Tauschek scheint außer Haus zu sein. Aber Frau Mauer wäre jetzt da.« Sie drehte sich um und bedeutete Sophia, einzutreten.

Mit Beinen, weich wie Knetmasse, lief sie in das Konferenzzimmer und erstarrte.

Neben Peter Wehler saß ein Mann, den sie aus ihrer Zeit in Kiel kannte.

Und den sie nie mehr hatte wiedersehen wollen.

Zu einem schwarzen Anzug trug er ein ebenfalls schwarzes Hemd und eine Krawatte in der gleichen Farbe, was ihn wie den Sänger einer Synthiepop-Band aussehen ließ.

Oder wie den Tod.

»Frau Mauer, kommen Sie, kommen Sie. Setzen Sie sich«, sagte Wehler. »Robert Zoller muss ich Ihnen wahrscheinlich nicht mehr vorstellen. Wir haben das Glück, ihn als unseren neuen Marketing-Chef begrüßen zu dürfen.«

Als Rob sie angrinste und dabei seine Zähne, groß wie Grabsteine, aufblitzten, drehte sich Sophia der Magen um.

Kapitel 14

»Au, nicht so schnell, Anke! Mein Fuß tut wirklich höllisch weh!«

Obwohl Gesche mindestens zehn Kilo weniger als Anke auf die Waage brachte, stützte sie sich derart stark auf Ankes Schulter, dass sie das Gefühl hatte, jeden Moment spränge ihr Gelenk aus der Pfanne.

»Vielleicht solltest du hier warten«, sagte Anke mit zusammengebissenen Zähnen. »Dann gehe ich kurz rein und frage, ob sie einen Rollstuhl haben.«

Sie blickte zu dem alten Reetdachhaus am Ende des Weges, in dem die Praxis von Dr. Broder Neth untergebracht war.

»Auf keinen Fall«, protestierte Gesche. »Ich werde dem Doktor aufrecht und auf eigenen Beinen gegenübertreten. Ich bin doch keine alte Schachtel.«

Auf den Blick, mit dem Gesche sie dabei bedachte, hätte Anke gut verzichten können.

Schön und gut, Gesche mochte nicht nur zehn Kilo, sondern zudem fünfzehn Jahre weniger mit sich herumschleppen, trotzdem trug auch sie nicht gerade dazu bei, den Altersdurchschnitt der *Sylter Seenixen* wesentlich zu senken. Anke graute es vor der Meisterschaft, sie durfte gar nicht daran denken, denn die *Nixen* galten zwischen den ganzen jungen Dingern, die sich ansonsten im Synchronschwimmen versuchten, als Fossilien. Niemand aus den eigenen Reihen malte sich ernsthafte Chancen aus – niemand bis auf Mila, die Trainerin der *Seenixen.* Das Einzige, was Anke hoffte, war, nicht zur Lachnummer der gesamten Veranstaltung zu werden. Das galt es unbedingt zu verhindern, aber wie zur Hölle sollte das klappen, wo Gesche beim heutigen Training am Beckenrand so blöd mit dem Fuß auf eine von einer kleinen Kröte vergessene Zauberhaar-Barbie getreten war, dass sie nun mit ihrem Knöchel zu Dr. Neth musste?

Nicht auszudenken, sollte Gesche für ein paar Wochen ausfallen, das konnten sich die *Nixen* in der heißen Phase so kurz vor der norddeutschen Meisterschaft nicht leisten.

Tapfer schleppte Anke ihre Teamkollegin weiter den Weg entlang in die Praxis von Dr. Neth, der als eine Art Mannschaftsarzt für die *Nixen* fungierte, da nicht nur Allgemein-, sondern auch Sportmedizin zu seinem Fachgebiet zählte.

»Ach herrje, was ist dir denn passiert?«, rief die Arzthelferin hinter der Anmeldung, wobei ihr Blick sich jedoch nicht auf Gesches Fuß, sondern auf deren Frisur richtete.

»Ich komme direkt vom Training«, keuchte Gesche, die ihre dunkelblonden langen Haare, um die Anke sie insgeheim beneidete (wenn es einen Gott gab, wieso strafte er sie mit einem Vogelnest auf dem Kopf?), derart streng nach hinten gekämmt und zu einem Dutt verknotet trug, dass es aussah, als würde sich jeden Moment ihre Kopfhaut vom Schädel lösen. »Ich glaub, ich habe mir den Fuß gebrochen.«

»Beim Schwimmen? Das schaffst auch nur du.« Ein ironisches Funkeln trat in die mit schwarzem Kajal umrandeten Augen der Arzthelferin, deren weißer Kittel einen krassen Kontrast zu ihrem im Gothic-Style geschminkten Gesicht bildete. Auf ihre ebenfalls dunkel betonte Lippen legte sich ein Lächeln, während ihre mit silbernen Totenkopf-Ringen versehenen Finger bereits etwas auf der Computertastatur eingaben. »Sorry, ich mache nur Spaß. Ich nehme dich dazwischen, aber leider ist gerade einiges los.« Sie nickte zum Wartezimmer, dessen Tür offen stand, und Anke seufzte innerlich, als sie die vielen Leute sah. »Es wird trotzdem eine Weile dauern.«

»Das halte ich nicht aus«, stöhnte Gesche und stützte sich wie zum Beweis noch schwerer auf Ankes Schulter. »Ich brauche unbedingt ein Schmerzmittel.«

Die Arzthelferin zuckte mit den Achseln. »Ich werde sehen, was ich tun kann. Setz dich schon mal rein, ich ruf dich dann. Und Sie?« Sie wandte sich Anke zu. »Wollen Sie auch warten?«

Ankes Lust hielt sich in Grenzen, aber ihr würde wohl nichts anderes übrig bleiben, schließlich hatte sie Gesche in deren Wagen hergebracht, also würde sie das Auto und die Patientin notgedrungen wieder mitnehmen müssen. Außerdem hoffte sie auf eine Gelegenheit, den Doktor allein zu erwischen. Sie musste ihm zeigen, was sie gestern unter dem Innenfutter von Lisa Albrichs Laptoptasche gefunden hatte.

Eine geschlagene Stunde später – es war weit nach neunzehn Uhr und damit nach dem Ende der offiziellen Sprechstunde – steckte Dr. Neth endlich seinen Kopf zur Tür hinein. Er machte einen müden Eindruck, und seine ansonsten stets tadellos frisierten Haare, in deren dunkles Braun sich in letzter Zeit zusehends graue Strähnen stahlen, wirkten ein wenig zerzaust. Schon halb im Feierabend, hatte er seinen Kittel an die Garderobe gehängt und die ersten drei Knöpfe seines Hemds geöffnet, weshalb sich etwas von seinem Brusthaar zeigte. Dr. Neth war in etwa in Ankes Alter, trotzdem hatte er sich seine sportliche Figur und eine gewisse Jungenhaftigkeit bewahrt, woran auch die Falten um Mund und Augen nichts änderten, die besonders hervortraten, wenn er, was er oft tat, lachte.

Manche Männer bleiben einfach immer Jungs, dachte Anke, und Wehmut überkam sie so plötzlich, dass es schmerzte. Jens war auch ein echter Kindskopf gewesen, ein Mann zum Pferdestehlen.

»Sorry, *Nixen*, aber es ging wirklich nicht früher«, sagte Dr. Neth, während er Gesche und Anke entschuldigend ansah. »Ihr habt ja gesehen, was hier los war.« Er ließ sich neben Gesche auf einen Stuhl fallen, und nun lächelte er doch.

Anke verstand, weshalb viele ihrer Vereinskolleginnen (allesamt gestandene Frauen, die meisten seit Jahren glücklich verheiratet) wie Teenager zu kichern anfingen, wenn der Doktor ab und an beim Training vorbeischaute, um nach dem Rechten zu sehen und ein paar Worte mit Mila, ihrer Trainerin, zu wechseln.

»Was ist passiert?«, fragte er, während bereits Gesches verletzter Fuß auf seinem Bein ruhte und er den Knöchel betastete.

Mit rosigen Wangen und nur gelegentlich von einem Schmerzenslaut unterbrochen, berichtete Gesche von ihrem Unfall.

»Na, da hast du aber wirklich ganze Arbeit geleistet. Der Knöchel ist schon jetzt stark angeschwollen«, sagte Dr. Neth. »Ich glaube zwar nicht, dass etwas gebrochen ist, doch wir müssen auf Nummer sicher gehen. Isa, würdest du bitte ein paar Aufnahmen machen?«, rief er der Arzthelferin zu.

»Klaro, Doc«, entgegnete sie und erschien ebenfalls im Wartezimmer. »Kannst du aus eigener Kraft bis ins Röntgenzimmer humpeln, wenn ich dich stütze? Oder soll ich einen Rollstuhl holen?«

»Nein, das wird nicht nötig sein. Es ist schon viel besser. Ich glaube, der Doktor hat heilende Hände«, säuselte Gesche. Sie warf Dr. Neth einen verträumten Blick zu.

Nur mit Mühe konnte Anke sich beherrschen, die Augen zu verdrehen, während Gesche zusammen mit der Arzthelferin aus dem Wartezimmer humpelte.

Dr. Neth stand ebenfalls auf und schickte sich an, ihnen zu folgen, doch Anke hielt den Arzt zurück.

»Entschuldigen Sie bitte, aber ich hätte auch etwas mit Ihnen zu besprechen, wenn das möglich wäre. Es dauert auch nicht lange.«

Der Arzt wandte sich zu ihr um. »Oh, Entschuldigung.

Ich hatte angenommen, Sie hätten die Patientin lediglich begleitet. Natürlich, kein Problem, kommen Sie, lassen Sie uns in mein Büro gehen.«

Anke folgte Dr. Neth in sein Sprechzimmer, in dem ein sympathisches Chaos herrschte, das Anke an ihr eigenes Büro während ihrer Zeit als Chefredakteurin erinnerte.

Auf dem Schreibtisch stapelten sich Karteikarten, Blöcke, Prospekte und medizinische Fachliteratur. An der Wand über der Krankenliege hing ein gerahmtes Poster, auf dem das menschliche Muskelsystem von vorn und hinten zu sehen war, gespickt mit den lateinischen Bezeichnungen der jeweiligen Muskelgruppen.

»Frau Fischer, habe ich recht?«, fragte er, die Hände auf der Schreibtischplatte gegeneinander gelegt, den Blick ihr zugewandt. »Ich glaube, wir sind uns bislang nur bei den *Sylter Seenixen* über den Weg gelaufen.«

»Wohl eher über den Weg geschwommen«, entgegnete Anke, die normalerweise einen weiten Bogen um Ärzte machte und Dr. Neth nie zuvor in seiner Praxis aufgesucht hatte.

Dr. Neth lächelte wieder sein jungenhaftes Lächeln. »*Sie* sind geschwommen, ich habe bloß am Rand gestanden und zugesehen. Wie läuft das Training? Immer noch die Meisterschaft fest im Blick?«

Anke verzog den Mund. »Können Sie Mila nicht irgendwas verschreiben, was ihren Realitätssinn zurückbringt? Ich glaube, sie verrennt sich in eine fixe Idee. Wir sind eine zugegebenermaßen recht ambitionierte Amateurmannschaft, aber eben auch nicht mehr.«

»Jetzt stellen Sie Ihr Licht mal nicht unter den Scheffel. Mila hat eine Menge Erfahrung im Synchronschwimmen, und sie ist eine hervorragende Trainerin. Daran lässt sich nicht rütteln. Aber zurück zu Ihnen. Was kann ich für Sie tun? Wo drückt der Schuh?«

Da Anke nicht wusste, wie sie ihr Anliegen am besten formulieren sollte, beschloss sie, einfach mit der Tür ins Haus zu fallen. Sie öffnete ihre Umhängetasche und musste nicht lange darin herumwühlen, denn der Plastikbeutel lag oben auf dem restlichen Kram.

»Können Sie sich das mal anschauen?«, fragte sie und reichte Dr. Neth den Klarsichtbeutel.

Stirnrunzelnd betrachtete der Arzt den Blister im Inneren, in dem bereits drei der kleinen, weißen Tabletten fehlten.

»Das ist ein Präparat auf der Basis von Orlistat, das zur Gewichtsreduktion eingenommen wird«, sagte er, nachdem er den schwarzen Aufdruck auf der rückwärtigen Aluminiumfolie studiert hatte. »Nehmen Sie das Zeug?« Er betrachtete sie skeptisch. »Ich will Ihnen nicht zu nahe treten, aber ich finde nicht, dass Sie das nötig haben.«

Anke lachte auf. »Also zehn Kilo weniger würden mir vermutlich gut stehen«, sagte sie selbstkritisch. »Aber nein, ich nehme die Tabletten nicht. Sie gehören einer Freundin«, log sie.

Dr. Neth lehnte sich in seinem Bürostuhl zurück und verschränkte die Arme hinter dem Kopf. »Und hat sie gute Erfahrungen mit dem Wirkstoff gemacht? Oder sitzt sie den halben Tag auf der Toilette? Das passiert bei der Einnahme von Orlistat nämlich ausgesprochen häufig. Der Wirkstoff bindet Fette aus der Nahrung und führt sie unverdaut dem Darm zu, was de facto zu einer Fettreduktion bei hypokalorischer Kost führt. Jedoch mit dem recht unschönen Nebeneffekt, dass es zu ausgesprochen öligen Hinterlassenschaften führt, die mit einer ungeplanten Dringlichkeit ausgeschieden werden müssen. Deshalb meine Frage nach der Häufigkeit der Toilettenbesuche Ihrer Freundin.« Er grinste breit und zuckte die Achseln.

Anke schüttelte den Kopf. »Ehrlich gesagt, ist meine Freundin glücklicherweise diesbezüglich nicht ins Detail gegangen. Aber sie fragt sich, ob eine Nebenwirkung des Medikaments Herzrhythmusstörungen sein könnten?«

Dr. Neth beugte sich wieder vor und schüttelte vehement den Kopf. »Arrhythmie? Nein, auf keinen Fall.

Das Mittel ist frei verkäuflich. Um es zu erwerben, braucht man nicht mal ein Rezept.« Er tippte etwas in seinen Computer und schaute auf den Bildschirm. »Hier haben wir die möglichen Nebenwirkungen. Neben öligem Stuhlgang, begleitet von Flatulenzen, kann es noch zu Kopf- oder Bauchschmerzen kommen. Zu mehr aber auch nicht.«

Die Angaben des Arztes deckten sich mit den Ergebnissen der Recherchen, die Anke angestellt hatte.

»Sollte Ihre Freundin allerdings den Verdacht haben, herzkrank zu sein, muss sie unbedingt einen Kardiologen aufsuchen«, fuhr Dr. Neth fort. »Herzrhythmusstörungen sind keine Kleinigkeit, damit ist nicht zu spaßen.«

»Das habe ich ihr auch gesagt«, entgegnete Anke und versuchte, das Gespräch weg von ihrer erdachten Freundin zu lenken, denn sie wollte Dr. Neth nicht länger als nötig anschwindeln. Er war ein netter Kerl, vor allem für einen Mediziner. »Aber möglicherweise handelt es sich bei den Tabletten ja gar nicht um das Medikament, das hinten auf der Verpackung steht. Könnte das sein?«

Wieder schüttelte Dr. Neth den Kopf. »Solange Ihre Freundin das Medikament in einer deutschen Apotheke gekauft und es sich nicht irgendwo aus dubiosen Quellen im Internet besorgt hat, ist das so gut wie ausgeschlossen. Wenn Sie sich in Deutschland ein Medikament beschaffen, greifen umfangreiche Sicherungsmaßnahmen, die verhindern, dass es sich um ein gefälschtes Präparat handelt. So hat jede in den Handel gebrachte Medikamentenpackung einen eindeutigen Code, ähnlich einer Seriennummer bei einem Auto. Sobald der Apotheker die Schachtel über sein Kassensystem scannt, überprüft das System im Hintergrund die Echtheit der Seriennummer und gibt den Verkauf erst frei, wenn es erkennt, dass es sich bei dem Medikament um ein Original handelt. Das ist narrensicher, in diesem Punkt kann ich Ihre Freundin beruhigen.«

Er reichte ihr den Klarsichtbeutel mit dem

angebrochenen Tablettenblister zurück und schaute sie zuversichtlich an, doch Anke teilte seine Arglosigkeit nicht. Als Journalistin hatte sie oft genug erlebt, wie leicht es einem kreativen kriminellen Verstand fiel, vermeintlich sichere Systeme auszuhebeln.

Kapitel 15

Mit jeder noch so kleinen Bewegung von Janniks Körper machte die Luftmatratze ein quietschendes Geräusch. Außerdem drang durch die einen Spaltbreit geöffnete Verkaufsklappe kaum ein Lüftchen. Weiter hatte Jannik sie nicht offen lassen wollen, niemand sollte auf die Idee kommen, jemand befände sich zu nachtschlafender Zeit im Inneren des Foodtrucks. Ihm fiel das Atmen schwer, er schwitzte, und außerdem musste er aufs Klo.

Resigniert gab er sein Vorhaben, endlich einzuschlafen, endgültig auf, setzte sich hin und stieß dabei prompt mit dem Kopf gegen die einige Zentimeter hervorstehende Arbeitsplatte in Echtholzoptik.

»Fuck«, fluchte er und rieb sich die schmerzende Stelle. »So eine verdammte Scheiße.«

Würde Tim nicht im Knast sitzen, hätte sein Kumpel ihn bestimmt so lange auf seinem Sofa pennen lassen, bis er eine neue Bleibe gefunden hätte, aber so? Seit drei Nächten war ihm nichts anderes übrig geblieben, als sein Schlaflager in seinem Foodtruck aufzuschlagen; seitdem litt er unter chronischem Schlafmangel.

So konnte es nicht weitergehen, aber das sagte er sich ebenfalls schon seit drei Nächten.

Unvermittelt wurde die Verkaufsklappe von außen weiter angehoben, worauf das Geräusch der Meeresbrandung zunahm und frischer Wind in den Truck wehte.

Verflucht, das war's jetzt endgültig, schoss es Jannik durch den Kopf. Bei seinem Glück war einem übereifrigen Streifenpolizisten beim Rundgang über die Promenade an

Janniks Truck etwas seltsam vorgekommen. Möglicherweise hatte aber auch Appel, der Filialleiter von *Josh & Jakob*, die Bullen gerufen, und jetzt schaute der Gesetzesvertreter nach dem Rechten. Wenn er Jannik beim unerlaubten Campen entdeckte, konnte er seine Konzession gleich wieder an den Nagel hängen.

Doch zu seiner Verwunderung tauchte keine Uniformkappe, sondern eine Fischermütze im Verkaufsfenster auf, darunter kein Polizistenkopf, sondern Ankes Gesicht.

»Ich war bei dir zu Hause, aber dort habe ich nur deinen Vermieter angetroffen, und der war gar nicht gut auf dich zu sprechen. Er meinte, du seist vor drei Tagen ausgezogen«, sagte sie und blickte auf ihn herab.

Sie musste irgendwo draufstehen, überlegte Jannik. Wahrscheinlich auf einer umgedrehten leeren Getränkekiste, anders würde sie nicht bis hinter den Verkaufstresen blicken können.

»Weshalb ist dein Handy eigentlich nie an? Ich dachte, du gehörst der Generation an, die mit dem Ding verwachsen ist?«

Nachts ließ er sein Handy grundsätzlich ausgeschaltet. Reine Vorsichtsmaßnahme. Er setzte alles daran, nicht aufzufallen, doch er ging nicht auf Ankes Frage ein. »Freut mich auch, dich zu sehen. Was machst du hier?«, erwiderte er stattdessen säuerlich und rieb sich weiter den Kopf, während er einen Blick auf die Uhr über der Eingangstür warf.

Zehn nach elf.

»Das Gleiche könnte ich dich fragen. Wohnst du etwa in deiner Fischbude?«

»Ist nur vorübergehend«, brummte Jannik, während er sich aus seinem Schlafsack befreite.

Anke zog die Fischermütze vom Kopf und steckte sie in die Brusttasche ihres viel zu großen Holzfällerhemdes. »Was heißt nur vorübergehend?«, fragte sie und wurde ernst. »Du kannst nicht zwischen Fritteuse und

Kühlschrank pennen, das geht nicht. Da ist ja nicht einmal genug Platz, um sich umzudrehen. Was ist los, Jannik?«

»Nichts ist los!« Er hielt sich an der Arbeitsplatte fest und zog sich hoch, wobei sein Rücken ein knackendes Geräusch von sich gab. Rasch schlüpfte er in seine Hose, zog ein T-Shirt über und suchte seine Sneaker.

Das hier war wirklich kein Zustand für jemanden, der alles daran setzte, neu anzufangen. Aber das wollte er Anke nicht auf die Nase binden. Sie schaute ihn ohnehin schon mit einem derart mitleidigen Blick an, dass er sich wünschte, es täte sich ein Loch im Boden des rostigen Trucks auf, das ihn auf der Stelle verschlänge, um ihn irgendwo am anderen Ende der Welt wieder auszuspucken.

Doch natürlich löste er sich nicht in Luft auf; das hatte schon in Dortmund nicht funktioniert, und den Gedanken an seine alte Heimat schob er auch mit aller Vehemenz beiseite. Stattdessen stieg er über die Luftmatratze und kletterte aus dem Truck, während er sich seinen Kontostand und den Überziehungsrahmen ins Gedächtnis rief. Er musste nicht lange überlegen, bis er zu dem Schluss kam, dass er sich eigentlich kein Hotelzimmer leisten konnte, sich aber trotzdem für diese Nacht eines in der Absteige am Bahnhof gönnen würde. So würde er wenigstens mal wieder richtig duschen und sich die Katzenwäsche am Strand schenken können.

Als Anke ihn kommen sah, hob sie ergeben die Hände. »Du bist alt genug, du kannst machen, was du willst, und ich bin nicht deine Mutter. Ich mische mich nicht ein.«

»Warum bist du hier?«, fragte er erneut und merkte, dass er ruppiger klang als beabsichtigt.

»Ich bin erst spät vom Training heimgekommen, weil ich noch eine *Seenixe* zum Arzt bringen musste. Sie hat sich den Knöchel verstaucht und liegt jetzt erst mal flach. Eine echte Katastrophe, unsere Trainerin ist außer sich. Na ja, ich hatte mein Handy nicht dabei, deshalb habe ich die Nachrichten von Tims Anwalt erst vor einer halben Stunde abgerufen und ihn dann zurückgerufen.«

»So viel zum Thema nicht erreichbar«, murmelte Jannik und schloss die Klappe vor seinem Verkaufsfenster.

»Willst du nicht wissen, was Dr. Leibold gesagt hat?«

Jannik brauchte einen Moment, bis ihm klar wurde, dass Anke mit Dr. Leibold seinen Stammkunden Carsten, den gut gelaunten Aussteiger ohne Schuhe, meinte, von dem Jannik nie gedacht hätte, dass er Anwalt war. Oder vielmehr gewesen war, denn Carsten nahm eine selbst auferlegte Auszeit mit unbekanntem Ende und machte lediglich für Tims Verteidigung eine Ausnahme.

»Klar will ich wissen, was der Strafverteidiger gesagt hat«, entgegnete Jannik, während er seinen Foodtruck abschloss. »Hat er Tim rausboxen können?«

Anke schüttelte den Kopf. »Nein, der Richter sieht Fluchtgefahr und hat den Antrag auf Kaution abgelehnt. Außerdem sind neue Beweise aufgetaucht, die Tim schwer belasten.«

Jannik kannte Anke noch nicht lange, aber doch gut genug, um sagen zu können, dass sie entmutigt wirkte. »Was denn für Beweise?«

»Sie haben den Gegenstand gefunden, mit dem Lisa niedergeschlagen worden ist, bevor sie ins Aquarium fiel.«

»Verstehe. Um was für ein Ding hat es sich gehandelt? Um einen Hammer?«, fragte Jannik.

»Nein, es war ein Absperrpfosten.«

»Ein was?«

»Ein Absperrpfosten«, wiederholte Anke. »Das sind die Teile aus Messing, die mit Kordeln oder Bändern versehen sind und zur Einteilung von Warteschlangen an Flughäfen oder in Hotels genutzt werden.« Sie hielt eine Hand auf Höhe ihrer Hüfte, um die Größe der Pfosten zu demonstrieren.

»Und warum standen die Teile da hinten herum?«, fragte Jannik.

»Laut Polizeibericht werden die Absperrpfosten an der Zwanzig-Jahr-Feier gebraucht, die demnächst im *OceanView* stattfindet. Sie sind dort vorübergehend gelagert worden.«

»Und mit einem dieser Pfosten wurde Lisa erschlagen? Schrecklich!«

Anke nickte bestätigend. »Die Polizei hat Blutspuren am Metall sichergestellt, die eindeutig dem Opfer zuzuordnen sind.

Aber nicht nur das.

Auf dem Pfosten sind auch Tims Fingerabdrücke.«

Kapitel 16

»Moment, jetzt mal ganz langsam«, unterbrach Jannik Anke, die weiter aufgeregt davon berichtete, was der Anwalt ihr mitgeteilt hatte.

Im Licht der letzten Straßenlaterne, bevor die Promenade in den unbeleuchteten Strand überging, wirkte ihr Gesicht unnatürlich weiß.

»Lass mich kurz sichergehen, dass ich dich richtig verstanden habe«, sagte er. »Tims Fingerabdrücke waren auf dem Absperrpfosten? Ich würde sagen, das sieht wirklich nicht gut für ihn aus, zumal es dieses Überwachungsvideo gibt, auf dem zu sehen ist, wie er Lisa folgt.«

Ihn überkam mit einem Mal ein seltsames Gefühl.

Sein Kumpel war ein netter Kerl, ihn brachte so schnell nichts aus der Ruhe, und Tim würde für ihn durchs Feuer gehen, das wusste Jannik.

Aber wenn es um Lisa ging …

Jannik kam eine Szene in den Sinn, die sich irgendwann im letzten Frühling abgespielt hatte, so Mitte Mai. Er, Tim und Lisa hatten den ganzen Nachmittag am Strand abgehangen. Die Sonne war schon so kräftig gewesen, dass sie die Hosenbeine hochgekrempelt und die Pullover ausgezogen hatten. Zwar war Jannik sich an dem Nachmittag wie das fünfte Rad am Wagen vorgekommen, zumal Lisa ihn kaum beachtet hatte und Tim ihr nicht von der Seite gewichen war, dennoch war er geblieben. Schließlich war es ja nicht so, als könne er auf Sylt aus einem riesigen Freundeskreis für jede Gelegenheit den Richtigen auswählen.

»Sylt ist schrecklich öde«, hatte Lisa gesagt. Sie räkelte sich derart lasziv im Sand, dass sich ihr Busen unter dem T-Shirt abzeichnete.

Wie ein dressierter Hund sprang Tim auf, seine dunklen Haare standen wie üblich struppig zu sämtlichen Seiten ab, und ließ sich vor Lisa auf allen vieren in den Sand fallen. Rasch gab er ihr einen Kuss, den sie aber nur halbherzig erwiderte.

Jannik schloss die Augen und zählte im Stillen bis drei. Verliebte Pärchen konnten furchtbar nervig sein.

»Trink erst mal was«, sagte Tim und holte eine Flasche Flensburger aus der Kühltasche, die Jannik mitgebracht hatte. Er reichte Lisa das Bier und fragte sie: »Was willst du machen?«

Lisa trank und schaute gleichzeitig gelangweilt aufs Wasser, sodass Jannik sich fragte, warum sie an ihrem freien Nachmittag überhaupt mitgekommen war, wenn sie alles und jeden, Tim eingeschlossen, so entsetzlich öde fand.

»Keine Ahnung«, sagte Lisa, wobei sie das letzte Wort in die Länge zog. »Bevor die Saison richtig in Fahrt kommt, kann man auf dieser beschissenen Insel nichts anderes tun, als sich den Sand aus der Unterhose zu kratzen.«

Zwei Surfer, echte Angeber, die trotz der nicht gerade hochsommerlichen Temperaturen die Oberteile ihrer Neoprenanzüge lässig um die Hüften trugen, um ihre muskulösen, tätowierten Oberkörper zur Schau zu stellen, schleppten ihre Bretter hinunter ans Meer. Der eine, ein Typ mit einer Visage, die schon von Weitem Ärger signalisierte, schaute zu Lisa, worauf diese ihren Rücken weiter durchdrückte.

Sofort raunte die Hackfresse seinem Kumpel etwas zu, dann änderte er die Richtung und kam herüber. »Hey, alles klar?«, fragte er, den Blick auf Lisa gerichtet, als säße sie allein und nicht mit zwei Freunden am Strand. »Kann ich ein Bier haben?«

»Kannst du nicht«, zischte Tim und kniete sich neben Lisa in den Sand. »Verzieh dich.«

»Klar, kannst einen Schluck von meinem kriegen«, entgegnete Lisa, während sie ihm die Flasche hinhielt.

Hackfresse legte sein Bord in den Sand, nahm Lisas Bier und trank es in einem Zug leer.

»Bist du bescheuert?«, fuhr Tim seine Freundin an. Im nächsten Moment sprang er auf und stellte sich dicht vor Hackfresse. »Welchen Teil von *Verzieh dich* hast du nicht verstanden?«, zischte er bedrohlich leise. »Mach, dass du von hier verschwindest oder …«

»Oder was?« Ein amüsierter Ausdruck lag auf Hackfresses Gesicht.

Tim, einen Kopf kleiner und mindestens zehn Kilo Muskelmasse leichter als Hackfresse, ballte die Fäuste. Noch nie hatte Jannik seinen Kumpel so wütend und zu allem entschlossen erlebt, und als Jannik Lisa zufrieden im Sand sitzen sah – fürs Erste hatte sie ihr Ziel erreicht, sie langweilte sich nicht mehr –, ahnte er, dass die Sache nicht gut ausgehen würde.

Jannik musste etwas unternehmen. Rasch stand er ebenfalls auf und klaubte ein weiteres Bier aus der Kühlbox. »Leute, entspannt euch«, sagte er betont ruhig, obwohl ihm das Herz bis zum Hals schlug. »Hier, nimm ein Bier.« Mit einem Ploppen öffnete er das Flensburger und hielt es Tim entgegen.

Er ignorierte die Flasche. Wenn es um Lisa ging, setzte irgendetwas bei ihm aus, das hatte Jannik damals am Strand hautnah miterlebt. Tim hatte kurz davor gestanden, dem Surfer eine zu verpassen, was Tim mit Sicherheit nicht gut bekommen wäre, denn der Typ hatte ausgesehen, als habe er weitaus mehr Erfahrung in Bezug auf körperliche Auseinandersetzungen. Zum Glück für Tim (und wahrscheinlich auch für Jannik) war der zweite Surfer aufgetaucht und hatte Hackfresse daran erinnert, dass sie wegen der Wellen und nicht wegen irgendwelcher Frauen an den Strand gekommen waren.

Hackfresse hatte Lisa zugezwinkert und war dann zusammen mit seinem Board abgezogen.

Jannik schaute rüber zum Strand, wo sich das Ganze abgespielt hatte, doch bei der Dunkelheit war vom Strand und dem sich anschließenden Meer kaum etwas zu erkennen.

Okay, die Hormone hatten damals aus dem verknallten Tim einen Heißsporn gemacht, aber er würde doch nicht so weit gehen, Lisa zu erschlagen.

Oder?

»Was meint eigentlich Tim zu der ganzen Sache?«, fragte Jannik.

Anke verschränkte die Arme vor der Brust. »Carsten konnte dazu nichts sagen, Anwaltsgeheimnis. Aber er versucht, einen Besuchstermin für mich zu organisieren, dann spreche ich selbst mit Tim. Was schaust du denn so?«

»Wie schaue ich denn?« Jannik trat einen Schritt zurück.

»So eben. Als überkämen dich Zweifel an Tims Unschuld.«

»Quatsch. Mir ist nur kalt, das ist alles. Außerdem muss ich mal.«

Anke seufzte. »Hier kannst du nicht bleiben, das ist mal klar.«

»Bis ich was Neues habe, geht das schon«, warf Jannik ein.

Anke lief zu ihrer rosa Vespa, nahm den Helm vom Lenker und reichte ihn Jannik.

»Aufsetzen! Bis du eine richtige Bleibe gefunden hast, kommst du mit zu mir.«

Kapitel 17

Das Rührei, das Jannik ihr zusammen mit einem ganzen Haufen von Toasts und selbst marinierter Flusskrebse ungefragt zum Frühstück vorgesetzt hatte, lag Anke schwer im Magen. Normalerweise nahm sie außer einem Becher Kaffee und einem Brioche aus der Plastiktüte vom Discounter morgens nichts zu sich. Aber sie hatte ihrem neuen Mitbewohner auf Zeit nicht die Überraschung verderben wollen, also hatte sie brav alles aufgegessen, mit dem Ergebnis, dass sie sich nun wie ein prall gefüllter Ballon fühlte. Da tat die Fahrt mit dem Fahrrad gut, auch wenn ihr heute eine ziemlich steife Brise entgegenschlug. Was Sylt an Bergen fehlte, die einem Radfahrer das Leben, zumindest in eine Richtung, erschwerten, machte der Wind wett.

Sie kam vom Bahnhof und fuhr über das Kopfsteinpflaster der Paulstraße, vorbei an schnuckeligen Reetdachhäuschen, zweckmäßigen Backsteinbauten und mehrgeschossigen Bausünden aus den Siebzigerjahren des letzten Jahrhunderts. Westerland gehörte nicht zu den Teilen der Insel, die über eine homogene Bausubstanz verfügten, aber wenigstens konnte man hier fast alles bekommen, was man zum Leben brauchte, ohne extra aufs Festland zu müssen.

Medikamente eingeschlossen.

In Ankes Umhängetasche steckte der Blister mit dem Präparat, das sie unter Lisas Sachen gefunden hatte und das sie bereits Dr. Neth, dem Mannschaftsarzt der *Seenixen*, gezeigt hatte.

Der Doktor hatte das Medikament zwar als harmlos eingestuft – ein frei verkäufliches Schlankheitsmittel, wie es Dutzende auf dem Markt gab –, aber dennoch erregte etwas an dem Blister Ankes Misstrauen, auch wenn sie nicht zu sagen vermochte, was es war. Vielleicht hing es mit Lisas auffälligem Surfverhalten, der Internetrecherche nach Herzrhythmusstörungen, zusammen. Zudem war da die Tatsache, dass Lisa die Tabletten unter dem Futter ihrer Laptoptasche versteckt hatte. Natürlich konnte es dafür auch harmlose Erklärungen geben. So konnte die Packung dort versehentlich hineingeraten sein. Womöglich hatte Lisa die Einnahme des Medikaments auch aus irgendeinem Grund vor jemandem geheimgehalten, vielleicht vor ihrer Mutter. Trotzdem glaubte Anke, dass mehr dahintersteckte.

Sie mochte nicht über einen kriminalistischen Instinkt verfügen, aber einen journalistischen besaß sie allemal, schließlich hatte sie in ihrer Karriere nicht ausschließlich für ein Heimwerkermagazin gearbeitet.

Oder ich verrenne mich in Wunschvorstellungen, weil ich nicht akzeptieren will, dass Tim vielleicht doch …

Sie verbot sich, den Gedanken zu Ende zu führen. Tim war nicht der Täter, das stand für sie fest, der musste irgendwo anders zu finden sein. Und da die Polizei offensichtlich nur in eine Richtung ermittelte, blieb bloß eine Lösung: Anke musste selbst aktiv werden.

Deshalb hatte sie sich nach dem Frühstück ohne Jannik in die Stadt aufgemacht und war als Erstes bei der Apotheke in der Deckerstraße vorbeigeradelt, da sie Ankes Haus am nächsten lag. Leider hatte der Apotheker, ein ziemlich griesgrämiger Zeitgenosse mit fettiger Lesebrille und vereinzelten langen Barthaaren auf dem ansonsten glatt rasierten Gesicht, ihr nicht weiterhelfen können. Er hatte lediglich einen flüchtigen Blick auf die Tabletten geworfen, ungefähr dasselbe wie Dr. Neth runtergeleiert und, als Anke keine Anstalten gemacht hatte, etwas bei ihm zu kaufen, sie anschließend aus dem Laden komplimentiert.

Frustriert hatte Anke sich schon wieder auf den Heimweg machen wollen, doch dann hatte sie es sich anders überlegt, schließlich gab es auf Sylt noch weitere Apotheken, wenn auch längst nicht mehr so viele wie vor ein paar Jahren. Personalmangel, hohe Mieten und rückläufige Umsatzzahlen führten in ganz Deutschland zu einem regelrechten Apothekensterben, da bildete Sylt keine Ausnahme.

Fünf Minuten später bog Anke in die Elisabethstraße ein und stellte ihr Fahrrad im Ständer vor der *Löwen-Apotheke* ab. Während sie das Schloss um den Rahmen schlang und es am Vorderreifen einrasten ließ, fiel ihr Blick auf das Gebäude schräg gegenüber, dessen Räume im Erdgeschoss das *Malz & Milch*, Lisas ehemalige Arbeitsstelle, beherbergten.

Das seltsame Gefühl, das sich in ihr breitgemacht hatte, verstärkte sich.

Sie warf den Fahrradschlüssel in ihre Umhängetasche, hielt auf den Eingang der Apotheke zu und passierte die automatische Tür. Im Gegensatz zur verstaubt wirkenden, dunklen Apotheke des alten Zausels in der Deckerstraße strahlte diese eine offene, moderne Eleganz aus. Die halbhohen Regale mit den überteuerten Fußpflegecremes, Heilkräuterbädern und Antifaltenmitteln ließ Anke hinter sich und trat gleich an den in Nischen unterteilten Verkaufstresen.

Sie musste nicht lange warten, bis eine Angestellte im weißen Kittel heraneilte und ihr gegenüber stehen blieb. Die Augen der jungen Frau blickten Anke durch eine gewaltige goldgerändete Brille an, die beinahe ihr halbes Gesicht bedeckte, und Anke fragte sich, weshalb ein junges, hübsches Ding sich hinter so einem Drahtgestell versteckte.

Die Frau lächelte Anke freundlich an und fragte: »Moin, wie kann ich Ihnen helfen?«

»Guten Morgen, äh, moin«, erwiderte Anke, der der

norddeutsche Gruß noch nicht so selbstverständlich über die Lippen ging, wie es von einer Insulanerin, auch von einer zugezogenen, erwartet wurde. Obwohl die junge Angestellte keinen vergrämten Eindruck machte, wie es der Apotheker vorhin getan hatte, beschloss Anke, eine neue Strategie zu verfolgen und erst einmal eine Kaufabsicht zu bekunden. »Ich interessiere mich für ein Medikament, das beim Abnehmen hilft«, sagte sie.

Ein rascher Blick über den Teil von Anke, der von der Verkaufsseite des Tresens aus zu sehen war, ließ das Gesicht der Apothekenhelferin aufleuchten. Offenbar sah sie akuten Handlungsbedarf, der mit teuren Pillen und Pulvern aus den Beständen der Apotheke tatkräftig unterstützt werden konnte.

»Sie wollen Gewicht reduzieren, das ist immer eine hervorragende Idee«, sagte sie und schob die Tastatur zurecht, jederzeit bereit, die Verfügbarkeit der entsprechenden Medikamente abzufragen. »Haben Sie schon eine Vorstellung davon, wie Sie Ihr Vorhaben in die Tat umsetzen wollen?«

Anke kam sich plötzlich fett vor und bereute erneut das ausgiebige Frühstück. Sie beschloss, später eine Extrarunde mit dem Fahrrad zu drehen. Dem Wind entgegen.

»Ehrlich gesagt, noch nicht so genau«, gab sie zu.

»Am erfolgversprechendsten, besonders auf Dauer und ohne Jo-Jo-Effekt, ist es, die Ernährung umzustellen.« Die Apothekenhelferin holte ein Faltblatt unter dem Tresen hervor. »Hier steht alles, was Sie dazu wissen müssen. Aber besonders in der Anfangsphase ist die Gabe bestimmter Präparate eine durchaus sinnvolle Ergänzung, da sie beispielsweise Heißhungerattacken verhindern. Oder Sie ersetzen für einen gewissen Zeitraum einzelne Mahlzeiten oder Zwischenmahlzeiten durch einen Shake. Dazu kann ich Ihnen ebenso raten.«

Sie drehte sich um und holte eine runde Dose aus dem Regal hinter sich. »Hier haben wir den Drink von *Shake-Snack-Babe*, einer neuartigen Serie, die das Beste aus

Low-Carb- mit den Vorteilen von Formula-Diäten in einer einzigen Produktlinie verbindet. Das Tolle daran ist, dass Sie ohne Verzicht abnehmen werden, da Sie aus einer ganzen Palette von leckeren *Shake-Snack-Babe*-Produkten wählen können.«

Anke erwischte sich dabei, wie sie ein wenig angewidert den Mund verzog. Bereits als Teenager hatte sie nicht besonders gerne Milchshakes getrunken. Schon beim Gedanken an den schleimigen Geschmack nach übersüßen künstlichen Fruchtaromen begann es in ihrem Hals zu kratzen.

»Ich glaube, das ist nichts für mich«, sagte sie. Stattdessen kramte sie in ihrer Umhängetasche und holte die durchsichtige Plastiktüte heraus, in der sie Lisas Medikamentenpackung aufbewahrte. »Wie wäre es damit? Das hat mir eine Freundin empfohlen, die schwört darauf. Man kann angeblich alles essen, wird aber nicht dick.«

Die Apothekenhelferin nahm die Tüte entgegen und studierte den Aufdruck auf der Rückseite des Blisters, wobei sie über ihre Brille hinweg sah. Wahrscheinlich bestanden die Gläser des Monsters aus nichts anderem als Fensterglas, und die junge Frau trug die Brille schlichtweg aus modischen Gründen.

Anke war froh, keine zwanzig mehr zu sein.

»Orlistat von *Proval*«, las die Angestellte vor und tippte gleichzeitig auf der Tastatur vor sich. »Orlistat bindet einen Großteil der Fette aus der Nahrung. Da können Sie ohne schlechtes Gewissen Pommes und Backfisch essen, doch auf Dauer ist das nicht geeignet, um nachhaltig und gesund abzunehmen.« Sie tippte weiter. »Aber wenn ich richtig informiert bin, vertreibt *Proval* das Mittel nicht mehr unter dem eigenen Firmennamen.« Sie schaute auf. »Wissen Sie zufällig, wie alt die Tabletten sind? Oder haben Sie noch die Pappschachtel?«

Anke verneinte.

»Warten Sie mal kurz, ich frage meine Chefin.«

Bevor Anke protestieren konnte, war die

Apothekenhelferin zusammen mit den Tabletten in einem Durchgang zwischen den Regalen verschwunden.

Verdammt, so hatte das eigentlich nicht laufen sollen.

Anke hörte gedämpftes Geflüster, kurz darauf erschien eine Frau, die ungefähr in Ankes Alter sein musste, jedoch bedeutend weniger Falten aufwies. Im ersten Moment dachte Anke, möglicherweise hätten die überteuerten Cremes und Pasten, die hier verkauft wurden, doch ihre Existenzberechtigung, aber als die Frau sich an einem Lächeln versuchte, bemerkte Anke die eingeschränkte Mimik und den Botox-Effekt.

»Guten Tag«, sagte die Apothekerin knapp. Das Schild auf der Brusttasche ihres Kittels wies sie als Annabell Joost aus. »Wie mir meine Kollegin mitgeteilt hat, interessieren Sie sich für ein Präparat mit dem Wirkstoff Orlistat.« Beiläufig legte sie die Plastiktüte an einer für Anke nicht einsehbaren Stelle hinter der Verkaufstheke ab und begann nun ebenfalls, etwas in den Computer einzugeben. »Wir haben ein Mittel mit der gleichen Dosierung von *Pauschmann* vorrätig. Da könnte ich Ihnen die Packung mit zweiundvierzig Tabletten zum Preis von vierundzwanzig Euro anbieten. Oder Sie nehmen gleich den Vorteilspack mit drei mal vierundachtzig Hartkapseln zum Sonderpreis von vierundsiebzig Euro. Das wäre eine Ersparnis von fast fünfzig Prozent.«

Fragend blickte sie Anke an.

»Nein, meine Freundin meinte, ich solle unbedingt die Tabletten von *Proval* nehmen. Die würden nicht so durchschlagen«, erwiderte sie mit einem Augenzwinkern, weil sie sich an die öligen Nebenwirkungen erinnerte, von denen Dr. Neth gesprochen hatte.

»Bedaure, aber diese Marke führen wir nicht«, sagte die Apothekerin kühl. »Im Übrigen ist die Wirkweise bei allen Herstellern dieselbe. ASS wirkt ja auch, wenn nicht *Aspirin* auf der Verpackung steht. Wenn ich sonst noch etwas für Sie tun kann?«

Aus den Augenwinkeln bemerkte Anke, wie die junge Frau mit der riesigen Goldrandbrille ihre Chefin stirnrunzelnd ansah, und auch Anke kam das Verhalten der Apothekerin seltsam vor.

Verlangte man normalerweise ein nicht vorrätiges Medikament, dann konnten die Mitarbeiter es meist noch am selben, spätestens jedoch bis zum nächsten Tag bestellen. Manche boten sogar an, es dem Kunden nach Hause zu liefern, was den wiederholten Weg in die Apotheke ersparte.

Eine solche Verweigerungshaltung hatte Anke nie zuvor erlebt.

»Nein, vielen Dank. Sie haben mir sehr geholfen«, sagte sie und streckte die Hand aus. »Wenn ich jetzt noch die Tabletten meiner Freundin …«

»Oh, selbstverständlich, entschuldigen Sie«, entgegnete die Apothekerin beflissen und gab Anke den Gefrierbeutel zurück, in dem Lisas Tablettenblister steckte.

Anke verließ die Apotheke, nicht jedoch, ohne einen letzten Blick auf die sichtlich verwunderte Angestellte zu erhaschen.

Kapitel 18

Darüber nachgrübelnd, wie sie das Verhalten der Apothekerin werten sollte und ob sie möglicherweise bereits anfing, eine gewisse Paranoia zu entwickeln und in allem und jedem etwas Verdächtiges zu sehen, setzte Anke gerade dazu an, ihr Fahrrad von der Kette zu befreien, als sie sah, wie sich auf der gegenüberliegenden Straßenseite die Eingangstür des *Malz & Milch* öffnete und zwei angeregt schwatzende Frauen hinaus in den warmen Vormittag traten.

Eigentlich hatte sie sich für den heutigen Tag Gartenarbeit auf den Plan geschrieben, doch Pläne, besonders die, deren Realisation den Einsatz von Rosenscheren, Rasenmähern und Laubbläsern erforderten, waren dazu da, über Bord geworfen zu werden. Also ließ sie das Fahrrad an Ort und Stelle und ging kurzentschlossen rüber ins *Malz & Milch*.

In der Café-Hälfte des Ladens saßen vereinzelt Touristen an den bunten Tischen und tranken Kaffee oder Tee und nahmen ein Frühstück zu sich, während im Teil, der den Craftbeer-Pub beherbergte, gähnende Leere herrschte.

Der tätowierte Barkeeper mit dem ausladenden Bauch und dem Vollbart trug wieder seine Weste über dem weißen T-Shirt, nur die Ballonmütze saß nicht auf seinem Kopf. In regelmäßigen Abständen verschwand er hinter der mit dunkler Eiche verkleideten Theke, um im nächsten Moment mit einer Flasche Schnaps wieder aufzutauchen, die er anschließend im Regal hinter sich verstaute. Zum Glück besaß Anke ein gutes Namensgedächtnis, weshalb sie sich gleich daran erinnerte, dass Tilly, die sie und Marie im Café bedient hatte, ihn als ihren Ehemann Enno bezeichnet hatte.

Kurzerhand ging Anke auf die Pub-Seite, ließ die Chesterfield-Sessel links liegen und begab sich geradewegs zur Theke.

»Hallo«, sagte sie und setzte sich auf einen der lederbezogenen Hocker. Der Barkeeper unterbrach das Auffüllen der Schnaps-Vorräte und wandte sich ihr zu, wobei sich eine seiner Augenbrauen hob.

»Moin, schöne Frau«, entgegnete er. »Kann ich dir schon was bringen, oder willst du zunächst einen Blick in die Karte werfen?«

Anke verdrehte demonstrativ die Augen und lachte. »Von wegen *schöne Frau*«, sagte sie, während sie überlegte, auf was sie Lust hatte. Sie hätte gerne einen Tee genommen, doch bei dieser Bestellung hätte es seltsam ausgesehen, dass sie sich dafür in den Pub setzte anstatt drüben ins Café. Außerdem lag ihr noch immer Janniks Frühstück schwer im Magen, und da sie obendrein mit dem Fahrrad gekommen war, orderte sie (entgegen ihrer Prinzipien und ungeachtet der frühen Uhrzeit) einen Schnaps.

»Ich habe einen besonders milden Edelkorn aus einer kleinen, aber sehr feinen Destillerie drüben in Niebüll reinbekommen.«

»Den nehme ich«, beschloss Anke und studierte die Emailleschilder an der Backsteinwand. Viele warben auf antiquierte Art für die im Pub angebotenen Spirituosen, auf einigen standen Sprüche – Lebensweisheiten für Kneipenbesucher.

Wer die Wahrheit im Whisky finden will, darf die Suche nicht schon beim ersten Glas aufgeben

Am Ende ergibt alles einen Gin

Never drink tomorrow what can be drunk today

Ich kann auch Alkohol trinken, ohne lustig zu sein

Anke schmunzelte, während Enno eine schön geformte

Flasche mit einem Etikett, das an eine altertümliche Briefmarke erinnerte, aus dem Regal holte. Gekonnt schenkte er etwas der klaren Flüssigkeit in ein bauchiges, nach oben schmaler werdendes Glas und stellte es vor Anke hin. »Bitte sehr. Zum Wohl.«

Vorsichtig nippte Anke am Schnaps, und als der Alkohol brennend ihre Speiseröhre hinunterrann, verzog sie das Gesicht.

Enno lachte. »Und, wie schmeckt er dir?«

»Sehr gut«, keuchte Anke und wedelte mit der Hand vor ihrem Gesicht herum. »Wirklich mild.«

Der Wirt lachte weiter. »An deinen schauspielerischen Fähigkeiten musst du noch arbeiten«, sagte er, setzte sich nun doch wieder die Ballonmütze schief auf den Kopf und knöpfte die Weste zu, wohl um sein offizielles Arbeitsoutfit zu komplettieren, jetzt, wo er den ersten Gast des Tages auf seiner Seite bediente. »Sag mal, habe ich dich nicht neulich schon mal hier gesehen? In Tillys Ressort, wenn ich mich richtig erinnere.«

Gutes Personengedächtnis, dachte Anke anerkennend. *Nicht die schlechteste Eigenschaft für einen Wirt.*

»Das ist richtig. Meine Freundin Marie und ich haben uns zum Kaffeeklatsch verabredet, bevor wir im *OceanView* ein paar Blumen und auf Wunsch Ihrer …«, sie korrigierte sich, da der Wirt zu der leutseligen Sorte gehörte, die ihre Gäste ungeachtet von Stand und Alter gleich duzte, »… auf Wunsch *deiner* Frau auch etwas von euch im Gedenken an die Verstorbene niedergelegt haben. Mein Name ist übrigens Anke. Anke Fischer.«

»Eginhard Sandberg«, entgegnete der Wirt und streckte Anke seine Pranke über die Theke hinweg zu, worauf sie diese schüttelte. Sein Gesicht war ernst geworden.

»Eginhard?«, fragte Anke.

Der Wirt zuckte mit den Achseln. »Keine Ahnung, was meine Eltern genommen haben, als sie zum Standesamt sind, um mich anzumelden. Aber du kannst Enno sagen, das tun alle.«

»Freut mich, Enno.«

»Es ist wirklich unfassbar … das, was mit Lisa passiert ist«, kam er auf das eigentliche Thema zurück.

Anke schluckte schwer. »Deine Frau hat erwähnt, dass Lisa hier gearbeitet hat. Lisas Tod muss euch schwer getroffen haben.«

Er zog den Plastikkorb zu sich heran, in dem die frisch aus der Spülmaschine kommenden Gläser standen, und begann einem von ihnen mit einem Geschirrtuch den letzten Schliff zu geben. »Na ja, klar, schon irgendwie. So ein Ende wünscht man niemandem, schon gar keinem so jungen Menschen, der sein ganzes Leben noch vor sich hat. Aber es ist auch nicht so, als hätte ich Lisa besonders gut gekannt. Zumal sie ohnehin für Tilly und nicht für mich gearbeitet hat. Wenn nicht viel los war, haben wir ab und an ein paar Worte miteinander gewechselt, aber mehr auch nicht. Außerdem hat Lisa es hier ohnehin nicht lange ausgehalten. Schon nach drei Monaten hat sie alles hingeworfen und ist weitergezogen. Das habe ich Tilly von Anfang an prophezeit. ›Es lohnt sich nicht, die Kleine einzuarbeiten, die ist gleich wieder weg. Sylt ist nichts für die‹, habe ich Tilly gesagt, aber sie wollte ja nicht auf mich hören.«

Anke nippte noch einmal an ihrem Kornbrand.

Schon besser.

»Weshalb hattest du den Eindruck, dass Lisa nicht lange bleiben würde?«, fragte sie. »Ich dachte, sie ist auf der Insel geboren. Außerdem hatte sie hier doch einen festen Freund.«

»Der, der sie umgebracht hat?« Enno schnaubte. »Schön bescheuert, dieser Idiot.« Er stellte das polierte Glas zu den anderen und nahm sich das nächste vor. »Ja, Lisa ist … sie war Sylterin. Und es stimmt auch, dass sie den armen Tropf gehörig den Kopf verdreht hat; letztendlich hat er sie aus Eifersucht getötet. Doch wenn du mich fragst, dann hat sie für ihn nicht dasselbe empfunden, wie er für sie. Irgendwie glaubte sie wohl immer, für Größeres bestimmt zu sein. So Leute gibt es doch; solche, die mit dem, was sie haben – sei es ihre momentane Beziehung, ihr neues Auto oder eben ihr derzeitiger Job –, nie zufrieden sind. Sie streben immer nach etwas, das außerhalb ihrer Möglichkeiten liegt, und werden daher immer unzufrieden sein. Weißt du, was ich meine?«

Anke nickte. »Und so jemand war Lisa?«

Er zuckte mit den Achseln. »Man soll ja nicht schlecht über Tote sprechen, aber ja, den Eindruck hat sie auf mich gemacht. Doch wie gesagt, ich kannte sie auch nicht besonders gut.« Er lachte. »Nimm es einfach als Eindrücke eines Kneipenwirts, der seine psychologische Ausbildung hinter der Theke gemacht hat. Noch einen? Geht aufs Haus.«

Bevor Anke protestieren konnte, hatte Enno bereits die Flasche in der Hand und schenkte nach.

»Und was machst du auf der Insel?«, fragte Enno. »Du bist nicht von hier, oder? Wobei du aber auch nicht wie eine Touristin aussiehst.«

»Mein Lebensgefährte hat mir ein kleines Haus hinterlassen. Wir wollten es eigentlich gemeinsam herrichten, aber dann ist er …« Sie ließ den letzten Teil ungesagt und zuckte stattdessen mit den Achseln.

Ihre Augen wurden feucht.

Himmel, sie sollte so früh wirklich keinen Alkohol zu sich nehmen. Rasch schaute sie aus dem Fenster, damit Enno die drohenden Tränen nicht bemerkte.

»Das tut mir leid«, sagte er. »Es geht so ungerecht auf der Welt zu.«

Verstohlen fuhr Anke sich mit dem Ärmel ihres Holzfällerhemdes – Jens' Holzfällerhemd – übers Gesicht, als ihr eine Bewegung jenseits des Fensters auffiel.

Die Apothekerin mit der jugendlich glatten Haut, Annabell Joost, kam mit wehendem weißen Kittel aus ihrem Geschäft geeilt, ein Handy in der Hand. Noch im Gehen wählte sie eine Nummer, wobei sie sich ständig umschaute, als befürchte sie, von jemandem verfolgt zu werden.

Anke richtete sich auf.

Zwar konnte sie nicht wissen, mit wem und worüber die Frau am Telefon sprach, doch irgendetwas in Anke war sich sicher, dass es mit ihrem Besuch in der Apotheke zusammenhing.

»Kennst du die Apothekerin?«, fragte sie – nicht weil sie sich von Enno irgendwelche Informationen versprach, sondern um von sich und Jens abzulenken.

Enno folgte Ankes Blick nach draußen. »Die Joost?«

Anke nickte. »Heißt sie so?«

»Ja, Annabell Joost. Kennen wäre zu viel gesagt, aber wir sind Nachbarn, da läuft man sich ab und an mal über den Weg. Hierher kommt sie aber nie, weder zum Trinken noch zum Essen. Wahrscheinlich sind wir unter ihrem Niveau.« Er reckte kurz die Nase in die Höhe, dann zwinkerte er Anke zu. »Ich hole meine Pillen trotzdem bei ihr, wenn ich mal was brauche. Das ist einfach praktisch, schließlich liegt ihr Geschäft gleich gegenüber, und so viele Apotheken gibt es nicht mehr auf der Insel.«

»Dann war Lisa dort bestimmt auch Kundin?«, formulierte Anke ihre Frage möglichst vage.

Enno zuckte mit den Achseln und hielt plötzlich damit inne, das Glas zu polieren. »Glaube schon. Aber, sag mal, warum interessierst du dich eigentlich so für Lisa?«

Kapitel 19

Sophia trat kräftig in die Pedale, während sie den schmalen Radweg entlangfuhr, der sich neben der Munkmarscher Chaussee durch die spätsommerliche Landschaft schlängelte. Trotzdem hatte sie das Gefühl, nicht richtig voranzukommen. Es wurde Zeit, sich ein neues Fahrrad zu kaufen. Dieses Relikt, an dem die Klingel in Form eines Schafs das mit Abstand Neueste war, gehörte definitiv auf den Schrott.

Das Licht der tiefstehenden Sonne tauchte das Meer und die sich daran anschließenden frisch gemähten Felder in Orangerot. Nicht mehr lange und der Sommer würde dem Herbst Platz machen, doch dann hätte sie die Insel bereits wieder verlassen.

Sie fragte sich, weshalb sie nicht schon längst ihrem ersten Impuls nachgegeben und ihre Koffer gepackt hatte, nachdem ihr Chef ihr Robert Zoller als den neuen Marketingchef von *Noxomed* vorgestellt hatte.

Rob. Der Mann, wegen dem sie bereits ihre letzte Stelle Hals über Kopf gekündigt hatte und aus Kiel verschwunden war, ohne jemandem Bescheid zu geben. Sie hatte geglaubt, ihn los zu sein, ihn abgehängt zu haben, schließlich hatte sie bei einer im Vergleich zu den großen Pharmakonzernen geradezu winzigen Firma irgendwo am Arsch der Welt angefangen und zudem den Kopf noch weiter eingezogen, als sie es wegen ihrer zurückhaltenden Art ohnehin immer tat.

Kein Social Media, kein Anmelden des neuen Wohnsitzes, keine Kontakte zu ehemaligen Kommilitonen und schon gar keine zu Mitarbeitern der alten Firma. Ein kompletter Schnitt. Ein Neuanfang im Tarnmodus.

Trotzdem hatte Rob sie aufgestöbert. Und er begnügte sich nicht damit, sie heimlich zu stalken, nein, er hatte die Unverfrorenheit besessen, sich bei genau dem Unternehmen anstellen zu lassen, für das Sophia mittlerweile arbeitete.

Was sagte das über Rob, aber auch über sie selbst aus?

Nichts Gutes, fürchtete Sophia. Wie hatte sie sich nur auf einen solchen Psychopathen einlassen können? Warum hatte sie all die Warnzeichen übersehen?

Am Anfang ihrer nicht allzu lange währenden Beziehung hatte Sophia den Fehler gemacht, Robs besitzergreifende Art mit Liebe und Fürsorge zu verwechseln. Aber dann hatte sie sich eines Abends ein Bad eingelassen, wobei sie den Abflussstöpsel nicht richtig geschlossen hatte, weshalb das heiße Wasser gleich wieder den Abfluss hinuntergelaufen war. Frustriert und verspannt nach der Arbeit im Labor, hatte Sophia die Kerzen ausgeblasen, ihr Glas Rotwein genommen und war, ohne ein Entspannungsbad zu nehmen, gleich wieder aus dem Badezimmer verschwunden. Da hatte sie Rob ertappt, wie er hinter ihrem Rücken in ihrem Handy schnüffelte.

»Was machst du da?«, fragte sie, nur in ein Badetuch gehüllt, das Glas Wein in der Hand. »Das ist mein Telefon!«

Kurz flackerte Unsicherheit in Robs Augen auf, doch schon im nächsten Moment hatte er sich wieder unter Kontrolle und schaltete auf Angriff.

»Wer ist Torben?«, fragte er und hielt ihr das Handy mit den WhatsApp-Nachrichten entgegen. »Und warum hast du dich am Samstag mit ihm verabredet, ohne mir etwas davon zu sagen?« Wie bei einem gereizten Tier zogen sich seine Lippen zurück, worauf seine großen Zähne unvorteilhaft zum Vorschein kamen.

Vor Schreck wich Sophia einen Schritt nach hinten. »Das ist mein Telefon«, wiederholte sie.

»Es ist nicht dein Telefon, ich habe es dir geschenkt«,

stellte er richtig. »Also, wer ist dieser Torben? Was läuft da zwischen euch?«

»Gar nichts«, entgegnete Sophia ehrlich entrüstet. »Torben ist ein Studienkollege aus meinem Biochemie-Kurs. Er hat sich bereiterklärt, mir bei der Strukturierung meiner Diplomarbeit zu helfen.«

»Und zum Dank für seine Dienste, fickst du ihn?«, spie Rob aus. Speicheltröpfchen trafen Sophia.

Sie wich weiter zurück. So hatte Rob noch nie mit ihr gesprochen. »Was? Nein. Natürlich nicht. Wir treffen uns, um gemeinsam zu arbeiten. In einem Café in der Innenstadt. Mehr ist da nicht. Wie kommst du auf so was?«

»Ach, wenn da nicht mehr ist, warum hast du mir dann nichts davon gesagt? Warum kenne ich den Kerl nicht, weshalb habe ich seinen Namen nie gehört?«

Ja, wieso hatte sie ihn nie erwähnt?

Weil Sophia auf einer Ebene ihres Unterbewusstseins geahnt hatte, dass es Rob nicht gefallen würde, wenn sie sich mit einem anderen Mann traf, egal, wie harmlos dieses Treffen war. Rob tat alles, um sie in seiner Nähe zu wissen. Er nahm regen Anteil an ihrem Alltag, er erkundigte sich, was sie tat, wie es ihr ging, mit wem sie sich in der Mittagspause traf. Solche Dinge eben.

Deshalb hatte sie sich in letzter Zeit dazu gezwungen, nicht mehr jeden ihrer Schritte mit ihm abzusprechen. Herrgott, schließlich war sie erwachsen, irgendwie musste sie doch lernen, auf eigenen Beinen zu stehen.

Und hieß es nicht, für eine funktionierende Beziehung brauche jeder Partner auch gewisse Freiräume?

»Ich rede mit dir«, brüllte Rob. Im nächsten Moment traf sein Handrücken das Weinglas. Es flog ihr aus der Hand und knallte gegen die Wand.

Rotwein lief die Tapete entlang und ergoss sich auf dem Teppichboden.

Sophia stieß einen spitzen Schrei aus. Dann traf Robs Faust sie in den Magen.

Selbstverständlich hatte Sophia sich am darauffolgenden Samstag nicht mit Torben getroffen, genau genommen hatte sie sich in den verbleibenden Wochen ihrer Beziehung mit niemandem mehr getroffen, zumindest nicht ohne Robs Anwesenheit.

Auch heute noch, drei Monate später, igelte sie sich in ihrer Einzimmerwohnung ein, traute sich nicht raus, obgleich sie ganz genau wusste, dass dieses Verhalten ihr nicht guttat und sie damit weiter vereinsamte.

»Uuuuuh, Achtung«, riss Sophia unvermittelt eine Stimme aus ihren Grübeleien.

Hektisch lenkte sie ihr Fahrrad nach rechts, doch der Skateboardfahrer war bereits auf den Grünstreifen ausgewichen und sprang mit einem Satz von seinem blockierenden Board.

»Oh je, es tut mir so leid«, rief sie und bremste ab.

Der Skater mit den hellblonden Haaren, er mochte kaum älter als sie selbst sein, geriet auf dem Acker ins Straucheln, und für einen Augenblick befürchtete Sophia, er würde in den Zaun aus Stacheldraht stürzen, doch im letzten Moment fing er sich und blieb auf den Beinen. Auf den Schultern trug er einen Rucksack, aus dem die Blätter einer Zimmerpflanze ragten.

Sophia stellte ihr Rad ab, schob ihre Brille zurück auf die Nase – vielleicht sollte sie es doch mal mit Kontaktlinsen probieren – und ging auf ihr Beinahe-Unfallopfer zu. »Das ist alles meine Schuld. Hast du dich verletzt?«, fragte sie mit leiser Stimme, bemüht, gefasst zu klingen.

Warum hatte sie nicht besser aufgepasst? Immer passierten ihr solche Sachen. Nie konnte sie etwas richtig machen; sie schaffte es nicht einmal, auf einem schnurgeraden Radweg geradeaus zu fahren.

Verlegen blickte sie auf die Schuhe des Skaters, klobige weiße Osiris, die an einigen Stellen ziemlich rissig waren, und wartete auf das Donnerwetter.

»Alles okay, mir ist nichts passiert«, sagte er und klang

überhaupt nicht verärgert, weshalb Sophia es wagte, den Blick von seinen Sneakern zu seinem Gesicht wandern zu lassen.

Der Skater grinste. Augenzwinkernd schaute er über seine Schulter und nickte der Pflanze in seinem Rucksack zu. »Und Fridolin hat auch noch alle Blätter.«

Sophia atmete auf, froh darüber, dass er mit Humor und nicht ungehalten oder gar aggressiv reagierte. Hätte er sie angebrüllt, wäre sie in Tränen ausgebrochen, das spürte sie genau.

Das Lächeln auf dem Gesicht des jungen Mannes verschwand und machte Besorgnis Platz. »Alles in Ordnung bei dir? Geht es dir gut?«

»Mir?«, fragte Sophia. »Ja, natürlich. Schließlich war ich es doch, die dich beinahe …« Als sie spürte, wie ihre Stimme brach, schaute sie erneut zu Boden. Nur mit Mühe konnte sie die Tränen zurückhalten und verachtete sich dafür. Wie sah das aus, wenn sie vor einem Fremden, den sie zu allem Überfluss auch noch fast über den Haufen gefahren hatte, einen Heulkrampf bekam? Er musste sie für hysterisch, vollkommen durchgeknallt halten, was sie wahrscheinlich auch war.

Aber es war einfach zu viel passiert. Erst die ungewöhnliche Versuchsreihe, dann Robs Auftauchen und jetzt, da Sophia sich endlich ein Herz gefasst und ungeachtet der Konsequenzen mit ihren Ergebnissen hatte zu Dr. Tauschek gehen wollen, war dieser verschwunden. Von der Geschäftsführung hieß es, der wissenschaftliche Leiter habe sich wegen der hohen Arbeitsbelastung eine Auszeit genommen, aber das glaubte Sophia nicht. So kurz vor dem Beginn der klinischen Studien würde Tauschek nicht die Füße hochlegen und in den Urlaub verschwinden. Schon gar nicht, wo es offenbar Probleme mit dem neuen Wirkstoff gab und sie zudem vor einer Stunde eine ausgesprochen seltsame SMS von Tauschek erhalten hatte.

Falls Sie es irgendwie einrichten können, kommen Sie

nach der Arbeit bitte bei mir vorbei. Bringen Sie Ihre Aufzeichnungen mit. Es ist sehr wichtig. Und ich muss Sie um absolute Diskretion bitten. Verraten Sie niemandem, dass Sie mit mir in Kontakt stehen. Die Adresse schicke ich Ihnen. Tauschek.

Sophia hatte ein schreckliches Gefühl bei der Sache, doch sie hatte sich an Dr. Tauscheks Anweisungen gehalten. Sie hatte ihre Notizen eingepackt und war nun, ohne jemandem Bescheid zu geben, auf dem Weg zu der angegebenen Adresse.

Als eine Hand vorsichtig nach ihrer Schulter griff, zuckte Sophia zusammen. Sofort sprang sie zurück und brachte sich aus der Reichweite des Fremden.

Ergeben hob der junge Kerl die Hände. »Tut mir leid, ich wollte dir nicht zu nahe treten. Ich bin Jannik. Und das ist Fridolin, mein Mitbewohner.« Er wackelte mit den Schultern, worauf die Blätter der Topfpflanze zu winken schienen.

Gegen ihren Willen stahl sich ein Lächeln auf Sophias Gesicht. »Freut mich, Fridolin. Ich heiße Sophia Mauer.« Sie wandte sich wieder Jannik zu. »Nimmst du ihn überall hin mit?«

Jannik schüttelte den Kopf. »Fridolin hat es nicht so mit der stürmischen Nordseeluft, er ist mehr so der tropische Typ. Aber ich bin aus meiner Wohnung geflogen, deshalb müssen wir umziehen. Und was machst du hier? Hast du den Tag am Strand verbracht?«

»Schön wär's. Nein, ich komme von der Arbeit.« Automatisch deutete sie auf den *Noxomed*-Schriftzug auf ihrer Brust und ließ die Hand sofort wieder sinken. Wie dämlich war sie eigentlich? »Na ja, aber bevor ich nach Hause kann, muss ich noch bei meinem Chef vorbei. Er benötigt ein paar Unterlagen. Wenn ich es genau bedenke, war ich, seit ich den Job bei *Noxomed* angenommen habe, noch nie am Strand.«

Unglauben breitete sich auf dem Gesicht des Skaters aus. »Du lebst auf Sylt und warst noch nie am Strand? Du verarschst mich.«

»Nein, wirklich nicht. Es ist nur so, dass … Ach, ich weiß auch nicht.«

»Vorschlag: Morgen ist Samstag. Musst du da auch arbeiten?«

»Nein.«

»Gut, also dann kommst du morgen an meinem Foodtruck vorbei, vielleicht so gegen fünf.« Er griff in seine Hosentasche und holte einen verknickten Flyer heraus.

Janniks Fischbraterei, las Sophia.

»Erst mache ich dir ein hammerleckeres Fischbrötchen«, fuhr er fort. »Oder was immer du sonst magst. Und anschließend, wenn meine Schicht vorbei ist, gehen wir zusammen an den Strand, was hältst du davon?«

Eigentlich klang es verlockend, und Jannik schien ein ganz normaler Typ zu sein. Nett, aufmerksam, gutaussehend – nicht psychopathisch.

Andererseits …

Als könne er ihre Gedanken lesen, sagte er: »Ich bin auch noch nicht lange auf der Insel, und ich suche händeringend nach Kunden. Sieh es als den Anfang einer Geschäftsbeziehung. Ich verspreche dir: Sobald du eins meiner Fischbrötchen gegessen hast, wirst du keine anderen mehr wollen.«

Sophia lächelte scheu. »Also gut. Ich nehme dich beim Wort und komme. Aber ich bezahle das Essen, schließlich bin ich schuld an dem Schlamassel eben.«

»Geht klar. Bis morgen um fünf.« Mit dem Fuß schob er das Board zurück auf den Radweg. »Wir sehen uns«, sagte er, stieß sich ab und rollte davon.

Sophia schaute dem Skater nach, der mit seinen blonden Haaren etwas Skandinavisches an sich hatte und in seiner gesamten Art überhaupt nicht mit Rob zu vergleichen war. Den schwarzen SUV, der einige hundert Meter weiter in einer Haltebucht am Straßenrand parkte, nahm sie nicht zur Kenntnis.

Die Frontscheibe reflektierte das Licht der

untergehenden Sonne, weshalb im Inneren des Wagens ohnehin nichts zu erkennen gewesen wäre.

Als Sophia sich wieder auf ihr Rad schwang und in die entgegengesetzte Richtung fuhr, betätigte der Fahrer des SUV den Blinker und bog zurück auf die Straße.

In sicherem Abstand folgte er Sophia.

Kapitel 20

»Nein, nein, nein! Alles zurück auf Anfang. Was ihr da macht, ist kein *Wirbelwind*, das ist eine ausgeleierte Schiffsschraube!«

Selbst unter Wasser und mit nach Luft ringenden Lungen hatte Anke keine Probleme, Mila Álvarez zu verstehen. Ihre Trainerin schaffte es immer, sich Gehör zu verschaffen.

Der *Wirbelwind*, das Reglement sprach neudeutsch von *Whirlwind*, gehörte zu den Pflichtübungen, doch Anke hätte gut und gerne auf diese Figur verzichten können. Sie hatte sich für das Synchronschwimmen entschieden, weil Wasser schon immer ihr Element gewesen war, erst recht seit Jens gestorben war. Unter Wasser konnte sie nicht weinen, da musste sie sich auf das Atmen konzentrieren, aufs Halten der Positionen, aufs Durchführen der Bewegungen. Es war nicht nur körperlich anstrengend, sondern auch mental fordernd, ließ keinen Raum für Gedanken, und genau das tat ihr gut. Meistens jedenfalls, solange sie nicht an einer allzu herausfordernden Pflichtfigur verzweifelte.

Maulend und keuchend tauchten die *Seenixen* wieder auf. Anke schwamm an den Beckenrand und stützte sich ab, sie brauchte definitiv eine Pause.

»Warum machen wir heute ausnahmslos Pflicht und arbeiten nicht an der Kür weiter?«, wollte Fenja wissen, wobei ihre Stimme nasal klang, da sie immer noch ihre Nasenklammer trug.

Mila zeigte auf Gesche, die auf einem Stuhl am Rand saß, das bandagierte Bein auf einem Startblock abgelegt, wo sie dem Sondertraining an diesem Freitagabend folgte. »Deshalb können wir nicht mit dem Bilderreigen weitermachen! Bis Gesche wieder fit ist, müssen wir uns eben auf die Pflicht konzentrieren.«

»Aber der Doktor meinte, es kann noch vier Wochen dauern«, gab Anke zu bedenken und blickte zu ihrer verletzten Teamkollegin hinüber. »So lange können wir nicht warten.«

»Ach, und du meinst, das wüsste ich nicht?« Milas Stimme wurde gefährlich leise, trotzdem war die gebürtige Portugiesin in der Schwimmhalle weiter gut zu verstehen. Ihre Trainerin wickelte sich derart fest ihre Haare um den Finger, dass Anke schon befürchtete, sie würde sich ihre Mähne büschelweise ausreißen. Vielleicht sollte sich jemand dazu erweichen, Mila die Barbiepuppe in die Hand zu drücken, die zu Gesches Sturz geführt hatte. Dann könnte Mila sich an den blonden Zauberhaaren auslassen.

»Was haltet ihr davon, wenn wir uns um einen Ersatz für Gesche bemühen?«, schlug Marie vor, die neben Anke an den Beckenrand geschwommen war und sich dort mit einem nassen Platschen abstützte. »Also nur, solange du ausfällst«, fügte sie mit einem entschuldigenden Blick auf die lädierte *Nixe* hinzu.

»Und wo sollen wir den bitte herbekommen?«, fauchte Mila.

In dem Moment ging die Tür auf, und Jannik kam mit nackten Füßen in die Schwimmhalle gelaufen. Seine Schuhe und Socken trug er in der Hand, seine Chinos hatte er bis zu den Waden hochgekrempelt.

Was will der denn hier?

Verlegen schaute Jannik sich um. »Hmm, hallo zusammen«, sagte er, dann fand sein Blick Anke, und ein zerknautschtes Lächeln legte sich auf sein Gesicht. »Ich will nicht stören, ich muss nur kurz mit meiner neuen Mitbewohnerin sprechen. Macht einfach weiter mit dem …«, er fuchtelte mit seinen Schuhen herum. »Ja, mit dem halt.« Er ging an den Beckenrand, beugte sich zu Anke hinunter und flüsterte: »Ich habe meinen Schlüssel vergessen, und jetzt komme ich nicht mehr ins Haus und auch nicht in meinen Truck.«

Anke kam eine Idee. »Sag mal, du hast doch mal erwähnt, dass du viele Jahre Schwimmtraining hattest.«

Jannik zuckte mit den Achseln. »Ja, wieso?«

Als Jannik eine Viertelstunde später, nur mit einer knappen Badehose bekleidet, die Mila ihm aus den Fundsachen des Schwimmbads herausgesucht hatte, zurück in die Schwimmhalle kam, wanderten sieben Augenpaare von seiner Brust hinunter zu seinen Bauchmuskeln, und Anke vermutete, einige auch noch etwas tiefer. Sie versagte sich diesen Anblick jedoch.

Heiliger Strohsack, Jannik ist doch kaum den Windeln entwachsen!

»Das ist verdammt nochmal Erpressung«, zischte Jannik Anke zu, während er neben ihr ins Wasser glitt. »Ich wollte mir nur kurz deinen Hausschlüssel borgen und jetzt so was!«

»Den bekommst du doch auch«, sagte Anke zuckersüß und konnte ein Grinsen nur mühsam unterdrücken. »Aber erst, nachdem du uns aus der Patsche geholfen hast. Eine Hand wäscht die andere.« Sie reichte ihm eine Nasenklammer und eine Chlorbrille. »Hier, setz die auf. Und dann los.«

***

»Du hast das richtig gut gemacht«, sagte Marie zu Jannik, als die beiden eine Stunde später zusammen mit Anke aus der Schwimmhalle ins Freie traten.

Jannik brummte etwas Unverständliches, das klang wie *Jetzt bin ich voller Pepp*, aber wohl eher *Jetzt bin ich der Volldepp* heißen sollte.

»Nein, ehrlich«, baute Marie ihn auf. »Natürlich kennst du den Ablauf noch nicht und verpasst den richtigen Einsatz, aber das lernst du noch. Viel wichtiger ist, dass du ein gutes Körpergefühl hast, beweglich bist und schwimmst wie ein Fisch. Und deine Aufwärtsschraube.« Sie schnalzte mit der Zunge. »Da könnte Anke sich eine Scheibe von dir abschneiden.«

Gespielt empört stieß Anke ihrer Freundin in die Seite.

»Nie wieder«, sagte Jannik und schüttelte seine nassen Haare. »Nie wieder werde ich meinen Hausschlüssel vergessen, das könnt ihr mir glauben. Und falls doch, schlafe ich eher in Dübels Hundehütte, als noch einmal in die Schwimmhalle zu kommen.«

»Die Hundehütte kannst du haben«, entgegnete Anke. »In die setzt Dübel keine Pfote. Die steht nur auf dem Hof, um potenzielle Einbrecher davon abzuhalten, das Grundstück zu betreten.«

Sie gingen zum Parkplatz, wo Grisu auf gleich drei Stellplätzen stand, noch immer mit zwei Blaulichtern auf dem Dach. Anke hoffte, an keinem der Inselpolizisten vorbeizufahren, das würde richtig teuer werden.

»Wie weit ist dein Computerexperte eigentlich mit dem Passwort von Lisas Laptop? Konnte er es schon herausbekommen?«, wandte Anke sich an Marie.

»Fehlanzeige«, entgegnete diese. »Bislang hat er nichts erreicht. Aber mir gefällt das nicht. So langsam sollten wir den Computer wirklich zur Polizei bringen. Ich kann Max schon gar nicht mehr in die Augen sehen.«

»Und was sollen wir Max sagen, wenn wir ihm den Mac bringen?«, fragte Jannik. »*Sorry, Herr Oberkommissar, den Rechner hat Anke zufällig bei Lisas Eltern geklaut, nachdem sie – genau wie ich – sich unberechtigt Zugang zum Schlafzimmer der Tochter verschafft hat.*«

»Ich habe ihn nicht geklaut, sondern nur geliehen, schließlich will ich ihn ja nicht behalten«, bog Anke sich zum wiederholten Mal die Wahrheit zurecht. Trotzdem blieb der fahle Beigeschmack.

Marie hatte recht, sie konnten den Computer nicht länger zurückhalten. Vielleicht befanden sich wichtige Informationen auf der Festplatte, die dem Fall eine ganz neue Richtung geben würden.

»Wenn dein IT-Experte bis Montag nichts erreicht, bringe ich den Rechner zu Martens und nehme die Sache auf meine Kappe«, sagte Anke. »Euch halte ich da raus. Gibt es sonst Neuigkeiten? Hast du noch was aus Max rausbekommen?«

Marie atmete hörbar aus. »Du bist meine Freundin, und ich liebe dich, Anke Fischer. Aber ich werde für dich nicht meinen Sohn aushorchen!«

»Schon klar, aber …?«

»Was denn noch für ein Aber?«

»Ich meinte, ein weiteres Aber vernommen zu haben.«

Marie blieb stehen und ließ den Blick in die Ferne schweifen, auch wenn dort nichts als Dünen, ein allerletzter Rest Sonne am ansonsten dunklen Himmel und die ein oder andere Möwe zu sehen waren. »Nun gut, wir haben ein wenig über den Fall geplaudert, aber er hat mir nachdrücklich eingebläut, nichts über die laufenden Ermittlungen nach außen dringen zu lassen.«

»Das wird auch nicht passieren«, warf Anke ein. »Von uns erfährt niemand etwas.«

Marie senkte die Stimme. »Sie haben Lisas Wohnung durchsucht und dabei eine beträchtliche Menge Bargeld gefunden. Zehntausend Euro, versteckt in einem Umschlag, der hinter einem Sideboard an der Rückwand klebte.«

»Zehntausend?«, fragte Jannik und pfiff durch die Zähne. »Dafür muss eine alte Frau lange stricken, wie meine Mutter zu sagen pflegte, oder in Lisas Fall eine Kellnerin viel Trinkgeld einsammeln.«

»Weiß die Polizei, woher das Geld stammt?«, fragte Anke.

»Nein, aber die Tatsache, dass Lisa es nicht zur Bank gebracht, sondern versteckt hat, deutet darauf hin, dass es sich um Schwarzgeld handelt.«

Kapitel 21

Zehn Minuten, nachdem Sophie diesen Jannick beinahe über den Haufen gefahren hatte, quietschten die Bremsen von ihrem Fahrrad erneut, dieses Mal jedoch beabsichtigt und kontrolliert. Im schwachen Licht der untergehenden Sonne hielt sie vor dem Haus in Keitum, dessen Adresse ihr Dr. Tauschek durchgegeben hatte. Das mit einem moosbewachsenen Reetdach versehene Klinkerhaus, in dem der Leiter der Entwicklungsabteilung von *Noxomed* wohnte, lag eingebettet in einem von Buchsbäumen gesäumten Garten. Aus dem großen Fenster links neben der Haustür, hinter dem wahrscheinlich das Wohnzimmer lag, mussten die Tauscheks einen fantastischen Blick aufs Meer haben.

Sophia lehnte ihr Rad gegen den Friesenwall, schloss es trotz der beginnenden Dunkelheit jedoch nicht ab. Wer das Geld hatte, in dieser Gegend ein Haus zu kaufen oder zu mieten, der würde nicht ihre alte Rostlaube klauen.

Sie ging zum Gartentor und durchschritt die Auffahrt, in der Tauscheks Tesla stand, und wunderte sich ein wenig, weshalb zwar die Außenbeleuchtung brannte, es im Haus aber finster war.

Als sie auf die Klingel drückte, vernahm sie aus dem Innern einen leisen Gong, dann jedoch nichts weiter. Kein Schlagen einer Tür oder das Klappern von Schuhsohlen, die über die Treppe nach unten eilten, kein Hundegebell, niemand knipste im Flur das Licht an.

Es blieb dunkel und still im Haus.

Sie wartete eine Weile, dann klingelte sie erneut, wobei ihre Unruhe wuchs.

Es ist sehr wichtig, hatte Tauschek in seiner Nachricht geschrieben.

Andererseits hatten sie keinen festen Zeitpunkt für ihr Treffen ausgemacht.

Falls Sie es irgendwie einrichten können, kommen Sie nach der Arbeit bitte bei mir vorbei.

Wie die übrigen Angestellten machte auch Sophia nur selten pünktlich Feierabend, weshalb es sich bei der Formulierung *Nach der Arbeit* um eine ausgesprochen dehnbare Zeitangabe handelte.

Wahrscheinlich war Tauschek einfach noch unterwegs.

Unschlüssig, was sie tun sollte, trat Sophia ein paar Schritte von der Haustür weg und schaute sich um.

Niemand zu sehen.

Vorsichtig, darauf achtend, nicht auf eine der Blumen in dem Beet zu treten, ging sie zu dem großen Panoramafenster, hinter dem sie das Wohnzimmer vermutete. Sie legte ihre Handkanten über die Augen und lehnte sie gegen die Scheibe, um mehr von dem dunklen Raum erkennen zu können.

Eine Fliege, die drinnen am Fenster gesessen hatte, flog davon. Dann entdeckte Sophia einen rechteckigen Holztisch, darum gruppierten sich Stühle. Sie stand also nicht vor dem Wohn-, sondern vor dem Esszimmer der Tauscheks, doch viel mehr war nicht zu sehen.

Sophia beschloss, es telefonisch bei Dr. Tauschek zu versuchen, und sie ärgerte sich, es nicht schon getan zu haben, bevor sie sich extra auf den Weg nach Keitum gemacht hatte. Sie suchte Tauscheks Nummer aus ihren Kontakten, hielt sich das Handy ans Ohr und wartete.

Es dauerte einige Sekunden, dann ertönte das Freizeichen.

Und ein Läuten aus dem Inneren des Hauses.

Gleichzeitig leuchtete das Display eines Handys auf, das auf dem Esstisch lag.

Eine Sekunde rührte sich Sophia nicht, dann beendete sie den Anruf, worauf mit dem Verstummen des

Klingeltons auch das Display erlosch.

Sophias Herzschlag beschleunigte sich. Irgendetwas stimmte hier nicht. Doch sie kam nicht dazu, darüber nachzudenken, denn in dem Moment flog eine Fliege surrend an ihrem Ohr vorbei und landete auf ihrer Stirn.

Angewidert schlug Sophia nach dem Vieh, traf es aber nicht, sondern vertrieb es nur.

Eine Gänsehaut überkam sie. Seit sie denken konnte, ekelte sie sich vor Schmeißfliegen, diesen grünlich schimmernden Hyänen des Insektenreichs, die sich auf zerfallende organische Stoffe stürzten und damit Bakterien und Krankheiten übertrugen.

Widerlich.

Sie wollte gar nicht wissen, auf welchem Scheißhaufen die Fliege gerade eben noch gesessen hatte, als ihr Blick zu dem Spalt glitt, der zwischen Fenster und Rahmen klaffte. Wie ferngesteuert – *hier stimmt etwas ganz und gar nicht* – griff sie nach dem Fensterrahmen und zog.

Das Fenster glitt zur Seite.

»Hallo?«, rief sie in die entstandene Öffnung hinein.

Nichts.

»Dr. Tauschek? Frau Tauschek? Hier ist Sophia Mauer. Sind Sie zu Hause?«

Ein süßlicher Geruch, schwach, noch kein Gestank, aber definitiv unangenehm, drang in Sophias Nase, und sie wusste sofort, womit sie es zu tun hatte. Als angehende Pharmazeutin roch sie den Geruch, der von einem verwesenden Leichnam und der damit einhergehenden Freisetzung von Aminen wie Putrescin und Cadaverin ausging, nicht zum ersten Mal.

Ihr Magen verkrampfte sich.

Lag ihr Chef möglicherweise seit Tagen tot in seiner Wohnung und war deshalb nicht mehr in der Firma aufgetaucht?

Nein, das konnte nicht sein, Tauschek war verheiratet. Seine Frau hätte ihn längst gefunden. Aber was, wenn Frau Tauschek für ein verlängertes Wochenende aufs Festland gefahren war? Das lag durchaus im Bereich des Möglichen, schließlich stand ihr Auto nicht in der Auffahrt.

Sophia beschloss, nachzusehen.

Sie schaltete die Taschenlampe an ihrem Handy ein und wollte gerade durch das offene Fenster ins Hausinnere steigen, als sich von hinten eine Hand auf ihren Mund legte.

Unsanft wurde Sophia zurückgezogen. Sie taumelte, verlor das Gleichgewicht, fiel aber nicht, da ihr Angreifer sie mühelos festhielt.

Kapitel 22

»Ja?«, fragte Max mit belegter Stimme und räusperte sich. Sein Rücken fühlte sich an, als sei er hundertfünf und nicht erst dreißig, was daran lag, dass er auf dem Sofa eingeschlafen war.

Der Fernseher lief, aber er hatte keine Ahnung, welche Sendung gerade zu sehen war.

»Ziegler, sind Sie das?«, bellte Hauptkommissar Martens, sein Chef, am anderen Ende der Leitung.

Sofort war Max hellwach. Er setzte sich auf, suchte nach der Fernbedienung und stellte den Ton ab. Gleichzeitig ärgerte er sich, schon wieder vor dem Fernseher eingeschlafen zu sein. Jeden Freitag dasselbe. Sobald er vom Dienst kam und sich nur ein wenig entspannen wollte, fiel er in einen Schlaf, der bei Komapatienten kaum tiefer sein konnte. Dabei hatte er sich fest vorgenommen, diese Woche mal wieder rauszugehen. Wenn er nicht bis zur Rente allein in der Einliegerwohnung seiner Eltern leben wollte, musste er ab und zu unter Leute.

Seine Mutter sprach das Thema nicht offensiv an, dazu war sie zu feinfühlig, doch in letzter Zeit erzählte sie allzu oft von ihrer Arbeit als Meeresbiologin im Allgemeinen und dem Sozialverhalten der Robben, inklusive der Aufzucht süßer Robbenbabys, im Besonderen. Max war klar, dass seine Eltern sich eine Frau und einen Haufen Kinder für ihn (und eine Schwiegertochter und Enkel für sich selbst) wünschten.

Er unterdrückte ein Seufzen. Damit würde es bei ihm nichts werden, aber auch das war nichts, was er in seiner

Familie thematisierte.

»Ja, am Apparat. Was gibt es denn?«, fragte er und konzentrierte sich auf Hauptkommissar Martens.

»Kommen Sie an den Brandenburger Strand ans Ende der Promenade, ungefähr auf der Höhe von *Josh & Jakob*«, erklärte Martens. Im Hintergrund mischten sich die Geräusche der Brandung mit den Schreien von Möwen. »Dort wurde die Leiche einer Frau angespült.«

Sofort zogen sich Max' Mundwinkel nach unten.

Eine Wasserleiche an einem Freitagabend, das bedeutete nicht nur ein versautes Wochenende, sondern auch einen Gestank, den er so schnell nicht wieder aus der Nase bekommen würde.

»Geht in Ordnung, ich komme sofort«, sagte er und schaltete den Fernseher ab.

Eine Viertelstunde später parkte Max seinen Smart hinter einem Streifenwagen, dessen eingeschaltete Rundumleuchte das um diese Uhrzeit längst geschlossene *Josh & Jakob* sowie den seit Kurzem einige Meter weiter unten auf der Promenade stehenden Foodtruck blau aufflackern ließ.

Melissa Krepe, die Polizeimeisterin, stand breitbeinig vor ihrem Einsatzfahrzeug und achtete darauf, dass Schaulustige nicht näher an den Leichenfundort kommen konnten, doch um diese Zeit hatte sie nicht mehr viel zu tun. Nur vereinzelt standen einige Nachtschwärmer oben auf der Promenade und folgten dem Treiben unten an der Mole. Zwar war Freitag und die Hauptsaison in vollem Gange, aber um halb eins hatten sich die meisten Urlauber bereits in ihre Ferienunterkünfte verzogen und schliefen den Schlaf der Gerechten; einen Schlaf, dem auch Max alles andere als abgeneigt war.

»Moin, Ziegler«, begrüßte ihn die hagere Polizeimeisterin, deren Uniform immer eine Nummer zu groß und flatterig wirkte.

»Ist es schlimm?«, fragte Max und nickte runter an das mit Beton befestigte Ufer, wo die Kollegen von der

Spurensicherung Scheinwerfer und eine Sichtschutzplane gegen neugierige Blicke aufgestellt hatten.

Krepe zuckte mit den Achseln. »Schön ist anders, würde ich meinen. Aber man hat die Leiche noch nicht abtransportiert, du kannst dir also in aller Ruhe selbst ein Bild machen.«

Mit einer wegwerfenden Geste verabschiedete Max sich von der Polizeimeisterin und lief das bis ins Meer reichende, flach abfallende Betonufer hinab.

»Ziegler, da sind Sie ja endlich«, fauchte Martens ohne eine Begrüßung, nachdem Max um die Sichtschutzplane herangetreten war.

Max hätte Martens schlechte Laune auf die späte Uhrzeit zurückführen können, wäre sein Chef nicht zu jeder Tages- und Nachtzeit ein ausgesprochenes Arschloch. Wortkarg, jähzornig, eigenbrötlerisch. Meist gelang es Max, Martens Art irgendwie auszublenden und sich mit dessen Launen zu arrangieren, doch heute fiel ihm das schwer.

Mühevoll schluckte er eine Entgegnung herunter und wandte sich dem Fundort der Leiche zu.

Im unbarmherzig grellen Licht der Scheinwerfer leuchtete die wächserne, von der Liegezeit im Meer aufgedunsene Gesichtshaut der toten Frau hell. In starkem Kontrast dazu standen die tiefblauen, fast schwarzen Lippen.

Max zwang sich, die Leiche weiter anzusehen. Das Haar der Frau klebte an ihrem Schädel, die Augen starrten leblos und trüb in den Nachthimmel. Sie trug eine Jeans, nass und dunkel vom Salzwasser, dazu ein einfaches T-Shirt mit einem Aufdruck. Wäre es an Max gewesen, das Alter der Frau zu schätzen, hätte er passen müssen. Durch die Gasbildung blähten Leichen, die aus dem Wasser kamen, auf, weshalb ihre Gesichter selbst dann glatt wirkten, wenn sie zu Lebzeiten faltig gewesen waren. Das Einzige, was Max zu diesem frühen Zeitpunkt mit Sicherheit sagen konnte, war, dass es sich bei der Toten nicht um ein Kind handelte.

Immerhin das.

»Moin zusammen«, sagte er zu den übrigen Anwesenden, und es klang nasal, da er durch den Mund atmete. Trotzdem hatte er den Geruch der Zersetzung, der bei Wasserleichen wegen der Vielzahl an körpereigenen Bakterien und Fremdkeimen besonders durchdringend war, bereits in der Nase.

Dr. Neth, der Allgemeinmediziner, den Max recht gut kannte, da er den Schwimmclub seiner Mutter betreute, kniete neben der Leiche und nickte ihm zu. Offensichtlich hatte man ihn für die Totenschau aus dem Bett geklingelt, bevor der Leichnam morgen für eingehendere Untersuchungen zur Gerichtsmedizin nach Kiel überstellt werden würde.

»Wurde die Leiche angespült?«, fragte Max.

»Hergelaufen ist sie wohl kaum«, entgegnete Martens bissig, gab Max dann aber doch einen groben Abriss der Ereignisse. »Ein Pärchen, das sich nach einer Partynacht zu einem nächtlichen Stelldichein am Strand aufgemacht hatte, hat die Tote vor knapp zwei Stunden gefunden und uns informiert.«

»Kennen wir ihre Identität?«

Martens seufzte theatralisch. »Glauben Sie nicht, dass ich Ihnen den Namen mitgeteilt hätte, wenn ich ihn in Erfahrung gebracht hätte? Die Frau hatte keine Papiere bei sich, also müssen wir uns auf die Vermisstenfälle konzentrieren. Klemmen Sie sich dahinter, aber geben Sie Gas.«

Ein Techniker von der Spurensicherung im Einmaloverall und mit Mundschutz suchte die Umgebung ab. Martens ging an ihm vorbei und trat näher an die Tote und den Arzt heran, worauf Max ihm widerwillig folgte.

Nein, so hatte er sich sein freies Wochenende wahrhaftig nicht vorgestellt.

Wie üblich trug Martens einen schwarzen Rollkragenpullover, darüber ein graues Sakko, womit er, zusammen mit seinem stets griesgrämigen Gesichtsausdruck, weniger wie ein leitender Polizeibeamter als vielmehr wie der Angestellte eines Beerdigungsinstituts wirkte.

»Was meinen Sie, Doktor, wie lange lag die Frau im Wasser?«, fragte Martens.

Dr. Neth schaute zu ihm auf. »Das lässt sich schwer sagen. Aber dem Grad der Verwesung nach zu urteilen, die im Wasser wegen der niedrigen Temperaturen und des geringen Sauerstoffgehalts langsamer als an Land abläuft, würde ich sagen, länger als vierundzwanzig Stunden, jedoch weniger als zweiundsiebzig. Die Totenstarre hat sich bereits vollständig gelöst, eine Fettwachsbildung kann ich noch nicht feststellen, erste Zeichen von Gasbildung sind deutlich zu erkennen. Auf die Schnelle würde ich meinen, sie trieb mindestens zwei Tage in der Nordsee, bevor sie angespült wurde.«

Max holte sein Notizbuch heraus und notierte sich die zeitlichen Eingrenzungen des Arztes.

»Todesursache? Ist die Frau ertrunken?«, hakte Martens weiter nach.

Dr. Neth runzelte die Stirn. Offenbar lag auch ihm Martens schroffe Art nicht. »Es deutet alles darauf hin, ja.« Mit seinem in einem Latexhandschuh steckenden Zeigefinger deutete er auf die Nasenlöcher der Toten. »Reste vom Schaumpilz, der durch die Aspiration von Wasser entsteht. Ich denke, dieser Punkt ist unstrittig.«

»Okay, danke, Doktor«, sagte Martens. »Dann könnten wir es mit einem Unfall oder mit Suizid zu tun haben«, dachte der Hauptkommissar laut nach.

»Es liegen keine Hinweise auf Fremdverschulden vor?«, schaltete Max sich ein.

Der Arzt machte eine vage Handbewegung. »Sehen Sie sich das rechte Handgelenk der Frau an.«

Die beiden beugten sich hinunter, wobei das Bier und die Pizza, die Max sich zum Abendessen gegönnt hatte, unangenehm in seinem Magen rumorten.

»Wie gesagt, ich kann mir nur einen ersten Eindruck verschaffen, die Kollegen von der Rechtsmedizin werden Ihnen mit Sicherheit fundiertere Auskünfte erteilen, aber diese Hämatome in der Form von Fingern sind vor ihrem Tod entstanden.«

»Jemand hat sie derart fest am Handgelenk gepackt, dass Druckstellen davon zurückgeblieben sind?«, fragte Martens.

»Es sieht ganz danach aus.«

»Dann könnte sie jemand ins Wasser gestoßen haben?«

»Die Möglichkeit besteht«, sagte Dr. Neth. »Ich kann ein Fremdverschulden nicht ausschließen.«

Unwillkürlich musste Max an die Leiche im Aquarium denken. Auch Lisa Albrich hatte keinen Suizid begangen oder war versehentlich ertrunken. Jemand hatte sie umgebracht. Bestand zwischen den beiden toten Frauen ein Zusammenhang?

Kapitel 23

Jannik schreckte aus dem Schlaf, da ein Geräusch ihn geweckt hatte, das von weiter unten im Haus gekommen sein musste. Benommen richtete er sich auf und brauchte einige Sekunden, um sich in der neuen Umgebung zurechtzufinden.

Der Mond schien durch einen Spalt zwischen den Vorhängen und tauchte Ankes Gästezimmer unterm Dach, das übergangsweise nun zu seinem Zimmer geworden war, in silbriges Licht. Auf dem kleinen Schränkchen mit den Schubladen, in das er seine Klamotten gepackt hatte, stand Fridolin, seine Yucca-Palme, und versuchte, genau wie er, mit den Anforderungen des neuen Lebens hier auf Sylt zurechtzukommen.

Er hatte sich den Neuanfang leichter vorgestellt.

In seinem jugendlichen Leichtsinn, oder handelte es sich um ausgewachsene Naivität, so ganz sicher war er sich da inzwischen nicht mehr, hatte er sich mit Geld, das er eigentlich nicht hatte, den gebrauchten Foodtruck zugelegt und war Richtung Norden aufgebrochen. Er hatte Autobahnen gemieden und Landstraßen bevorzugt, nicht wegen der ruhigen Fahrweise auf den Nebenstraßen, sondern weil er kein Aufsehen erregen durfte. In Dortmund hatte er sich nie richtig wohlgefühlt, war nach seiner Ausbildung zum Koch aber dort hängengeblieben, da er die Chance bekommen hatte, in einem Restaurant der Spitzenklasse, einem Gourmet-Tempel, dem Küchenchef über die Schulter zu schauen. Was zugegebenermaßen ein echter Knochenjob war, zudem mies bezahlt. Doch zumindest hatte er alle Tricks gelernt, die man brauchte, um richtig gut kochen zu können, was schon immer Janniks Leidenschaft gewesen war. Keine Frage, er wäre in Dortmund geblieben, hätte er sich an diesem einen Abend, diesem verfluchten Abend, nicht noch bis weit nach Mitternacht im Restaurant aufgehalten. Jannik war gerade damit fertig gewesen, eigene Kreationen auszuprobieren, die er eines Tages seinen Chef probieren lassen wollte. Er hatte die Küche in Ordnung gebracht, das Licht gelöscht und wollte gerade durch den Hinterausgang verschwinden, als er eine Stimme mit osteuropäischem Akzent gehört hatte. Sie war von hinten aus dem Lager gekommen. Noch heute erinnerte er sich gut daran, wie ihm das Herz mit einem Mal bis zum Hals schlug, denn um die späte Stunde hätte niemand mehr im Restaurant sein sollen, er selbst eingeschlossen. Leise und (er war sich ziemlich albern vorgekommen) mit einem Fleischermesser bewaffnet, war er an den offenen Regalen mit den Pfannen und Töpfen vorbei durch die Dunkelheit nach hinten geschlichen. Dann hatte er plötzlich eine zweite Stimme vernommen. Eine, die er gut kannte.

Die Stimme seines Chefs.

Jannik war in der Bewegung erstarrt.

Was zum Teufel machte Romanczyk um diese Zeit im Restaurant? Und wer war der andere Mann?

Mit rasendem Puls und dem Fleischermesser in der Hand ging Jannik hinter dem nächsten Regal in die Hocke und drückte sich mit dem Rücken gegen die Wandfliesen. Dabei schaute er vorsichtig um die Ecke zum hinteren Teil der Küche. Die Tür zum Lager stand offen, das Deckenlicht brannte. Romanczyk und der andere Mann, ein stiernackiger Schlägertyp mit einem Bizeps, dicker als Janniks Oberschenkel, standen vor den Säcken mit Reis und Kartoffeln. Stiernacken hielt etwas in seinen Pranken, das in ein Tuch eingeschlagen war.

»Ich brauche die Ware nicht erst in einem Monat, sondern jetzt!« Obwohl Romanczyk seine Stimme gedämpft hielt, kannte Jannik seinen Chef doch gut genug, um zu wissen, dass er kurz davorstand zu explodieren. »Wir haben einen Deal!«

Stirnacken zeigte sich wenig beeindruckt von Romanczyks Worten. »Es gibt Komplikationen in Rotterdam«, entgegnete der Muskeltyp. »Aber die Lieferung ist einwandfrei, das kann ich dir versichern. Schau dir das an. Hier ist eine Kostprobe.« Er schlug das Küchentuch zurück, und Jannik traute sich kaum, zu atmen, als er das schwarz glänzende Metall einer Waffe erkannte.

Auch wenn Jannik die Leidenschaft seines Vaters für Schusswaffen nie geteilt hatte – seit Jannik denken konnte, war sein Vater Mitglied im Schützenverein –, so kannte er sich mit Gewehren doch zwangsläufig recht gut aus. Wenn ihn nicht alles täuschte, hielt Stiernacken eine MP5 in seinen Pranken, ein kompaktes Maschinengewehr von Heckler & Koch.

Romanczyk griff nach der Waffe und vergewisserte sich routiniert, dass sie nicht geladen und gesichert war, bevor er sie näher in Augenschein nahm.

»Okay, sieht gut aus, gefällt mir«, meinte er nach einer Weile und wirkte nun deutlich entspannter. »Trotzdem! So lange kann ich nicht warten.«

Stiernacken zuckte mit den Achseln. »Ich kann nichts machen, mein Freund. Die Dinge sind, wie sie sind.«

Die Unterhaltung der beiden hatte glücklicherweise nicht mehr lang gedauert. Die Männer waren zu einer Übereinkunft gekommen, ohne dass sie Jannik entdeckt hatten. Trotzdem hatte Jannik genug gehört und gesehen, um zu begreifen, dass sein Chef zwar nach außen hin ein Gourmetrestaurant betrieb, das große Geld aber mit dem Handeln von Waffen machte.

Noch in derselben Nacht, nachdem Jannik sich unbemerkt aus dem Restaurant hatte schleichen können, hatte er seine wenigen Sachen in seinem WG-Zimmer gepackt. In aller Frühe war er am nächsten Morgen raus nach Fredenbaum gefahren, wo ihm einige Tage zuvor bei einem Gebrauchtwagenhändler ein alter Foodtruck aufgefallen war. Ohne zu zögern, hatte er den Truck mit einem Bankkredit gekauft und daraufhin die Stadt verlassen, was möglicherweise nicht die schlauste Entscheidung seines Lebens gewesen war. Vermutlich hätte er besser daran getan, eine Weile weiter im Restaurant zu arbeiten und dann aus einem triftigen, nachvollziehbaren Grund zu kündigen. Aber Jannik hatte zu viel Angst gehabt. Wenn Romanczyk doch erfahren hätte, dass seine Küchenhilfe wusste, welche illegalen Dinger er drehte, dann hätte er nicht gezögert, ihn mundtot zu …

Erneut hörte Jannik das Geräusch von unten, was ihn zurück ins Hier und Jetzt katapultierte. Es klang nach einem Knirschen, ganz so, als würde jemand vorsichtig über zerbrochenes Glas laufen.

Kurz war Jannik beunruhigt, doch dann entspannte er sich. Wahrscheinlich hatte Anke nicht schlafen können und war nach unten gegangen, um etwas zu trinken. Dabei muss ihr ein Glas auf die Küchenfliesen gefallen sein, wodurch er aufgewacht war. Bestimmt versuchte sie jetzt, die Scherben möglichst leise zusammenzufegen, um keinen weiteren Lärm zu machen.

Tja, wach war er trotzdem. Also beschloss er, Anke zu helfen.

Er zog ein T-Shirt über, ging aus dem Zimmer und nahm die alte Holztreppe, ohne eine Lampe einzuschalten, denn das Mondlicht, das durch ein Fenster in der Eingangstür fiel, reichte ihm völlig aus. Aus reiner Gewohnheit übersprang er die untersten drei Stufen, da sie besonders laut knarrten und Ankes Schlafzimmer ebenfalls im Obergeschoss lag.

»Nicht erschrecken, ich komme …«, begann er, als er Dübel im Flur entdeckte.

Der Riesenschnauzer lag auf der Seite und regte sich nicht. Weißlicher Schaum klebte an seinen Lefzen. Gleich neben dem Hund, direkt unter dem Briefschlitz, der in die alte Tür eingelassen war, lagen Reste von Fleisch. Von rohem Hackfleisch, wenn Jannik das im Dunkeln richtig erkannte.

»Hey, Großer, was machst du denn für Sachen?«, sagte er und hatte das Gefühl, seine Stimme gehöre nicht ihm selbst.

Gott, oh Gott, jemand hatte Dübel vergiftet.

Jannik trat näher an den Riesenschnauzer heran und wollte sich gerade vor ihn knien, als er neben sich, im Schatten der Treppe, eine Bewegung wahrnahm.

Im nächsten Moment traf ihn ein harter Schlag in die Nieren, worauf eine Schmerzschwelle folgte, die sich durch seine Eingeweide fraß und sein gesamtes Denken überlagerte.

Er taumelte, wäre beinahe über den am Boden liegenden Dübel gestolpert. Gerade noch so gelang es ihm auszuweichen, was aber zur Folge hatte, dass er gegen den Garderobenständer stieß und zusammen mit Jacken, Mänteln und dem gusseisernen Kleiderständer zu Boden ging. Einer der Haken bohrte sich in seine Schulter, durchstach sein Fleisch und riss an einer Sehne.

Sofort quoll Blut aus der Wunde, doch das bemerkte er nicht.

Aus den Augenwinkeln sah Jannik eine ganz in Schwarz gekleidete und mit einer Sturmhaube maskierte Gestalt, die mit einer abrupten Bewegung die Haustür aufriss.

In einer Hand hielt sie einen durchsichtigen Beutel, den sie noch im Laufen in der Jackentasche verstaute. Im nächsten Augenblick war die Gestalt durch die Tür getreten und verschwand in der Dunkelheit.

Kapitel 24

Vor über zwanzig Jahren hatte Anke aufgehört zu rauchen, und seit fünfzehn Jahren dachte sie nicht mehr an Zigaretten, aber in diesem Moment hätte sie ihre rechte Hand für eine Kippe gegeben.

Die Sohlen ihrer Schuhe quietschten auf dem mit PVC ausgelegten Boden, während sie im Flur der Tierklinik auf und ab ging. Sie schaffte es einfach nicht, sich wie Jannik auf einen der Holzstühle zu setzen, die aufgereiht an der Wand neben den Türen standen, die zu den Behandlungsräumen führten.

Ihr neuer Mitbewohner sah entsetzlich aus, wie er dort auf dem billigen Stuhl hing. Die Haare vom Schlaf zerzaust, das T-Shirt voller Blut, das Gesicht weiß wie die Wand, gegen die er seinen Kopf stützte. Das Küchentuch, das er auf seine Schulterverletzung presste, war inzwischen ebenfalls blutdurchtränkt.

»Mensch, Jannik«, sagte Anke, »du gehörst wirklich in ein Krankenhaus. Die Wunde muss gereinigt und genäht werden.« Fahrig knetete sie ihre Hände. »Ich hätte überhaupt nicht zulassen dürfen, dass du mich begleitest. Das war eine bescheuerte Idee.«

»Es geht schon. Ein Skater ist hart im Nehmen«, sagte Jannik, doch es klang nicht überzeugend. »Sobald ich weiß, was mit Dübel ist, lasse ich mich durchchecken. Versprochen.«

Um diese Uhrzeit war der Empfang in der Tierklinik unbesetzt, und es brannte lediglich die Notbeleuchtung, weshalb die Poster mit den glücklichen Tieren, die an den Wänden hingen, düster wirkten. Genau wie die zuständige

Tierärztin, die Anke aus dem Schlaf hatte klingeln und herbestellen müssen, was über zwanzig Minuten gedauert hatte.

Zwanzig Minuten, die sie zusammen mit Jannik und dem sterbenden Dübel vor verschlossener Tür hatte ausharren müssen.

»Wie um alles in der Welt ist dieser Scheißkerl eigentlich ins Haus gekommen?«, fragte Anke. Seit sie von dem Tumult wachgeworden war und den mehr tot als lebendigen Dübel zusammen mit einem blutüberströmten Jannik und dem umgeworfenen Garderobenständer in der Diele gefunden hatte, stand sie völlig neben sich.

Janniks Kopf lehnte weiter an der Wand, während er antwortete: »Wahrscheinlich hat er die Scheibe in der Küchentür eingeschlagen und anschließend den Riegel zur Seite geschoben. Aber vorher muss er das vergiftete Fleisch durch den Briefschlitz geschoben haben, wo Dübel es gefunden und gefressen hat. Dabei muss der Dreckskerl verdammt vorsichtig vorgegangen sein, sonst wäre Dübel nicht neugierig gewesen, sondern hätte angeschlagen.«

»Er hat das Haus also vorher ausgekundschaftet«, ergänzte Anke das Offensichtliche und nahm den Weg über den Flur der Tierarztpraxis wieder auf. »Das war kein Drogenabhängiger auf der Suche nach ein paar Euro. Das war ein Profi.«

Anke schaute auf die Uhr über dem Empfangstresen. Die Ärztin behandelte Dübel jetzt schon eine halbe Stunde, und Anke fragte sich, ob sie dies als gutes oder schlechtes Zeichen werten sollte.

Wenigstens schlug Dübels Herz noch.

Bis heute Nacht hatte sie gar nicht gewusst, wie sehr sie an Dübel hing. Bislang hatte sie immer angenommen, eher zur Kategorie der Katzenliebhaberinnen zu gehören und den Hund in erster Linie behalten zu haben, weil er Jens gehört hatte.

Jetzt wusste sie es besser.

Sie liebte dieses riesengroße Fellknäuel, und sie hatte

keine Ahnung, was sie tun würde, sollte nach Jens nun auch noch Dübel …

Sie verbot sich, den Gedanken zu Ende zu denken. Dübel würde es schaffen!

Er musste es einfach schaffen!

»Und du glaubst, dass es dem Eindringling um Lisas Medikamente gegangen ist?«, fragte Anke.

Jannik zuckte mit der unverletzten Schulter. »Es ist alles so schnell gegangen. Natürlich ist es möglich, dass er die Hosentaschen bereits mit Geld oder etwas Wertvollem vollgestopft hat. Aber für mich hat es nicht danach ausgesehen. Ich glaube, er war nur auf das Medikament aus, das du aus Lisas Laptoptasche hattest, und als er das gefunden hat, war seine Mission erfüllt und er ist weg.«

Obwohl es stickig auf dem Flur der Tierklinik war, fror Anke plötzlich entsetzlich. »*Seine Mission*, wie das klingt. Das würde ja bedeuten …«

»Dass du jemanden mit deinen Fragen nervös gemacht hast, der verdammt gefährlich ist«, beendete Jannik ihren Satz. »Jemanden, der auch nicht davor zurückschreckt, einen Hund zu vergiften.«

»Oder einen Mord zu begehen.«

Die Tür zum Behandlungszimmer ging auf, und eine verschwitzte Ärztin kam heraus. Sie klemmte sich den Mundschutz unters Kinn und zog geräuschvoll die Latexhandschuhe aus.

Jannik richtete sich auf.

»Wie geht es Dübel?«, fragte Anke.

»Er hat Glück gehabt, besonders, weil wir ja nicht wissen, was verabreicht wurde«, antwortete die Tierärztin, und zum ersten Mal in dieser Nacht legte sich ein Lächeln auf ihr müdes Gesicht. »Aber nach der Magenspülung und der Infusion ist er stabil. Außerdem hat er nicht gekrampft, was ich als positives Zeichen werte. Die Vitalparameter sind gut und die Nierenwerte einigermaßen.«

»Kommt er durch?«, fragte Jannik.

Die Ärztin seufzte. »Er ist noch nicht über den Berg,

aber es sieht gut aus«, sagte sie. »Sehr gut«, fügte sie an, als sie in Ankes Gesicht blickte. »Machen Sie sich keine Sorgen. Sie haben ihn rechtzeitig gefunden, ich bin wirklich zuversichtlich, dass er es schafft. Wir behalten ihn heute Nacht hier, und morgen sehen wir weiter. Dann kann ich auch mehr sagen. Waren Sie schon bei der Polizei?«

Anke schüttelte den Kopf.

»Dann sollten Sie das jetzt tun. In Ihr Haus ist eingebrochen worden, jemand hat Ihren Hund vergiftet und Ihren Sohn verletzt. Das müssen Sie melden.«

»Er ist nicht mein Sohn«, entgegnete Anke, und sie musste doch tatsächlich grinsen, als sie den überraschten Ausdruck im Gesicht der Tierärztin bemerkte. »Nein, *das* ist er auch nicht. Jannik ist ein guter Freund.«

»Na, wie auch immer. Ihr *Bekannter* sollte jedenfalls ins Krankenhaus und Sie zur Polizei.«

Natürlich musste Anke zur Polizei, das wusste sie. Doch was sollte sie denen sagen?

Als sie noch darüber nachdachte, begann ihr Handy zu klingeln.

Anrufe um diese Zeit bedeuteten nichts Gutes.

Sie holte das Handy hervor. Die Nummer, die ihr auf dem Display angezeigt wurde, war ihr unbekannt, trotzdem ging sie ran.

»Wer ist da?«, fragte sie.

Die Männerstimme, die Anke nie zuvor in ihrem Leben gehört hatte, da hatte sie keine Zweifel, ging nicht auf ihre Frage ein. Stattdessen sagte sie: »Wir müssen uns treffen.«

Kapitel 25

»Und es wurde nichts gestohlen?«, fragte Max. »Überhaupt nichts?« Obwohl es kein Job für einen Kriminalbeamten war, kümmerte der Oberkommissar sich persönlich um den Einbruch, und Anke war ihm dankbar. Nach so einer aufwühlenden Nacht tat es gut, in ein bekanntes und zudem freundliches Gesicht zu sehen. Der Mann von der Spurensicherung, den Max mitgebracht hatte, war schon wieder abgerückt. Auf der Suche nach Fingerabdrücken hatte er die halbe Küche mit einem schwarzen Pulver eingestaubt, doch wie es aussah, würde nichts dabei herauskommen. Zwar stand die Auswertung der sichergestellten Abdrücke noch aus, aber Jannik hatte gesehen, dass der Mann, der in ihr Haus eingedrungen war, Handschuhe getragen hatte. Die Polizei würde also nichts finden, das wusste Anke, und Max machte den Eindruck, als sähe er das genauso. Trotzdem musste er seine Arbeit machen.

»Nein, es wurde nichts gestohlen«, log Anke den Sohn ihrer besten Freundin an, denn Jannik hatte recht behalten. Der Unbekannte hatte außer den Plastikbeutel mit dem Blister, den sie in Lisas Laptoptasche gefunden hatte, nichts mitgenommen. Aber das konnte sie der Polizei nicht auf die Nase binden, zumindest nicht, ohne sich und vor allem auch Jannik in Teufels Küche zu bringen. Zumal sie sich fragte, was sie von dieser Offenheit haben würde.

Gar nichts.

Die Tabletten waren weg und würden nicht wieder auftauchen.

»Merkwürdig«, entgegnete Max und steckte sein Notizbuch wieder ein. Er blickte Anke argwöhnisch an; er machte den Eindruck, als glaube er ihr kein Wort. »Wieso sollte sich jemand die Mühe machen, deinen Hund zu betäuben, um ungestört ins Haus eindringen zu können, wenn er dann gar nichts mitnimmt? Bist du dir sicher, dass nichts fehlt? Schau lieber noch mal nach.«

»Ich bin mir sicher, es fehlt nichts«, entgegnete Anke gereizt. Sofort ruderte sie zurück. »Tut mir leid. Ich habe eine lange Nacht hinter mir. Ich denke, Jannik hat den Einbrecher gestört, bevor er etwas stehlen konnte. Deshalb musste er unverrichteter Dinge abhauen.«

Max sah noch immer skeptisch drein, und Anke merkte, wie sie nervös wurde. Also schnappte sie sich den Besen und kehrte die Scherben zusammen, die entstanden waren, als der Einbrecher die Scheibe der hinteren Tür, die vom Garten in die Küche führte, eingeschlagen hatte. Sie hätte das alte Ding längst gegen eine moderne, robuste Tür ersetzen sollen, doch bislang hatte sie nicht geglaubt, jemand würde sich die Mühe machen, in das Haus einzubrechen. Schließlich sah man ihm an, dass hier niemand ein Vermögen investiert hatte, nur um ab und zu am Wochenende vorbeizuschauen.

»Wie geht es deinem Hund?«, fragte Max.

»Er muss noch einen Tag zur Beobachtung in der Tierklinik bleiben, aber die Ärztin meint, er wird wieder ganz der alte.« Anke atmete aus.

»Und dein neuer Mitbewohner? Jannik Kalkhoff? Wie geht es ihm? Wo steckt er überhaupt? Ich brauche auch seine Aussage.«

Anke schaute auf die Uhr. Halb elf.

So langsam wurde es Zeit, Max loszuwerden, wenn sie nicht zu spät zu ihrer Verabredung mit dem Mann kommen wollte, der sie gestern Nacht in der Tierklinik angerufen hatte.

»Es geht ihm soweit ganz gut. Die Verletzung an der Schulter ist zwar tief, aber es wurden keine Sehnen oder

Nerven verletzt, das ist das Gute. In der Notaufnahme haben sie die Wunde genäht, und anschließend konnte ich ihn wieder mitnehmen. Eigentlich sollte er sich ein paar Tage schonen, aber er hält sich nicht dran. Er ist schon zeitig zu seiner Fischbude aufgebrochen. Bei diesem Wetter und dann noch am Wochenende, da ist am Strand die Hölle los, und er muss eine Menge vorbereiten.«

»Verstehe, aber ich denke nicht, dass er heute viel verkaufen wird. Wir haben den Teil der Promenade, an der sein Truck steht, bis auf Weiteres für Besucher gesperrt.«

»Was? Warum das denn?«

»Dort ist gestern die Leiche einer Frau angespült worden. Hast du nichts davon gehört?«

Anke schüttelte den Kopf.

»Na, da bist du aber eine Ausnahme auf der Insel. Solche Sachen verbreiten sich schneller als ein Lauffeuer.«

»Noch eine Leiche? Ist sie … ich meine, war es ein Unfall?«

Max zog eine Augenbraue in die Höhe. »Du weißt, ich darf nicht mit dir über laufende Ermittlungen sprechen. Es reicht schon, dass meine Mutter mich in Tims Fall ständig löchert.«

»Komm schon, du hast es doch selbst gesagt. Sylt ist ein Dorf, hier kommen die Dinge sowieso raus, da kannst du es mir auch ruhig gleich sagen.«

Max überlegte. Dann sagte er: »Dr. Neth konnte Fremdverschulden nicht ausschließen. Momentan ist das Opfer in Kiel in der Rechtsmedizin, und wir warten auf die Untersuchungsergebnisse.«

Ankes gesamter Körper begann zu vibrieren. »Noch eine tote Frau. Das kann doch kein Zufall sein. Stehen die Fälle in einem Zusammenhang?«

»Nein, das tun sie nicht!«, antwortete Max energisch. »Zumindest deutet nichts, aber auch gar nichts darauf hin. Wir wissen nicht, weshalb Annabell Joost tot in der Nordsee trieb. Noch stehen wir ganz am Anfang der Ermittlungen, und es würde mich nicht wundern, wenn sich das tragische Ereignis am Ende als ein bedauerlicher Unfall herausstellt.«

Ankes Knie wurden weich. »Was sagst du, wie war der Name der Toten? Annabell Joost? Das ist doch die Apothekerin.«

Kapitel 26

Sophias Kopf schmerzte entsetzlich, ein Dröhnen, das irgendwo im Nacken seinen Anfang nahm und sich bis in den Frontallappen zog. Als sie sich auf der Pritsche aufsetzte, weiteten sich die Kopfschmerzen zu einem Hämmern aus. Sie rieb sich das bisschen Schlaf aus dem Gesicht, massierte ihre Stirn und schaute sich um.

In der vergangenen Nacht hatte sie sich blind und halb wahnsinnig vor Angst und Panik tastend einen Eindruck von ihrer Umgebung verschafft, doch viel hatte sie nicht herausgefunden. Nachdem sie über einen Eimer für ihre Notdurft gestolpert war, der neben der Pritsche gestanden hatte, hatte sie sich hingelegt und war in ihrer Verzweiflung darüber, dass keiner wusste, wo sie war, und niemand sie vermissen würde, doch irgendwann eingeschlafen.

Inzwischen war die Sonne aufgegangen, weshalb ein wenig Licht durch das knapp unter der Decke angebrachte Fenster fiel und sie endlich den Kellerraum inspizieren konnte, in den Dr. Tauschek sie verschleppt hatte. Bis auf die olivgrüne Pritsche, ein altes Modell aus Bundeswehrbeständen, wie eine Gravur im Metallrahmen erkennen ließ, einem Plastikeimer und einem Abfluss im Boden, aus dem es nach Kloake roch, war der Raum leer. Doch die hellen Stellen an den weiß getünchten Backsteinwänden verrieten, dass hier bis vor Kurzem noch Regale gestanden hatten. In einer Ecke befanden sich Reste von gemähtem Gras, in einer anderen lagen Erdkrumen. Wahrscheinlich hatte Tauschek den Keller ursprünglich für seine Gartengeräte genutzt, wobei der Umstand, dass der Raum ausgeräumt und mit einer Liege und einem Eimer versehen war, den Schluss nahelegte, dass die Sache geplant gewesen war.

Doch woher rührte der Verwesungsgestank, den sie beim Eintreffen wahrgenommen hatte?

Sophia wusste es nicht, und das ängstigte sie.

Außerdem hatte sie entsetzlichen Durst, daher stammten auch die Kopfschmerzen. Nachdem Tauschek sich von hinten an sie angeschlichen und ihr eine Hand auf den Mund gepresst hatte, hatte er sie nicht niedergeschlagen. Nein, er hatte sie geradewegs über die Außentreppe vor sich her in den Keller bugsiert und sie anschließend in einem der Räume eingesperrt.

Eine solche Kraft hätte sie ihm, dem introvertierten Wissenschaftler, gar nicht zugetraut, aber so konnte man sich täuschen.

Andererseits hatte sie es ihm auch nicht sonderlich schwer gemacht, sie zu verschleppen. Wie eine in Schockstarre verfallene Maus war sie vor ihm her die Kellertreppe hinuntergetaumelt, unfähig sich zu wehren. Doch was hätte sie auch tun können?

Du hättest ihn treten oder ihm seine Finger abbeißen können. Irgendetwas, verdammt nochmal! Du aber hast dich, ganz das wehrlose Opfer, von ihm herumschubsen lassen. Wie blöd bist du eigentlich, Sophia Mauer?

Tränen traten ihr in die Augen, doch sie wischte sie energisch weg. Sie würde nicht heulen, sie musste nachdenken, aber sie kam nicht weit, denn vor der schweren, aus Stahl gefertigten Feuerschutztür vernahm sie ein Geräusch.

Ein Schlüssel wurde im Schloss herumgedreht, dann flackerte die Neonröhre auf, die einsam in der Mitte der unverputzten Betondecke hing. Offensichtlich ließ sich das Licht nur von außen einschalten, was erklärte, weshalb Sophia gestern keinen Schalter gefunden hatte.

Sophia schnellte hoch und versuchte, die Panik niederzuringen, die erneut von ihr Besitz zu nehmen drohte, als die Tür aufschwang und den Blick auf Dr.

Tauschek freigab. Er trug zwar die gleichen Sachen, wie er sie üblicherweise unter seinem Laborkittel zu tragen pflegte – Anzughose aus Cord, Oberhemd, Lederschuhe –, doch das Hemd war knittrig und die Hose wies Flecken auf. Überhaupt wirkte der Doktor, als hätte er seit Tagen kaum geschlafen, sich nicht rasiert und auch sonst sämtliche Körperhygiene vernachlässigt.

In der Hand hielt er ein Tablett, auf dem ein Teller mit Brot, Butter und Konfitüre, abgepackt in kleinen Portionen wie in einem Hotel, sowie eine Plastikflasche mit Wasser lagen.

»Bleiben Sie genau an der Stelle stehen, wo Sie sich gerade befinden«, sagte er. »Wenn Sie sich auch nur einen Millimeter auf mich zubewegen, werde ich die Tür wieder schließen und erst in ein paar Stunden mit Wasser und Essen zurückkehren.«

Vorsichtig, ohne Sophia aus den Augen zu lassen oder einen Schritt über die Schwelle in den Raum hinein zu machen, ging er in die Knie und stellte das Tablett ab.

»Warum?«, fragte Sophia, darauf achtend, sich ja nicht zu rühren. Zu groß war ihre Angst, Tauschek würde seine Drohung wahr machen und ihr das Wasser vorenthalten. »Weshalb bin ich hier?«

Langsam kam der Doktor wieder hoch. »*Xolomed* stellt einen absoluten Durchbruch bei der Behandlung von Übergewicht dar, es muss unter allen Umständen auf den Markt kommen. Und zwar schnell. Wir können uns keine Verzögerungen mehr leisten. Das verstehen Sie doch?«

»Was?« Eine Kaskade von Gedanken brach über Sophia herein, bis ihr dämmerte, was den Doktor antrieb. »Meine Forschungsreihe. Die Anomalien in meinen Ergebnissen beruhen nicht auf einer fehlerhaften Versuchsanordnung, sie sind völlig korrekt. Also besteht das nicht unerhebliche Risiko, dass es bei der Einnahme von *Xolomed* zu unerwünschten Nebenwirkungen kommt. Herzrhythmusstörungen, Kreislaufschwäche oder gar Herzstillstand wären dann nicht ausgeschlossen. Ich kann unmöglich die Erste sein, der das auffällt.«

»Unsinn, jedes Medikament hat negative Begleiterscheinungen, das muss ich Ihnen doch nicht erklären. Es gilt, den Nutzen gegen die Risiken abzuwägen, und der Nutzen von *Xolomed* ist unbestritten. Die klinischen Tests werden das zeigen, aber dazu …«

»Brauchen Sie untadelige Voruntersuchungen«, führte Sophia den Satz des Doktors fort. »Nichts darf darauf hindeuten, dass an der Wirkstoffkombination nachgebessert werden muss. Ansonsten würde das eine Verzögerung von mehreren Jahren oder vielleicht sogar das Aus bedeuten. Aber wie stellen Sie sich das vor? Sie können mich doch nicht ewig hier einsperren.«

Dr. Tauschek holte einen Besen hervor, den er auf dem Gang vor dem Verlies bereitgestellt haben musste, und schob damit das Tablett tiefer in den Raum hinein.

»Es gilt, den Nutzen gegen die Risiken abzuwägen«, wiederholte der Doktor, und Sophia war sich nicht sicher, ob er das Medikament oder ihre Gefangenschaft meinte.

Das gab den Ausschlag.

Sophia traute Dr. Tauschek zu, sich in seinem Ehrgeiz nicht um die Konsequenzen seines Handelns zu scheren. Gut möglich, dass er mit dem Gedanken spielte, sie jahrelang im Keller seines Hauses gefangen zu halten. So lange, bis das verfluchte Medikament alle Hürden auf dem Weg zur Marktreife genommen hatte.

Mit einem Mal stellte sich ihr Überlebenswille über ihre Angst, und bevor der Doktor reagieren konnte, stürzte sie nach vorn.

Tauschek stieß einen gutturalen Laut aus, sprang zurück und wollte die Eisentür zuschlagen, doch Sophia war schneller. Sie erreichte das Ende des Besens, entriss ihn dem Doktor und schaffte es im letzten Moment, den Stiel zwischen Rahmen und die sich schließende Tür zu bringen.

»Gehen Sie sofort zurück!«, rief Tauschek und warf sich mit aller Kraft ein weiteres Mal gegen die Tür.

Der Besen in Sophias Hand vibrierte, das Holz knirschte, aber es hielt.

Sophia ließ den Besen los und warf sich nun ihrerseits mit der Schulter von innen gegen die Tür.

Zum ersten Mal in ihrem Leben war Sophia froh über ihre Pfunde, denn obwohl sie einen Kopf kleiner war als Tauschek, brachte sie mindestens so viele Kilos auf die Waage wie er.

Die Tür schwang nach außen auf, und der Doktor taumelte zurück.

Sofort sprang Sophia aus dem Kellerraum auf den Gang, ergriff erneut den Besen und hielt ihn wie einen Knüppel. Ohne weiter nachzudenken – *lass dich jetzt bloß nicht von deinen Skrupeln einschüchtern!* – holte sie aus und ließ das Holz gegen die Stirn des Mannes krachen.

Blut schoss aus einer Platzwunde und lief Tauschek ins Auge. Der Wissenschaftler stöhnte, ging zu Boden, blieb aber bei Bewusstsein.

»Du verdammter Scheißkerl!«, brüllte Sophia, und bevor sie der Mut verlassen konnte, holte sie noch einmal weit nach hinten aus. Wenn sie hier raus wollte, musste sie den Mann außer Gefecht setzen, das war das Einzige, was zählte, denn niemand würde sie vermissen. Schließlich hatte sie keine Freunde, keine Familie, und für die wenigen Arbeitskollegen würde Tauschek rasch eine plausible Begründung parat haben, weshalb die verschrobene Pharmazeutin im Praktikum vorzeitig die Segel gestrichen hatte und verschwunden war.

Sie wollte gerade mit aller Kraft ein weiteres Mal zuschlagen, als ihr der Besen entglitt.

Oh nein, das kann nicht sein!

Jemand hatte ihn ihr von hinten aus den Händen gerissen.

Sie wirbelte herum. Und erkannte Rob, ihren ehemaligen Freund, am Rand der Kellertreppe. Seine Lippen hoben sich, er zeigte seine Grabsteinzähne. Genugtuung lag in seinem Blick.

Im nächsten Moment traf Sophia der Besenstiel an der Schläfe, und mit einem Mal war da plötzlich nur noch Schwärze.

Kapitel 27

Anke kam zwanzig Minuten zu spät am Robert-Hallmann-Institut für Meeresforschung, kurz RHI, in List an und stellte ihre Vespa auf den leeren Mitarbeiterparkplatz von Professor Jørgensen, da sie nicht davon ausging, dass der Institutsleiter den Stellplatz an einem Samstagnachmittag brauchte. Rasch hängte sie den Helm an den Lenker, wuschelte sich durch die Haare und beeilte sich, zum Eingang des ganz aus Holz gebauten Komplexes zu gelangen, der nur einen Steinwurf vom Parkplatz entfernt lag.

»Ich bin zu spät, es tut mir leid«, rief sie, während sie auf Marie zueilte, die auf einer Bank vor dem Institut saß und keinen Blick für das Meer und den nahe gelegenen Hafen hatte, sondern mit ihrem Smartphone beschäftigt war.

Es dauerte ein paar Sekunden, dann sah ihre Freundin von ihrem Handy auf, steckte es weg und kam Anke entgegen. »Schon in Ordnung, bei dem Wetter sitze ich gerne in der Sonne. Aber wie geht es dir? Und Dübel? Und Jannik? Hat sich Max bei dir blicken lassen?«

Anke winkte ab. »Warte, lass mich erst mal Luft holen.« Sie umarmte Marie. »Also, Dübel ist über den Berg, Jannik steht schon wieder auf seinem Skateboard, und ja, dein Max ist gekommen und hat den Einbruch höchstpersönlich untersucht. Er ist ein echter Schatz.«

»Und bei dir wurde nichts gestohlen?«

Noch in der Nacht, vor dem Anruf bei der Polizei, hatte Anke kurz mit Marie telefoniert, doch bislang hatte sie für sich behalten, was tatsächlich geschehen war.

Jetzt druckste sie herum, denn sie wusste, Marie würde sich aufregen, wenn sie erfuhr, worum es dem Einbrecher gegangen war.

Und sie behielt recht damit.

»Damit ist jetzt Schluss!«, rief Marie, als Anke geendet hatte.

»Womit?«, fragte Anke unnötigerweise und hoffte, zerknirscht zu wirken.

Marie funkelte sie an. »Stell dich nicht blöder an, als du bist. Mit der Heimlichtuerei, den eigenmächtigen Nachforschungen und dem allem hier. Ich werde jetzt Max anrufen.« Sie war im Begriff, ihr Handy wieder hervorzuholen, doch Anke hielt ihren Arm fest.

»Halt, halt, halt. Was können wir der Polizei denn schon großartig erzählen?«

»Na, zum Beispiel, dass du im Zimmer der toten Lisa ein Medikament gefunden hast, mit dem offenbar etwas nicht stimmt. Dass die Apothekerin, diese Annabell Joost, ausgesprochen seltsam reagiert hat, als du dich kurz vor ihrem Tod danach erkundigt hast. Hmm, und lass mich überlegen! Ach ja, ich denke, die Polizei wird es auch brennend interessieren, dass bei einem Einbruch in dein Haus eben diese Tabletten gestohlen wurden. Mensch, Anke, du hast es hier offenbar mit Leuten zu tun, die keine Skrupel kennen. Wir können das nicht mehr für uns behalten. Wir müssen die Behörden informieren, sonst machen wir alles nur noch schlimmer.«

»Aber nichts davon kann ich beweisen. Die Tabletten sind weg. Außerdem muss der Tod der Apothekerin nichts mit meinem Besuch bei ihr zu tun haben. Und meinem eigentlichen Ziel, Tim zu helfen, bin ich auch keinen Schritt näher gekommen, er ist und bleibt der Hauptverdächtige. Bitte, Marie, jetzt sind wir schon so weit gegangen. Lass uns wenigstens hören, was euer IT-Mann herausgefunden hat, dann weihen wir Max und seine Kollegen ein.«

Gestern hatte Nils, der Computerexperte des RHI, dem

Marie den Laptop von Lisa anvertraut hatte, sie in der Tierklinik angerufen und sie darüber informiert, dass er das Passwort geknackt hatte. Er hatte Anke angeboten, sofort ins Institut zu kommen und sich den Rechner anzusehen, doch sie hatte abgelehnt. Schließlich hatte sie sich um Jannik und Dübel kümmern müssen, außerdem war sie überfallen worden, und zudem war es mitten in der Nacht gewesen.

Im Stillen hatte Anke den Kopf geschüttelt – *Computernerds* –, einen Termin für heute am späten Nachmittag ausgemacht und Marie Bescheid gegeben, weshalb sie nun hier vor dem Institut in der Sonne standen und darauf warteten, hineinzugehen.

»Also?«, hakte Anke vorsichtig bei ihrer Freundin nach. »Wie hast du dich entschieden?«

Marie drehte sich um, und Anke folgte ihrem Blick auf den Fähranleger, an dem sich die Wellen brachen.

»Na gut«, sagte Marie schließlich, bevor sie sich wieder Anke zuwandte, »wir hören uns an, was Nils zu sagen hat, danach nehmen wir den Computer und gehen damit schnurstracks zur Polizei. Ab da keine Alleingänge mehr.«

»Versprochen«, entgegnete Anke und atmete auf.

Nachdem der Pförtner des RHI Anke einen Besucherausweis gegeben hatte, folgte sie Marie durch ein Labyrinth aus Treppen und Gängen, bis sie schließlich im Untergeschoss ankamen. Sie liefen einen spärlich beleuchteten Flur entlang, unter dessen Decke armdicke Kabelstränge hingen und von dessen Seiten Stahltüren abgingen. Anke fröstelte, denn im Gegensatz zu den knapp fünfundzwanzig Grad im Freien fühlte es sich hier unten wie in einem Kühlschrank an.

»Eigentlich dürftest du gar nicht hier sein. Das Rechenzentrum des Instituts ist für Besucher gesperrt«, erklärte Marie. »Aber Nils bekommst du nicht aus seinem Büro raus, also müssen wir wohl oder übel zu ihm runter.«

Am Ende des Gangs hielt Marie ihren Ausweis vor einen Sensor neben der Tür, worauf die Kontrollleuchte von Rot auf Grün umsprang. Ein Summen ertönte, anschließend zog Marie die Tür auf.

Das dahinterliegende Büro war kaum größer als Ankes Abstellraum. Unter einem winzigen Fenster, durch das so gut wie kein Licht drang, stand ein Schreibtisch mit vier Monitoren. Ansonsten verstellten Schränke und Regale, vollgestopft mit Platinen, Kabeln und technischem Zeug, dessen Einsatzzwecke Anke nur erahnen konnte, jeden Zentimeter Wand.

Vor den Computerbildschirmen saß auf einem Drehstuhl, der in seiner Form an einen Autositz aus einem Rennwagen erinnerte, ein junger Mann. Schwungvoll drehte er sich auf seinem Stuhl zu Marie und Anke um. Ein rot-weißes Stirnband aus Frottee, wie Anke es seit den 1980er-Jahren nicht mehr gesehen hatte, als Björn Borg noch gegen John McEnroe im Tennis angetreten war, hielt seine strähnigen, langen Haare im Zaum. Seine blassen Wangen waren von Pickeln überzogen, und zu allem Überfluss komplettierte er das Klischee eines Nerds mit einem T-Shirt, auf dem sich ein gelber Pacman durch eine Reihe Punkte fraß.

Wenigstens hatte der arme Kerl eine Heizung in seinem Kabuff, wobei Anke nach den arktischen Temperaturen auf dem Gang nun den Eindruck hatte, eine Sauna zu betreten.

»Hallo, Nils, das ist Anke Fischer«. Marie deutete vage mit dem Finger auf sie. »Anke, darf ich dir Nils Christensen, unseren Leiter der IT, vorstellen?«

Anke streckte ihm die Hand entgegen, aber er verzog lediglich das Gesicht und rollte mit seinem Stuhl weg.

»Nicht anfassen«, raunte Marie ihr zu. »Das kann er überhaupt nicht leiden.«

Also ließ Anke die Hand wieder sinken und beließ es bei einem *Freut mich*.

»Sie hätten schon gestern kommen können, das hätte mich nicht gestört«, sagte Nils, während er zu einem Regal rollte. Ihm entnahm er ein MacBook, das Anke als das von

Lisa identifizierte, und rollte zurück zu seinem Tisch. Er legte den Rechner neben die Tastatur, verband ihn mit einem Netzteil und klappte den Deckel auf.

Ohne die Aufforderung, ein Passwort einzugeben, startete das Betriebssystem und zeigte den Desktop mit rosafarbenem Hintergrund und einem Haufen Datei-Icons.

»Die Sicherheitsmechanismen zu umgehen, war ziemlich easy«, führte er aus, während er eine Maus an den Mac anschloss. »Zum Glück haben wir es hier nicht mit dem neuesten Modell zu tun, das wäre nicht so einfach gewesen. So aber musste ich den Rechner lediglich im Single-Mode neu starten und das Laufwerk mounten. Dann konnte ich die AppleSetupDone löschen und …«

»Das ist wirklich interessant«, unterbrach ihn Anke, da sie kein Wort von dem verstand, was er sagte. Sie trat möglichst nah an den IT-Leiter heran, um auf den Bildschirm sehen zu können. »Aber haben Sie auch was auf dem Mac gefunden?«

Er drehte sich halb zu ihr um und schaute sie an, als sei sie bescheuert. »Natürlich habe ich etwas gefunden. Eine ganze Menge sogar.«

Anke zwang sich, ruhig zu bleiben. »Und was?«

»Na, alles, was eine Frau ohne wirkliche Ahnung von Computern so auf einem Rechner hat.« Nun klang Nils vollkommen desinteressiert. »Videos von niedlichen Kätzchen, Schminktipps und Rezepte für kohlenhydratfreies Essen, so Zeug eben.«

»Haben Sie etwas zu einem Medikament mit dem Wirkstoff Orlistat gefunden?«, fragte Anke.

Achselzucken. Er klickte mit der Maus, schrieb *Orlistat* in ein Suchfeld und drückte auf Enter.

»Nein, wie es aussieht, gibt es weder eine Datei mit diesem Namen, noch wird der String kontextuell gefunden«, sagte er und klickte einige weitere Male. »Im Papierkorb ist ebenfalls nichts zu finden.«

Enttäuschung breitete sich in Anke aus. »Versuchen Sie

es einmal mit *Proval*, so lautet der Herstellername des Medikaments. Zumindest stand der Name auf der Verpackung.«

Sie buchstabierte den Namen, aber wieder führte die Suche zu keinem Ergebnis.

»Ich sag doch, außer Kochrezepten ist nichts Interessantes auf dem Rechner. Selbst ihr E-Mail-Verlauf ist, sagen wir mal, überschaubar. Wahrscheinlich lief das Meiste ihrer Kommunikation übers Handy, das ist heute ja üblich. Dabei vergessen die Leute immer, dass sie ihre Privatsphäre aufgeben, wenn sie die Dinger nutzen. Aber ihre Ultraschallbilder hat sie per E-Mail verschickt, was ohne Verschlüsselung aber auch nichts taugt.«

Anke horchte auf. »Lisa hat Aufnahmen von Ultraschalluntersuchungen versendet? Wissen Sie, wann das gewesen ist und an wen die Bilder gingen?«

Nils schüttelte den Kopf. »Auswendig nicht, aber das werden wir gleich herausfinden.«

Er öffnete das Mailprogramm.

»Hier ist sie.« Nils markierte die letzte E-Mail, die sich in dem Ordner für gesendete Objekte befand. »Die E-Mail wurde am siebten Juli verschickt.«

»Also am Tag ihres Todes«, warf Marie ein.

»Ja, um dreizehn Uhr sieben«, bestätigte Nils. »Die Adresse, an die die E-Mail ging, lautet david_copperfield2000@hotmail.com. Wie es aussieht, ist der Empfänger ein Freund magischer Momente.«

»Magische Momente?«, fragte Marie.

»Na, David Copperfield. Der Zauberkünstler. Der, der mal mit Claudia Schiffer liiert war«, erklärte Nils. »Meine Mutter ist ein riesiger Fan.«

Ungeduldig wedelte Anke mit der Hand. »Den echten David Copperfield können wir als Empfänger wohl getrost außer Acht lassen. Öffnen Sie die E-Mail! Ich will sehen, was Lisa geschrieben hat.«

Ich freue mich so, lautete der Betreff.

Eine kleine Büroklammer zeigte an, dass sich eine Datei im Anhang der E-Mail befand.

Nils klickte, und der Text erschien.

Schau dir unsere Kleine an, ist sie nicht jetzt schon die Wucht? Sie hat dein Kinn, das sieht man ganz deutlich :-) Ich kann es kaum erwarten.

XOXO
Liz

Mit einem Klick öffnete Nils das angehängte Ultraschallbild. Anke sah darauf nichts als grauen Nebel, was wahrscheinlich daran lag, dass sie nie eigene Kinder gehabt hatte und somit auch nie gelernt hatte, in der trüben Suppe die Umrisse eines Kindes auszumachen. Die Wehmut, die sich einstellen wollte, schob sie sofort beiseite.

Keine gute Idee, jetzt in alten Wunden zu rühren.

»Aber das bedeutet doch ...«, begann Marie und beugte sich dichter an den Bildschirm heran.

»Genau«, führte Anke den Gedanken weiter. »Lisa hat ihr Kind überhaupt nicht abgetrieben.«

Kapitel 28

Nicht unweit des Flatterbands mit dem Aufdruck *Polizei*, das den Fundort der zweiten Leiche an der Promenade abriegelte, saß Jannik auf seinem Skateboard, ließ den Kopf zwischen die aufgestellten Knie hängen und rollte wenige Zentimeter nach rechts, dann wieder nach links und zurück. Er saß hier nun schon eine geschlagene Stunde, und inzwischen konnte er sich den Trubel am Strand, der selbst jetzt um sechs Uhr, nicht nennenswert abnahm, nicht länger ansehen. Ein solcher Andrang hätte einen bombenmäßigen Verkaufstag bedeutet, und Umsatz hatte Jannik zurzeit dringend nötig. Zwar stand sein Truck keine zehn Meter hinter ihm, doch wegen des Polizeieinsatzes war er für ihn und seine Kunden unerreichbar. In Scharen pilgerten die Hungrigen und Durstigen daher hoch zu *Josh & Jakob*, kauften in rauen Mengen Fischbrötchen, Softdrinks, Pommes, Bier oder Eis und bescherten Hajo Appel, dem kriecherischen Filialleiter, den verkaufsstärksten Tag des Jahres.

Jannik hätte heulen können.

Oder kotzen.

Oder beides.

Wäre er nicht mit Sophia verabredet, der etwas verpeilten Fahrradfahrerin, die ihn beinahe über den Haufen gefahren hatte, würde er das Weite suchen. Seine Schulterverletzung pochte recht stark, was er Anke gegenüber nie zugegeben hätte, denn er wollte nicht, dass sie sich seinetwegen auch noch Sorgen machte. Trotzdem gehörte er eigentlich ins Bett.

So ein Scheißtag.

Erneut blickte er auf die Uhr, nur um festzustellen, dass, seit er zum letzten Mal darauf geschaut hatte, drei Minuten vergangen waren.

Jetzt sieh es endlich ein, sie hat dich versetzt, flüsterte eine fiese Stimme in seinem Inneren ihm zu, und er kam nicht umhin, ihr recht zu geben. Die Sache mit Sophia war gelaufen, bevor sie überhaupt angefangen hatte.

Dabei hatte sie auf ihn nicht den Eindruck gemacht, unzuverlässig zu sein, denn dann wäre sie nicht nach der Arbeit noch bei ihrem Chef vorbeigefahren, um ihm Unterlagen zu bringen.

Na ja, es konnte ja auch sein, dass ihr etwas dazwischengekommen war.

Aber dann hätte sie anrufen können, seine Handynummer stand schließlich auf der Karte, die er ihr gegeben hatte.

Den Kopf weiter gesenkt, zog Jannik sein Smartphone aus der Hosentasche und suchte im Internet nach *Noxomed*, deren Logo auf Sophias T-Shirt gestanden hatte. Vielleicht würde er auf der Website ihren vollständigen Namen erfahren.

Doch er wurde enttäuscht.

Zwar pries die Firma sich selbst in den höchsten Tönen an, gab sich, was Details zu ihren Produkten und den Mitarbeitern anging, aber recht zugeknöpft. Jannik erfuhr lediglich, dass *Noxomed* als junges Pharmaunternehmen vor einiger Zeit neue Räumlichkeiten in einem Industriegebiet am Flughafen von Westerland angemietet hatte.

Da er keine Lust hatte, länger auf seinem Skateboard zu sitzen und Trübsal zu blasen oder sich das blühende Geschäft von *Josh & Jakob* anzuschauen, beschloss er spontan, dem Flughafen einen Besuch abzustatten, auch wenn Sophia gemeint hatte, sie würde heute nicht arbeiten.

Eine halbe Stunde später hatte er den Strand hinter sich gelassen und erreichte das Industriegebiet im Osten der Insel. Ein muskelbepackter Hüne in knappen Shorts und einem weit ausgeschnittenen Tanktop kam aus einem Fitnessclub und ging zu seinem davor abgestellten Golf GTI, doch ansonsten herrschte in diesem Teil Westerlands gähnende Leere. Die überwiegende Zahl der Handwerksbetriebe – Schreiner, Gas- und Wasserinstallateure oder Dachdecker –, die sich hier niedergelassen hatten, arbeiteten nicht an einem Samstag, erst recht nicht am frühen Abend. Lediglich am Self Storage ein paar Meter weiter stand ein Lieferwagen, aus dem ein junges Pärchen ein Sofa wuchtete und ins Lager trug, worauf Jannik froh war, aus einer möblierten Wohnung geflogen zu sein. So musste er wenigstens keinen alten Krempel unterstellen. Minimalismus bedeutete eben nicht, nichts zu haben, sondern keinen Ballast herumschleppen zu müssen.

Er rollte weiter und erreichte schließlich den dreigeschossigen schmucklosen Bau, den *Noxomed* angemietet hatte. Ein mannshoher Zaun fasste das Grundstück und den angrenzenden Parkplatz ein. Ein paar Autos standen auf dem Gelände, doch der Großteil der Stellplätze war leer.

Jannik rollte weiter bis zum Tor, aber wie zu erwarten gewesen war, fand er es verschlossen vor. Er stieg ab, ließ das Board mit einem gezielten Tritt hochschnellen und klemmte es sich unter den Arm. Ratlos schaute er durch den Zaun auf das Firmengebäude.

Hinter einigen Fenstern brannte Licht. Vollkommen ausgeschlossen war es also nicht, dass Sophia doch arbeitete.

Plötzlich kam er sich dämlich vor.

Was zum Teufel machte er hier?

Er kannte diese Frau doch überhaupt nicht, hatte sie nur einmal gesehen, und diese Begegnung hatte nicht länger als zwei oder drei Minuten gedauert.

Jannik, du bist auf dem besten Weg, dich zum Affen zu machen, gestand er sich ein und stellte das Board wieder auf den Boden. Er wollte sich gerade auf den Weg zurück in die Stadt machen, als er jemanden aus dem Gebäude kommen sah. Ein Typ, nicht älter als er selbst, aber größer und mit breiteren Schultern ausgestattet, ging zielstrebig über den Parkplatz auf Jannik zu. Dabei zündete er sich im Laufen eine Zigarette an. Am Tor angekommen, hielt er eine Plastikkarte gegen einen Sensor, und als ein Summen erklang, zog er die Tür auf und trat hinaus.

Als er Jannik entdeckte, blieb er stehen und zog eine Augenbraue in die Höhe. Demonstrativ ließ er seinen Blick vom Skateboard bis hinauf zu Janniks Gesicht wandern.

»Aber hallo, wen haben wir denn da?«, fragte er. »Wartest du auf mich?«

Jannik spürte, wie ihm warm wurde.

Machte der Kerl ihn gerade an?

»Hey«, entgegnete er ein wenig krächzend. Dann kam nichts mehr.

Sein Gegenüber lachte. »Wir müssen nicht reden. Reden ist vollkommen überbewertet.«

Jannik räusperte sich. »Äh ja … Beziehungsweise nein … Was ich eigentlich sagen wollte … Ich warte auf Sophia. Ist sie noch bei der Arbeit?«

Jannik Kalkhoff, Meister der flüssigen Rede und geschliffenen Rhetorik.

»Du und Mauerblümchen? Was für eine Verschwendung«, sagte der Mann übertrieben enttäuscht, dann machte er eine wegwerfende

Handbewegung und schaute Jannik freundlich an. »Ich mache nur Spaß. Du willst zu Sophia? Die ist heute nicht da. Und ich glaube auch nicht, dass sie noch mal wiederkommt. Ich bin übrigens Ole.«

»Jannik.« Sie schüttelten sich die Hand. »Was soll das heißen, Sophia kommt nicht mehr wieder? Ich denke, sie arbeitet für *Noxomed*?«

Ole zog an seiner Zigarette und blies den Rauch in die Luft. »Ja, das stimmt. Zumindest hat es bis gestern gestimmt, zwischenzeitlich hat sie jedoch gekündigt.« Er senkte die Stimme und trat dichter an Jannik heran. »Der Chef hat zwar davon gesprochen, sie seien in gegenseitigem Einvernehmen auseinandergegangen, aber ich denke, das ist Bullshit. Wenn du mich fragst, hat sie etwas Besseres gefunden und hingeschmissen. Ich kann es ihr nicht verdenken. Die Firma beutet uns ganz schön aus. Viel Arbeit, wenig Geld, kaum Freizeit. Und es ist fraglich, ob sie uns nach dem Praktikum überhaupt übernehmen können. Alles hängt davon ab, ob das neue Medikament in der Praxis hält, was die Tests versprechen. So was kann man nie voraussagen, das ist immer ein gewaltiges Risiko.«

Ein neues Medikament? Unwillkürlich musste Jannik an die Pillen denken, die Anke bei Lisas Sachen gefunden hatte. »Woran forscht ihr denn?«, fragte er.

Ole schüttelte den Kopf und zog einen unsichtbaren Reißverschluss vor seinem Mund zu. *Top secret.* Dann zeigte er mit den Fingern, zwischen denen die Zigarette klemmte, auf Janniks flachen Bauch. »Aber du wirst es nicht brauchen, das kannst du mir glauben.«

Als hinter ihnen auf dem Firmengelände eine Tür ins Schloss fiel, schauten sie gemeinsam auf. Ein älterer Mann im Anzug trat auf den Parkplatz. Er hielt den Kopf gesenkt und schien nicht auf sie zu achten, trotzdem spürte Jannik, wie Ole sich verkrampfte und einen Schritt von ihm weg machte.

»Das ist mein Boss«, raunte er Jannik zu und deutete mit dem Kopf ein Nicken in die Richtung an, aus der sein Chef kam. Ein gewaltiger, beinahe schwarzer Bluterguss zog sich über das halbe Gesicht des Mannes.

Ole senkte die Stimme noch weiter. »Er ist im Dunkeln gegen eine offene Schranktür gelaufen.« *So ein Trottel*, sagte sein Blick. Dann wurde er förmlich. »Also, ich muss weiter. War schön, dich kennengelernt zu haben. Also falls du, jetzt, wo Sophia weg ist, mal was trinken gehen willst, jederzeit.« Er reichte ihm eine zerknickte Visitenkarte mit dem eingeprägten Logo von *Noxomed*.

Ole Kramer, Pharmazeut im Praktikum, stand dort zusammen mit einer E-Mail-Adresse und zwei Telefonnummern.

»Klar, mache ich«, entgegnete Jannik, behielt jedoch weiter den Mann im Auge, der mit einem Funkschlüssel in der Hand auf einen weißen Tesla zusteuerte und ihn entriegelte.

Trotz des gewaltigen Veilchens, das sein Gesicht entstellte, kam der Mann Jannik bekannt vor. Er hatte ihn schon einmal gesehen. Zwar kam er nicht darauf, wo er ihm begegnet war, aber in einem Punkt war er sich sicher: Es hatte mit dem Mord an Lisa zu tun.

Kapitel 29

»Wie sah die finanzielle Situation von Annabell Joost aus? Hat ihre Apotheke genug abgeworfen? Was haben Sie, Ziegler?« Hauptkommissar Martens stand am Kopfende des großen Tisches im Konferenzraum vor dem Whiteboard. Er sah noch abgerissener als üblich aus (die Haare wirr, das weiße Hemd speckig, Tränensäcke groß wie Niedersachsen), was Max nicht wunderte, schließlich leitete er im Moment gleich zwei Mordermittlungen. Eine echte Mammutaufgabe für einen Inselbullen, dessen eigenes Team aus viel zu wenigen Leuten bestand, um diese stemmen zu können. Deshalb hatten sie als Unterstützung auch drei Beamte vom Festland bekommen.

Zu Anfang hatte Martens noch gehofft, es bei dem Tod der Apothekerin möglicherweise doch mit einem Unfall oder einem Suizid zu tun zu haben, aber die Forensiker in Kiel hatten die erste Einschätzung von Dr. Neth bestätigt und die Hämatome an den Handgelenken eindeutig mit dem Tod der Frau in Verbindung gebracht. Sie war nicht freiwillig in die Nordsee gesprungen oder zufällig hineingestürzt, sondern jemand hatte sie an den Armen gepackt und hineingestoßen. Auch wenn ihnen zum jetzigen Zeitpunkt noch die Beweise fehlten, ging die eilig gegründete Sonderkommission davon aus, dass ihr Mörder sie mit einem Boot auf die offene See gebracht und irgendwo westlich der Insel ins Meer geworfen hatte, wo sie ertrunken war. Die Strömungsverhältnisse der Nacht stützten diese Theorie, weshalb ein Teil des

Teams mit Hochdruck die Häfen der Insel kontrollierte, um das Boot zu finden, mit dem Annabell Joost fortgeschafft worden war.

Max hingegen war von Martens mit dem Background-Check der Toten beauftragt worden, weshalb er nun seine Unterlagen zu sich heranzog und nervös darin zu blättern begann. Er mochte es nicht, vor so vielen Kollegen, noch dazu so vielen fremden, zu sprechen, aber in seinem Job ließ sich das leider nicht vermeiden.

»Tja«, begann er und merkte, wie er unter den Achseln zu schwitzen anfing.

Alle Augen richteten sich auf ihn. Melissa Krepe, die ihm gegenüber saß, blickte ihn schon jetzt dermaßen gelangweilt an, dass Max sich wie der größte Idiot der gesamten Dienststelle vorkam.

Er konzentrierte sich auf Martens, was die Sache auch nicht besser machte. »Der Angestellten Julia Becker zufolge lief die Apotheke zusehends schlechter. Sie führt das auf die explodierten Kosten und die Konkurrenz aus dem Internet zurück. Ich habe mir die Bilanzen angeschaut, und die bestätigen das Bild. In den vergangenen zwei Jahren hat die Apotheke zwar kein Minus eingefahren, aber nennenswerte Gewinne wurden auch nicht erzielt. Hauptverantwortlich dafür sind neben sinkenden Umsätzen die hohe Miete in der Innenstadtlage, die gestiegenen Energiekosten und die Aufwendungen für Personal. Darüber hinaus hatte Annabell Joost hohe private Verbindlichkeiten. Vor einigen Jahren hat sie nach der Scheidung den Großteil ihres privaten Vermögens in ein Immobilienprojekt in Berlin investiert und zusätzlich noch einen Kredit aufgenommen. Doch Rendite konnte sie aus dieser Investition keine erwirtschaften, da zwischenzeitlich ein Baustopp verhängt wurde. Auf dem Grundstück wurden

Altlasten gefunden, um deren Beseitigung ein Rechtsstreit entbrannt ist. Niemand will die Kosten der Entsorgung tragen, keiner fühlt sich verantwortlich, weshalb nicht weitergebaut werden kann. Das hat Annabell Joost finanziell in eine Schieflage gebracht. Die Zinsen für den Kredit fraßen sie auf.« Max blätterte zu den Kopien der Kontoauszüge. »Anders sah es jedoch in den letzten Monaten aus. Da lief es für sie ein wenig besser. Es gab immer wieder Bareinzahlungen auf ihr privates Konto, mit denen sie die größten Belastungen begleichen konnte.«

»Bareinzahlungen?«, echote Martens.

»Genau. Sie bewegten sich in Größenordnungen zwischen sieben, acht, manchmal knapp zehntausend Euro, blieben aber immer unter der Nachweispflicht. Deshalb musste sie nie angeben, woher das Geld stammte. Julia Becker, die Angestellte, konnte mir jedenfalls nichts dazu sagen, aber sie hat natürlich auch keinen Einblick in die privaten Finanzen ihrer Chefin. Ich versuche gerade, den Exmann der Toten zu erreichen, auch wenn ich mir nicht viel davon verspreche. Die beiden sind seit über fünf Jahren geschieden. Der Mann ist nach der Trennung nach Rendsburg gezogen, und die Bareinzahlungen haben ja erst vor knapp einem Jahr begonnen. Es ist eher unwahrscheinlich, dass er etwas darüber weiß.«

»Haben Sie ihn noch nicht danach gefragt?«, bellte Martens, worauf Max unwillkürlich den Kopf einzog.

»Nein, er und seine neue Familie sind in Frankreich auf einer Wanderung durch irgendein Gebirge. Genaueres konnte mir die Nachbarin nicht sagen. Sie hat mir seine Handynummer gegeben, doch wo immer er sich aufhält, es gibt dort wohl so gut wie keinen Empfang. Ich lande immer auf der Mailbox. Ich habe ihm eine Nachricht hinterlassen und ihn über den Tod seiner Exfrau informiert. Er soll sich schnellstmöglich bei mir melden. Ich bleib da dran.«

»Tun Sie das. Und hören Sie sich weiter um. Wir müssen wissen, woher das Geld stammt. Gute Arbeit, Ziegler«, sagte Martens, worauf sich unwillkürlich ein Grinsen auf Max' Gesicht legte.

Sein Chef war nicht der Typ, der andere lobte. Sie ab und zu mal nicht zu kritisieren, hielt er für genug Lob.

»Also gut«, wandte Martens sich wieder allen Beteiligten zu. »Die Aufgaben sind verteilt, machen wir uns an die Arbeit.«

Damit war die Besprechung beendet.

Stuhlbeine kratzten über den Boden, Gemurmel setzte ein. Max schob seine Papiere zusammen und steckte sie zurück in die Aktenmappe, als Kommissarin Pia Kordes auf ihn zu eilte und sich zu ihm hinunterbeugte.

Pia gehörte zu den Kollegen, mit denen Max sich am besten verstand, was auch daran lag, dass sie beide ungefähr im gleichen Alter waren und sie sich seit frühester Kindheit kannten. Lange hatte Max sogar angenommen, dass Pia, deren kurzes, gescheiteltes Haar sie schon zu Schulzeiten eher wie einen Jungen als wie ein Mädchen hatte aussehen lassen, sein Schicksal teilte, doch was das betraf, hatte er sich geirrt. Vor gut einem Jahr hatte sie Leon kennengelernt, und inzwischen wohnten sie zusammen und planten ihre Verlobungsfeier. Selbstverständlich freute sich Max für die beiden, aber in stillen Momenten, wenn er allein in der Einliegerwohnung unter dem Wohnzimmer seiner Eltern saß und sich nicht mit Fernsehen und einem kalten Bier ablenkte, spürte er tief in sich doch einen Stich, sobald er an ihr Glück dachte.

»… nur dich sprechen. Und sie hat einen Anwalt dabei«, flüsterte Pia ihm ins Ohr und riss ihn damit aus den Gedanken.

»Was? Wer will mich sprechen?«, fragte er, da er den ersten Teil nicht verstanden hatte.

»Nicht so laut. Anke Fischer. Sie steht vorne. Sie meint, es sei dringend und vertraulich.«

Kapitel 30

»Das darf doch nicht wahr sein!«, brauste Max eine Viertelstunde später auf, als er zusammen mit Anke und Carsten Leibold, dem Anwalt, im *Mokka* saß. »Wie bist du nur auf die bescheuerte Idee gekommen, Lisas MacBook mitzunehmen? Er ist ein Beweisstück in einem Mordfall! Du hättest das Teil an Ort und Stelle lassen und uns informieren sollen«, sagte Max und bemühte sich, leise zu sprechen, obwohl sie die einzigen Gäste waren. Er mochte das Café, denn ungeachtet der Tatsache, dass es bloß ein paar Straßen vom Polizeirevier entfernt lag, traf man dort nur selten auf Kollegen.

»Es ist alles so schnell gegangen«, verteidigte Anke sich. »Ich weiß, es war nicht richtig, aber ich musste mich entscheiden.« Obwohl es im *Mokka* nicht allzu warm war, hatte sie einen hochroten Kopf. »Hätte ich ihn nicht eingesteckt, hätten die Eltern ihn am Ende noch verschwinden lassen.«

Max unterdrückte einen Fluch. »*Verschwinden lassen*, wie das klingt. Und warum bitte hätten sie das tun sollen?«

Anke zuckte mit den Achseln. »Ich weiß auch nicht. Aber das Wichtigste ist doch, dass wir ihn jetzt haben.«

Bislang hatte Carsten Leibold geschwiegen, ein Verhalten, das Max nicht von ihm gewohnt war, aber jetzt beugte sich der Anwalt vor. »Anke ist sich bewusst, dass sie Mist gebaut hat, und es tut ihr leid«, sagte er. »Deshalb sind wir hier und sprechen ganz offen mit der Polizei. Wir wollen bei den Ermittlungen behilflich sein.

Max, ich darf doch Max sagen?«

»Nein.«

»Ach, kommen Sie. Ich bin Carsten. Jetzt hören Sie sich doch erst mal an, was Anke noch zu berichten hat. Möglicherweise ist sie auf etwas gestoßen, das die zwei Morde in einen Zusammenhang bringt. Wir gehen mittlerweile nämlich davon aus, dass die beiden Frauen von demselben Täter getötet wurden, und das bedeutet, dass Sie und Ihre Kollegen in eine vollkommen falsche Richtung ermitteln, wenn Sie weiter an der Schuld von Tim Behlen festhalten.«

»Gib mir nur fünf Minuten«, schaltete Anke sich ein, bevor Max etwas entgegnen konnte. »Danach kannst du entscheiden, wie es weitergeht.«

»Immer, wenn ich dir fünf Minuten gewähre, bringt mich das in Schwierigkeiten«, entgegnete er mürrisch und dachte an Martens' Anschiss, den er hatte über sich ergehen lassen müssen, nachdem er Anke das letzte Mal *fünf Minuten* mit Tim verschafft hatte. »Also gut, schieß los.«

Daraufhin erzählte Anke die ganze Geschichte. Wie sie im Innenfutter der Laptoptasche versteckte Tabletten gefunden hatte, angeblich ein frei verkäufliches Mittel zur Bekämpfung von Übergewicht, deren Sichtverpackung der Apothekenhelferin jedoch seltsam vorgekommen war. Die Zweifel hatte die Apothekerin, Annabell Joost, zwar nicht geteilt, doch in Ankes Augen hatte sie sich ausgesprochen merkwürdig verhalten.

»Sie hat mich beinahe rausgeworfen, konnte es gar nicht erwarten, mich loszuwerden«, führte Anke aus. »Und kurze Zeit später habe ich beobachtet, wie sie aufgeregt telefonierend die Apotheke verlassen hat. Gott, ich weiß, wie ich klinge. Wie eine frustrierte, alleinstehende Frau, die den ganzen Tag am Fenster hängt und in jedem Postboten einen Spitzel der CIA auszumachen meint. Aber ich bin doch nicht bekloppt. Wenn du sie gesehen hättest, Max, wüsstest du, was ich meine. Annabell Joost hatte Angst. Ich weiß nicht, wovor, aber sie hatte eindeutig eine Scheißangst.«

»Vor dir?«, hakte Max nach, wobei seine Skepsis nicht zu überhören war.

»Nein, nicht unbedingt vor mir persönlich. Eher vor dem Medikament oder der Tatsache, dass es sich in meinem Besitz befand. Ich bin mir sicher, sie wusste, was für Tabletten das waren. Und wenig später habt ihr sie tot aus der Nordsee gezogen. Für mich sind das ein wenig zu viele Zufälle.«

Max schwirrte der Kopf. »Moment mal, warte. Du hast gesagt, dass du die Tabletten hattest. Weshalb die Vergangenheitsform?«

»Nun ja … als du den Einbruch bei mir aufgenommen hast, war ich nicht ganz ehrlich zu dir.« Ihr verlegenes Lächeln passte zu ihrem roten Gesicht. »Also, es wurde doch etwas gestohlen.«

»Die Tabletten aus Lisas Laptoptasche«, beantwortete Max seine eigene Frage. »Mensch, Anke, was ziehst du hier ab? Weiß meine Mutter davon?«

»Nein«, kam die Antwort viel zu schnell und viel zu energisch, als dass Max Anke glaubte.

Wie zum Gebet schloss er für ein paar Sekunden die Augen, dann streckte er die Hand aus und rief Vincent, dem Besitzer des *Mokka*, zu: »Ich brauche einen Schnaps! Einen doppelten!«

»Kommt sofort«, entgegnete dieser und holte eine Flasche aus dem Kühlschrank.

»Du willst mir also sagen, dass Tablettenpackungen im Umlauf sind, die nicht das ausgewiesene Präparat enthalten, und dass Lisa eine solche Packung von der Apothekerin bekommen hat.«

»Genau. Und jetzt sind beide Frauen tot.«

Vincent kam und brachte wortlos den doppelten Schnaps.

»Sorry, aber für mich klingt das ziemlich weit hergeholt«, meinte Max, als Vincent wieder außer Hörweite war. »Das sind nichts als Vermutungen.«

»Aber es ist ein neuer Ermittlungsansatz«, schaltete Leibold sich ein. »Sie müssen zugeben, dass der Diebstahl der Tabletten ausgesprochen besorgniserregend ist. Hierbei handelt es sich eindeutig nicht um eine Zufallstat, schließlich wurde nichts anderes entwendet. Zudem ist der Täter ausgesprochen zielgerichtet und brutal vorgegangen. Er hat nicht davor zurückgeschreckt, Gewalt anzuwenden. Er hat den Hund vergiftet und den Mitbewohner von Anke körperlich attackiert. Das war ein Profi.«

»Wenn er Pillen geklaut hat, dann war es vielleicht doch ein Junkie auf der Suche nach Stoff«, wagte Max den Versuch einer Erklärung, die sich aber selbst in seinen Ohren ausgesprochen lahm anhörte.

»Das wäre der erste Junkie, der versucht, sich mit einem Mittel zu betäuben, das einen den halben Tag auf der Schüssel sitzen lässt«, entgegnete Anke trocken.

»Punkt für dich«, sagte Max.

»So vieles an dem gesamten Fall passt nicht zusammen.« Jetzt, wo Anke einmal angefangen hatte, schien sie so schnell nicht mehr aufhören zu wollen. Fünf Minuten hin oder her. »Weshalb behauptet Lisa Tim gegenüber, sie habe das Kind wegmachen lassen, wenn es nicht den Tatsachen entspricht?«

»Wahrscheinlich, weil Tim nicht der Vater ist«, sagte Max. »Die Rechtsmedizin hat eine DNA-Probe des ungeborenen Kindes genommen und sie mit der von Tim verglichen. Das Ergebnis ist eindeutig, Tim kann nicht der Vater sein.«

»Wer ist es dann?«, fragte Anke.

Achselzucken. »Das konnten wir nicht ermitteln. Wer immer es ist, bislang ist er polizeitechnisch nicht auffällig geworden, weshalb wir keine DNA von ihm in unserer Datenbank haben.«

»Und dann die Eltern von Lisa«, brachte Anke den nächsten Punkt auf den Tisch. »Weshalb behaupten sie, keinen Kontakt zu ihrer Tochter zu haben, obwohl Lisa doch offenbar für ein paar Tage bei ihnen gewohnt hat?«

»Ja, weshalb?«, dachte Max laut und trank einen Schluck von seinem Schnaps.

Gegen seinen Willen musste er zugeben, dass Anke auf Ungereimtheiten gestoßen war, die ihnen verborgen geblieben waren. Er ärgerte sich darüber, denn das ließ ihn und die ganze Truppe wie Idioten aussehen, andererseits hätten sie sich nicht unrechtmäßig Zutritt zu den privaten Räumen der Familie Albrich verschaffen können.

Er nahm noch einen kleinen Schluck von seinem Schnaps, überlegte, dann traf er eine Entscheidung, von der er sicher war, dass er sie bereuen würde.

Kapitel 31

»Was willst du denn schon wieder von mir, Fish?«, fragte Cherry. Sie stand vor ihrem Spind im Mitarbeiter-Bereich des *OceanView* und kämmte ihre knallroten Haare zu so etwas, das in ihrem Fall schon beinahe als Frisur durchging. »Ich habe alle Hände voll zu tun.« Ungeniert zog sie ihr schwarzes Band-Shirt mit dem gelben *Nirvana*-Aufdruck über den Kopf und warf es in den Schrank. Tattoos zogen sich von ihren Armen bis auf ihren Rücken. Unter der Haut zeichneten sich die Knochen ihrer Rippen ab.

Ein wenig beschämt, sie nur im BH zu sehen, wandte Jannik den Blick ab.

Dieses Mal hatte er weder Cherry noch jemand anderen beim Rauchen hinter dem *OceanView* angetroffen, doch da er nicht hatte warten wollen, hatte er schweren Herzens seine Geldbörse gezückt und die regulären zwanzig Euro für den Eintritt berappt. Dabei war er, genau wie letztes Mal, nicht gekommen, um sich Unterwasserwelten anzusehen. Er hatte sich zu Cherry durchgefragt, worauf der blondierte junge Typ, dessen Namen Jannik noch immer nicht kannte, sich schließlich hatte breitschlagen lassen, ihn zu den Umkleideräumen der Angestellten zu führen.

Nun befand Jannik sich in einem nüchternen, fensterlosen Raum, dessen einziger Wandschmuck aus mit Tesafilm aufgehängten *OceanView*-Werbepostern bestand.

»Ich muss die Überwachungsvideos von dem Tag

sehen, an dem Lisa hier war«, sagte Jannik und lief vor dem in der Raummitte stehenden Tisch auf und ab, der unter den zahllosen leeren Softdrink-Dosen kaum noch zu erkennen war.

Cherry zog eine weiße Bluse über und begann die Knöpfe zu schließen. »Klar, und ich muss meinen Privatjet auftanken lassen, damit ich später rechtzeitig zum Shopping in New York bin.« Sie zog die Jeans aus und warf sie zu ihrem T-Shirt in den Spind.

Selbst Teile ihres Hinterns waren tätowiert. Zum zweiten Mal an diesem Tag wurde Jannik warm.

»Bitte, es ist wichtig«, fuhr er fort. »Ich will nur einen kurzen Blick darauf werfen.«

Aus den Untiefen ihres Spinds förderte Cherry einen schwarzen Rock zu Tage und zwängte sich hinein. »Das geht nicht. Schon mal was von Datenschutz gehört?« Sie wandte Jannik ihren Rücken zu. »Hilf mir mal mit dem Reißverschluss.«

Seine Hände zitterten ein wenig, als er den Reißverschluss an ihrem Rock hochzog. »Bitte, Cherry. Lass mich nicht betteln. Ich muss etwas überprüfen, das mir die Polizei ohnehin bereits gezeigt hat. Es wird auch niemand erfahren. Und du hast was gut bei mir. Du kannst eine Woche umsonst bei mir essen, wie klingt das?«

Cherry drehte sich um, und da sie einen Kopf kleiner als Jannik war, musste sie zu ihm aufschauen. »Zwei Wochen. Und die Getränke sind auch frei.«

»Okay, einverstanden.«

Sie holte ihr Handy aus dem Spind. »Gib mir deine Nummer, dann schicke ich sie dir.«

»Du hast die Videos von den Überwachungskameras auf deinem Telefon?«, fragte Jannik und gab ihr seine Handynummer. »Weshalb das denn? Und erwähntest du nicht gerade den Datenschutz?«

Sie zuckte mit den Achseln. »Scheiß drauf. Ich habe die Videos Arnie, unserem Wachmann, abgeschwatzt, weil ich dachte, dass ich möglicherweise etwas entdecke, was der Polizei weiterhilft.«

»Was sollte das sein?«, fragte er, während er auf das Display seines Handys schaute. Als ein Signalton ihm verriet, dass die Aufnahmen angekommen waren, ließ er die erste ablaufen.

»Keine Ahnung«, erwiderte Cherry zerknirscht. »Ich kannte Lisa ziemlich gut, also habe ich geglaubt, ich würde vielleicht …« Sie stockte. »Ach, keine Ahnung, was ich gedacht habe. Ich wollte einfach irgendetwas tun. Ich mache mir schreckliche Vorwürfe. Wären wir nicht verabredet gewesen … Oder wenn ich es wenigstens pünktlich zu unserem Treffen geschafft hätte … Dann wäre womöglich alles anders gekommen, und Lisa würde noch leben.«

Jannik schaute hoch und legte ihr eine Hand auf die Schulter.

War sie schon immer so dünn gewesen?

»Du darfst dir nicht die Schuld an ihrem Tod geben. Du kannst nichts dafür!«

»Dir ist Lisa doch egal«, sagte sie, ließ seine Hand aber, wo sie war. »Dir geht es nur um Tim.«

»Das stimmt nicht. Ich vermute einfach, es steckt mehr hinter der Sache, als wir bislang ahnen. Und möglicherweise kann ich das sogar beweisen.«

Er nahm die Hand von Cherrys Schulter und widmete sich wieder dem Video auf seinem Handy. Mit dem Finger bewegte er den Slider und suchte die Stelle, an der Lisa zum ersten Mal von der Überwachungskamera über dem Eingang erfasst wurde.

Da war sie.

Er ließ den Film nun in normaler Geschwindigkeit ablaufen.

Mit energischen Schritten kam Lisa auf das *OceanView* zugelaufen; ihre Haare flatterten im Wind, der vom Meer herüberwehte. Sie war schon beinahe im Eingangsbereich verschwunden, als Tim hinter ihr auftauchte.

Jannik hielt das Video an, denn ihn interessierte weder Tim noch Lisa. Langsam ließ er den Film zurücklaufen. Eine Familie mit zwei Kindern, die eigentlich ins Aquarium gingen, traten jetzt rückwärts hinaus. Ihnen folgte ein älterer Herr mit Cordhosen und Sakko.

Jannik stoppte den Film und hielt den Atem an.

Auch wenn er auf dem Video noch kein blaues Auge hatte, so handelte es sich doch eindeutig um den Mann, den Jannik vorhin auf dem Parkplatz zu seinem Tesla hatte laufen sehen.

Einer der Chefs von *Noxomed* hatte sich zum Zeitpunkt von Lisas Ermordung im *OceanView* aufgehalten.

»Scheiße«, sagte Jannik mehr zu sich selbst als zu Cherry.

»Was ist los?«

»Keine Ahnung. Wahrscheinlich ist nichts. Nur ein dummer Zufall.« Er konnte ihr die Sache jetzt nicht erklären, dazu fehlte ihm die Zeit. »Aber ist dir inzwischen ein Grund eingefallen, weshalb Lisa dich so dringend sehen wollte? Vielleicht wegen des Kindes?«

Cherry trat an den vermüllten Tisch und schüttelte einige Dosen, bis sie eine fand, in der offensichtlich noch ein letzter Rest Energydrink war. Hastig trank sie die Dose leer. »Keine Ahnung, ehrlich. Ich wusste nichts von einer Schwangerschaft. Aber seit sie von der Insel weg war, hatten wir auch nicht mehr oft Kontakt.«

Jannik startete einen weiteren Versuch. »Hat Lisa dir gegenüber mal erwähnt, dass sie Tabletten nimmt? Irgendein Schlankheitsmittel?«

Cherrys Augen verengten sich zu schmalen Schlitzen. »Warum?«

»Nur so. Hat sie?«

»Die Dinger sind vollkommen harmlos, okay.«

Bingo.

Janniks Herzschlag beschleunigte sich. »Klar, ich habe auch nichts anderes behauptet. Also weißt du davon?«

Cherry nickte und trat erneut an ihren Spind. Nach einigem Suchen tauchte sie wieder auf und hielt Jannik einen Tablettenblister entgegen. »Sie hat mir die Tabletten empfohlen, und ich muss sagen, die sind echt der Hammer.« Sie musterte Jannik. »Okay, du brauchst die nicht. Aber wenn man abnehmen muss, wirken sie hervorragend. Ich habe schon ein paar Mittel ausprobiert, aber noch keines hat auch nur annähernd so gut funktioniert wie das da.«

Vorsichtig, als halte er eine Bombe in der Hand, nahm Jannik die Verpackung entgegen. Genau wie bei den Tabletten, die sie bei Lisa gefunden hatten, stand *Orlistat* zusammen mit dem Namen des Herstellers *Proval* auf der Rückseite. Es befanden sich lediglich noch zwei Tabletten im Blister.

»Kann ich die haben?«, fragte Jannik.

»Warum?«

»Es könnte sein, dass sie mit Lisas Tod in Verbindung stehen. Aber um das herauszufinden, muss ich sie untersuchen lassen.« *Und ich weiß auch schon, von wem,* fügte er im Stillen an.

Cherry überlegte einen Moment, dann nickte sie.

»Danke, du hast mir sehr geholfen«, sagte Jannik. »Ich freue mich, wenn du zum Essen kommst. Aber die hier brauchst du wirklich nicht.« Er hielt die Tabletten hoch. »Du siehst … na ja … also …«

Sie drehte sich einmal um die eigene Achse. »Wie sehe ich aus, Fish? Gut?«

Jannik nickte. »Klar. Schickes Outfit.«

»Männer«, sagte Cherry und verdrehte die Augen. »Die

spießigen Klamotten probiere ich an, weil morgen das große Jubiläumsfest steigt und ich mir ein paar Euro dazuverdiene. Eigentlich habe ich überhaupt keine Lust, an meinem freien Sonntag schon wieder im *OceanView* aufzukreuzen, zumal ich dann auch noch auf das Fahrrad umsteigen muss. Sonntags fährt der Bus nur zwei Mal am Tag. Aber Lisa hat mir den Job besorgt, und ich würde mir irgendwie schäbig vorkommen, wenn ich hinschmeißen würde.«

Etwas an dem, was sie gesagt hatte, ließ Jannik aufhorchen. »Weißt du eigentlich, wie Lisa zum *OceanView* gekommen ist? Sie hatte doch kein Auto, und auf einem Fahrrad kann ich sie mir noch weniger vorstellen als in einem öffentlichen Bus. Hat sie ein Taxi genommen?«

Cherry schüttelte den Kopf. Sie begann, die Bluse wieder auszuziehen, und was sie dann so ganz nebenbei erwähnte, ohne sich der Tragweite ihrer Worte bewusst zu sein, ließ Jannik frösteln.

Plötzlich sah er Lisas Tod in einem völlig neuen Licht.

Kapitel 32

Anke schloss die Tür zu ihrem Haus auf und stampfte einige Male mit den Füßen auf, um das Gröbste des auf Sylt allgegenwärtigen feinen Sands von den Sohlen ihrer Schuhe zu bekommen, bevor sie in die Diele trat und das Licht einschaltete.

Es kam kein Hund angestürmt, um sie schwanzwedelnd zu begrüßen, und sie musste schlucken, tröstete sich aber damit, dass es ihm in der Tierklinik gutging und er in ein paar Tagen wieder bei ihr sein würde.

»Komm rein«, sagte sie zu Carsten Leibold und bedeutete dem Anwalt mit einer Geste, ins Haus zu treten.

Als er sich nach dem Eintreten bückte, um seine auf Hochglanz polierten Lederschuhe auszuziehen, schüttelte sie mit dem Kopf. »Das musst du nicht tun, lass die Schuhe an. Seit die Polizei da war, herrscht hier ohnehin das totale Chaos.«

Carsten ließ sich nicht abhalten und zog die Schuhe und auch gleich die Strümpfe aus, bevor er sich seiner Krawatte entledigte und die obersten beiden Knöpfe seines Hemdes öffnete.

»So ist es mir lieber«, entgegnete er. »Mein halbes Leben habe ich Schlips und Anzug getragen, und eine Zeitlang habe ich geglaubt, mich ohne diese Uniform nackt und angreifbar zu fühlen, doch inzwischen ist mir der feine Zwirn zuwider. Zu viele schlechte Erinnerungen.«

»Vielleicht steckt in dir mehr von einem Hippie, als du meinst«, erwiderte Anke augenzwinkernd.

Carsten rang sich ein Lächeln ab. »Ja, möglicherweise.«

Nach dem Treffen mit Max im *Mokka* und Ankes

Geständnis, den Rechner bei Lisas Eltern mitgenommen zu haben, hatte Anke ganz spontan Tims Anwalt (der inzwischen auch zu ihrem geworden war) zu sich eingeladen. Oberflächlich betrachtet, um sich bei ihm für seine Dienste zu bedanken, doch sie musste sich eingestehen, dass sie ihn auch als Menschen (*oder als Mann? Nein, ein ganz entschiedenes Nein!)* interessant fand.

»Hübsch hast du es«, sagte Carsten, nachdem er hinter ihr das offene Wohnzimmer mit angrenzender Küche und Essbereich betreten hatte.

Anke folgte seinem Blick, und es kam ihr vor, als sähe sie das Innere ihres kleinen Hauses mit seinen Augen: den alten Kachelofen, die naturbelassenen Holzbalken unter der Decke, die Sprossenfenster und den unbehandelten Parkettboden, den sie unbedingt abschleifen musste, was sie wegen der Staubentwicklung und des ganzen Drecks, den das mit sich brachte, jedoch vor sich herschob. Noch immer klebten hier und dort auf den Schränken der Kücheninsel, die das Esszimmer von der Küche trennte, Fingerabdruckpulver. Die kaputte Scheibe der Hintertür hatte sie notdürftig mit einer zurechtgesägten Spanplatte verschlossen.

»Es bleibt noch viel für mich zu tun, bis aus dem alten Kasten ein gemütliches Heim wird«, sagte sie.

»Machst du alles selbst? Hast du denn niemanden, der dir hilft?«

Sofort musste sie an Jens denken. Mit ihm zusammen hatte sie den beiden großen Sylt-Projekten, wie sie die Renovierung des Hauses und den Ausbau des Unimog scherzhaft genannt hatten, voller Vorfreude entgegengeblickt, doch inzwischen kam sie sich oft wie Sisyphus vor. Hatte sie eine Baustelle abgearbeitet, taten sich zwei neue auf. Und immer öfter fragte sie sich, weshalb sie überhaupt weitermachte. Im Grunde hielt sie außer der Erinnerung an Jens nichts auf der Insel.

Rasch – *jetzt nicht darüber nachdenken!* – ging sie zum Kühlschrank und holte eine Flasche Weißwein und ein kaltes Bier heraus. Sie hielt beide Flaschen hoch und blickte Carsten fragend an.

»Gegen ein Glas Wein hätte ich nichts einzuwenden«, sagte der Anwalt, zog einen der mit Kunstfell bezogenen Hocker zu sich heran und setzte sich Anke gegenüber an die Kücheninsel, genau auf den Platz, an den sich früher Jens immer gesetzt hatte.

Anke entkorkte die Flasche, holte aus dem Schrank zwei Gläser und schenkte ein.

Sie nahm einen großen Schluck und seufzte. »Das habe ich jetzt gebraucht.«

Carsten lächelte und trank ebenfalls.

»Meinst du, sie werden mich wegen Diebstahls anklagen?«, fragte Anke, womit sie wieder auf das Treffen mit Max zurückkam.

Carsten zuckte mit den Schultern. »Das ist schwer zu sagen. Entscheidend wird sein, ob die Albrichs den Verlust des Computers zur Anzeige bringen. Aber selbst wenn sie das tun und der Staatsanwalt tatsächlich eine Anklage eröffnet, wird es nicht so schlimm werden.« Er zwinkerte ihr zu. »Schließlich bist du Ersttäterin, oder gibt es irgendwelche Leichen in deiner Vergangenheit, von denen ich als dein Anwalt wissen sollte?«

Anke schüttelte den Kopf. »Die eine Nacht in einer Arrestzelle nach einer Anti-Atomkraft-Demo im Alter von dreiundzwanzig dürfte sich inzwischen wohl nicht mehr negativ auf meine Reputation auswirken. Ansonsten falle ich in letzter Zeit manchmal auf, weil ich bei Grisu, das ist das Ungetüm draußen im Hof, die Blaulichter noch nicht abmontiert habe und trotzdem mit ihm in der Gegend herumfahre. Aber genug von mir. Sprechen wir doch lieber über dich. Welche Leichen hast du im Keller, Herr Anwalt?«

Carstens Gesichtsausdruck verdunkelte sich. »Keine Leiche, und das ist manchmal ein echtes Problem.« Er trank den Rest des Weins in einem Zug.

Anke runzelte die Stirn, denn sie verstand nicht, was er

damit meinte. Was sie jedoch sehr wohl verstand, war, dass sie einen wunden Punkt getroffen hatte.

»Tut mir leid, ich wollte nicht indiskret sein«, sagte sie und schenkte Carsten Wein nach. Zu einer anderen, früheren Zeit, als sie noch als investigative Journalistin unterwegs gewesen war – also vor gefühlten tausend Jahren, bevor der Herausgeber, dieser Scheißkerl, sie von einer Story abgezogen und stattdessen beim Handwerkermagazin kaltgestellt hatte – hätte sie nachgehakt. Doch inzwischen respektierte sie die unsichtbare Linie, die jeder Mensch um sich herum zog, um seine Geheimnisse vor der Welt abzuschotten.

Nach einem Moment unangenehmen Schweigens schaute Carsten ehrlich erstaunt auf: »Du weißt es echt nicht?«

Anke schüttelte den Kopf. »Was soll ich wissen?«

»Googelst du die Leute nicht, mit denen du dich einlässt? Ich dachte, inzwischen tut das jeder.«

»Nein, ich habe keine Ahnung.«

»Na, die Sache wurde groß in den Zeitungen aufgebauscht, und du kannst die Details immer noch ohne große Mühe im Internet finden, also kann ich es dir auch gleich selbst erzählen. Dann bekommst du wenigstens die Wahrheit, also meine Wahrheit, aber die ist objektiver als der reißerische Scheiß, den die Medien daraus gemacht haben.«

Anke zog sich selbst einen Hocker heran und setzte sich. »Du musst mir nichts erzählen.«

»Nein, muss ich nicht, aber ich will es. Vor drei Jahren, ungefähr auf den Tag genau, sind meine Frau und unsere gemeinsame Tochter Inka spurlos verschwunden.«

»Verschwunden?«, wiederholte Anke und merkte, wie die lockere Stimmung, die gerade noch zwischen ihnen geherrscht hatte, schlagartig verflog. Die Leichtigkeit war einer Schwere gewichen, die Anke in Carstens Gegenwart noch nie gespürt hatte.

»Die beiden wollten für ein paar Wochen in unserem

Haus hier auf der Insel Urlaub machen. Inka stand kurz vor ihrem ersten Staatsexamen, und Tabby, sie ist Galeristin, hatte gerade eine ziemlich erfolgreiche Ausstellung beendet. Eigentlich hatte ich sie nach Sylt begleiten wollen, aber mir war wie so oft ein Fall dazwischengekommen. Also sind sie alleine los.«

Carsten starrte an Anke vorbei zum rückwärtigen Fenster hinaus, wo hinter dem Garten und dem angrenzenden Marschland das Meer im Abendlicht zu sehen war.

»Sie sind auch auf der Insel angekommen, das haben die Überwachungskameras am Bahnhof eindeutig belegt, aber dann verliert sich ihre Spur. Unser Haus jedenfalls haben sie nicht betreten.«

»Gott, das tut mir leid«, sagte Anke, weil sie nicht wusste, was sie sonst hätte sagen sollen. »Und die Polizei hat keinen Hinweis auf den Verbleib der beiden gefunden?«

»Nein, nicht einen einzigen. Sie haben weder Inkas alten Toyota, mit dem die beiden unterwegs waren, weil Tabbys Mercedes in der Werkstatt war, noch meine Frau und meine Tochter gefunden. Niemand weiß etwas über ihren Verbleib.« Er trank einen weiteren Schluck Wein.

»Aber Menschen verschwinden doch nicht einfach so«, entgegnete Anke und meinte, sich dunkel an die Berichterstattung über eine verschwundene Frau und deren Tochter, beides Angehörige eines erfolgreichen Strafverteidigers, zu erinnern. Doch da solche Geschichten in erster Linie von der Boulevardpresse aufgegriffen und ausgeschlachtet wurden und im Grunde keinerlei Nachrichtenwert besaßen, zumindest keinen, den Anke für berichtenswert hielt, hatte sie die Sache nicht weiter verfolgt.

»Doch. Leider. Manchmal verschwinden Menschen einfach so. Die Presse hat die Sache natürlich groß rausgebracht, und es gab die wildesten Theorien. Anfangs stand ich im Zentrum der Berichterstattung. Es wurde überlegt, ob ich schuldig bin, ob ich die beiden habe verschwinden lassen, doch da ich ein Alibi und zudem keinerlei Motiv hatte, verlagerten sich die Spekulationen auf Tabby und Inka. Es war eine furchtbare Zeit.«

»Arbeitest du deshalb nicht mehr als Anwalt?«, fragte Anke.

Carsten nickte. »Ich habe meine Partnerschaft in der Kanzlei aufgegeben und bin nach Sylt gezogen. Um …«

»Um deine Familie zu suchen?«, half Anke, nachdem Carsten nicht mehr weiter sprach.

»Anfangs ja. Ich habe sämtliche Schritte der Polizei überwacht und zudem einen Haufen Privatermittler angeheuert, die jeden Stein umgedreht haben, doch alles ohne Erfolg.«

»Aber du bist trotzdem hier geblieben. Warum?«

Nun kehrte sein Blick wieder zu ihr zurück, und er versuchte sich an einem Lächeln, das jedoch den Schmerz in seinen Augen nicht ganz zurückdrängen konnte. »Vielleicht, weil ich geahnt habe, dass jemand wie du mal einen guten Anwalt brauchen könnte. Außerdem habe ich so das Gefühl, meiner Familie doch noch irgendwie nah zu sein, auch wenn ich inzwischen nicht mehr davon ausgehe, dass die beiden noch am Leben sind. Das klingt bescheuert, oder?«

»Nein, das klingt überhaupt nicht bescheuert«, sagte Anke und dachte erneut an Jens und daran, dass sie selbst ja aus ähnlichen Motiven auf der Insel gestrandet war. Mit dem Unterschied, dass sie über Jens' Schicksal Bescheid wusste. Deutlicher, als es ihr in manchen Nächten, wenn die Alpträume kamen, lieb war, aber sie musste zumindest nicht im Ungewissen leben. Bis zum Schluss hatte sie seine Hand gehalten, hatte gespürt, wie das Leben aus ihm wich. Wie er von ihr ging.

Herrgott, Schluss mit dem Trübsal!

Von einem der Kaffeebecher, die noch vom Frühstück auf der Arbeitsplatte standen und darauf warteten, gespült zu werden, schaute Dübel zu ihr herüber. Sie hatte die

Tasse bei einer Online-Druckerei mit einem Foto ihres Hundes bedrucken lassen, und inzwischen wirkte Dübels Fell auf dem Bild eher grau als schwarz – die Teile waren einfach nicht für den häufigen Gebrauch gedacht –, doch noch immer schien der Hund ihr zuzuzwinkern. Sie hatte in dem Moment den Auslöser der Kamera gedrückt, als Dübel nur sein rechtes Auge zugekniffen hatte, was ihn irgendwie verschmitzt aussehen ließ und stets dazu beitrug, Ankes trübe Stimmungen zu vertreiben.

Du bist einfach der Beste, und ich bin froh, wenn du wieder zu Hause …, ging es ihr durch den Kopf, doch mitten in der Überlegung brach sie ab. Ein anderer Gedanke war ihr in den Sinn gekommen, einer, der nichts mit Dübel, Jens oder Carstens trauriger Geschichte zu tun hatte. Etwas brodelte knapp unter der Oberfläche ihres Bewusstseins. In ihr stieg eine Erinnerung auf. Eine Erinnerung an etwas, was sie gesehen hatte, doch sie bekam das Bild nicht zu fassen.

Sie zermarterte sich das Hirn.

Und dann fiel es ihr ein.

Kapitel 33

Jannik stand vor dem in die Jahre gekommenen Backsteinhaus und drückte, ohne zu zögern, den Klingelknopf, denn er wusste, er würde den Schwanz einziehen, sollte er lange über die Konsequenzen nachdenken.

Von drinnen hörte er das Rasseln einer altmodischen Klingel, wenig später ging das Licht im Flur an, und die verschwommene Silhouette einer Frau wurde durch das satinierte Glas der Eingangstür sichtbar.

»Ja, bitte?«, fragte Frau Albrich, nachdem sie die Tür einen Spaltbreit geöffnet hatte. Im Gegenlicht der untergehenden Sonne schien sie Jannik nicht wiederzuerkennen.

»Guten Abend, Frau Albrich. Meine Kollegin und ich waren vor ein paar Tagen schon einmal bei Ihnen. Wegen der Opferhilfe.« Er machte eine Pause, weil er hoffte, dass sie sich erinnerte, und tatsächlich fiel nach einem Moment des Nachdenkens bei ihr der Groschen.

Die Tür öffnete sich.

Janniks Bedenken, Frau Albrich habe den Verlust von Lisas Laptop bemerkt und ahnte, wer ihn entwendet hatte, zerstreuten sich. Anstatt ihm die Nase vor der Tür zuzuschlagen und die Polizei zu alarmieren, sagte sie: »Ach, Sie sind das.« Kritisch musterte sie Janniks Aufzug.

Bei seinem letzten Besuch hatte er auf Ankes Anraten hin wenigstens halbwegs seriöse Sachen angehabt – ein schlichtes Hemd zu gebügelten Chinos und Lederschuhen –, heute trug er Baggy-Pants, ein übergroßes T-Shirt und ausgelatschte Osiris. Nicht gerade das Outfit eines

Büromenschen, aber ihm hatte die Zeit gefehlt, sich umzuziehen. Noch am *OceanView* war er in einen Bus der Linie 1 gestiegen und direkt nach List gefahren.

»Äh, ja, ich bin das«, antwortete Jannik und kam sich vollkommen dämlich vor.

Was machte er hier?

»Und was wollen Sie um diese Zeit an einem Samstagabend von uns?« Lisas Mutter klang abweisend, nicht so, als würde sie Jannik ins Haus bitten. »Wir haben noch nichts von Ihrer Stiftung gehört.«

»Genau darum geht es, deshalb bin ich hier«, sagte Jannik. »Es haben sich noch einige Fragen ergeben, und es hat mir einfach keine Ruhe gelassen. Vielleicht können wir drinnen darüber sprechen?«

»Und das kann nicht bis Montag warten?«

»Es wäre mir lieber, wenn wir das jetzt klären könnten. Wie gesagt, es brennt mir ein wenig unter den Nägeln. Ich habe neulich einige Ihrer Angaben nicht richtig im System hinterlegt, und jetzt sind sie weg.« Verschwörerisch senkte er die Stimme. »Es wäre toll, wenn meine Chefin nichts davon erfahren würde, sonst macht sie mir die Hölle heiß.«

Offenbar überzeugte das Frau Albrich, jedenfalls trat sie zur Seite und machte den Weg frei.

Jannik folgte ihr durch den Flur, der mit eingeschalteter Deckenlampe zwar nicht so düster wie am Tag, aber immer noch alles andere als einladend aussah.

»Bitte«, sagte sie, als sie in dem stickigen Wohnzimmer angelangten, und wies auf einen der für den engen Raum viel zu überdimensionierten Polstersessel.

Mit etwas Mühe rückte Jannik das Monstrum vom Couchtisch weg und setzte sich.

Auf dem Tisch am Sofa standen eine Schüssel mit Chips, zwei Flaschen Wasser und allerhand Fläschchen mit Medikamenten. Ein Apfel ruhte unangetastet auf einem Unterteller, eine TV-Zeitschrift lag – das heutige Programm aufgeschlagen – neben der Fernbedienung, und wie schon bei Janniks letztem Besuch lief der Fernseher.

Von dem kranken Ehemann, der mit seinen eingefallenen Wangen, der gelblichen Gesichtsfarbe und der Sauerstoffflasche wie ein Greis ausgesehen hatte, fehlte jede Spur. Wahrscheinlich war er schon ins Bett gegangen.

»Kann ich Ihnen etwas zu trinken anbieten?«, fragte Frau Albrich.

Jannik schüttelte den Kopf. »Nein, danke. Es geht auch ganz schnell. Wie gesagt, einige Ihrer Angaben sind nicht richtig abgespeichert worden, aber mir sind auch einige Unstimmigkeiten aufgefallen.«

Frau Albrich stellte den Fernseher ab, ihr Gesicht verfinsterte sich. »Was für Unstimmigkeiten?«

»Sie sagten, Sie hätten Ihre Tochter seit Jahren nicht mehr gesehen. Der Kontakt zu Lisa sei abgebrochen. Aber ich denke, diese Information ist nicht richtig.«

»Wie bitte? Was unterstellen Sie mir, und was zum Teufel tut das überhaupt zur Sache?« Frau Albrichs sonst so müdes Gesicht strahlte plötzlich eine Härte aus, die Jannik zurückschrecken ließ. Diese Frau hatte viel in ihrem Leben mitgemacht, das sah man deutlich, doch anstatt an den Problemen zu zerbrechen, wie viele es getan hätten, hatte sie gelernt, sich jeder neuen Herausforderung kämpferisch zu stellen. Jannik konnte sich vorstellen, wie schwer es für Lisa gewesen sein musste, in einer solchen Umgebung aufzuwachsen.

Der Vater (krank, hilfsbedürftig und zu keinen eigenen Entscheidungen fähig), war ihr sicher keine Stütze gewesen, als es ihr auf Sylt und in ihrem gesamten Leben zu eng geworden war. Lisa, das wusste Jannik, hatte sich nach Freiheit gesehnt. Sie hatte es sattgehabt, in so einer Bruchbude, dazu noch auf dieser Insel vor sich hinzuvegetieren.

So langsam verstand er, weshalb sie abgehauen war. Besonders jetzt, da er mit der Mutter im ungelüfteten Wohnzimmer saß, die gestickten Deckchen auf den Sofalehnen betrachtete und sich selbst weit weg wünschte.

Eigentlich hätte ihm Frau Albrich leidtun sollen. Sie

hatte nicht nur ihren Mann zu pflegen, sie musste auch zusehen, wie sie über die Runden kamen. Die finanzielle Lage der Albrichs dürfte jedenfalls ausgesprochen angespannt sein, dafür sprach der schlechte Zustand des Hauses und Frau Albrichs Hoffnung, der Tod der Tochter möge wenigstens ein paar Euro Entschädigung in die Haushaltskasse spülen. Doch obwohl Jannik im Allgemeinen ziemlich gut mit Menschen auskam (eine nicht unwichtige Eigenschaft in seinem Job), fröstelte er in Gegenwart dieser Frau und brachte kaum ein Wort heraus.

Reiß dich zusammen, ermahnte er sich und spannte die Schultern an. Wenn er Antworten auf seine Fragen wollte, dann musste er aufhören, sich so anzustellen.

»Unseren Recherchen zufolge hat Lisa in letzter Zeit wieder bei Ihnen gewohnt, ist das korrekt?«, fragte er vorsichtig.

»Gewohnt?«, wiederholte Frau Albrich. »Sie hat nicht bei uns gewohnt, sie hat ein paar Mal hier übernachtet, das ist was anderes. Oben in ihrem alten Zimmer. Aber nochmal, weshalb interessiert Sie das überhaupt? Ihre Kollegin hat versichert, unser Verhältnis zu Lisa ist für die Auszahlung des Geldes unerheblich.«

So langsam gingen Jannik nicht nur die Argumente aus, er fühlte sich auch zunehmend beschissen. Der Frau die Lüge von der Opferhilfe weiter aufzutischen, kam ihm herzlos vor, deshalb beschloss er, mit der Wahrheit herausrücken.

»Es tut mir leid, Ihnen das sagen zu müssen, aber es gibt keine Stiftung, die Hinterbliebenen von Gewaltopfern finanziell unter die Arme greift. Beziehungsweise vielleicht gibt es so etwas schon, aber ich arbeite nicht für eine solche Organisation. Ich bin Koch und betreibe eine Fischbude an der Promenade. Mein Name ist Jannik Kalkhoff, und ich kannte Lisa. Und ihren Freund Tim.«

Frau Albrich erstarrte.

»Weshalb haben Sie uns und der Polizei gegenüber nicht erwähnt, dass Lisa hier war?«, hakte Jannik schnell nach.

»Raus«, sagte Frau Albrich, im Moment noch gefährlich leise, aber an der Rotfärbung ihrer fahlen Wangen erkannte Jannik, dass sie kurz davorstand, loszubrüllen.

Herzlichen Glückwunsch, das hatte er ja verdammt gut hinbekommen. Vorbildliche investigative Ermittlungen sahen anders aus.

»Verlassen Sie sofort mein Haus«, stieß die Frau aus und stand vom Sofa auf.

Jannik erhob sich ebenfalls, aber anstatt der Aufforderung nachzukommen, wagte er einen letzten Versuch. »Sie haben Lisa an jenem Nachmittag mit dem Auto zum *OceanView* gefahren. Doch auch diese Tatsache haben Sie niemandem gegenüber erwähnt. Warum nicht? Was haben Sie zu verbergen?«

Die Reaktion der Frau hätte nicht eindeutiger ausfallen können. Erschrecken lag auf ihrem Gesicht. Kurz wirkte sie verunsichert, doch sofort übernahm die alte Frau Albrich, die selbstbeherrschte Kämpferin, wieder die Führung. »Ich habe gar nichts zu verbergen! Lisa hat hier übernachtet, und sie hat mich gebeten, sie nach Westerland zu fahren. Na und? Ich habe sie am *OceanView* abgesetzt und bin zurück nach Hause. Das ist alles. Und das ist kein Verbrechen. Und jetzt verschwinden Sie. Raus hier!« Den letzten Teil brüllte sie.

»Das ist nicht alles«, bohrte Jannik nach. Er durfte jetzt nicht locker lassen, denn ihm war klar, dass Frau Albrich nicht die ganze Wahrheit sagte. »Jemand«, dieser jemand war Cherry gewesen, aber das erwähnte er nicht, »hat gesehen, wie Sie, nachdem Sie Lisa abgesetzt haben, Ihr Auto hinter dem *OceanView* auf einem der Mitarbeiterparkplätze abgestellt haben und ebenfalls ausgestiegen sind. Kommen Sie, sagen Sie mir, was passiert ist.«

Jetzt habe ich sie, dachte Jannik, denn Frau Albrich riss erstaunt die Augen auf, doch dabei sah sie nicht ihn, sondern einen Punkt schräg über ihm an, was Jannik stutzen ließ.

Er überlegte, was die Frau so aus der Spur brachte, als sich unvermittelt ein dünner Plastikschlauch um seinen Hals legte und ihm die Luft abschnürte.

Sofort begann sein Herz zu rasen. Reflexartig griff er nach dem Schlauch, doch er bekam keinen Finger unter das dünne Plastik.

Herr Albrich, der Ehemann, stand hinter Jannik und zog ihn mit einer solchen Kraft zurück, die Jannik dem ausgemergelten Mann niemals zugetraut hätte. Janniks Kniekehlen stießen gegen den Sessel, und er fiel zurück in das durchgesessene Polster. Diese Position, sitzend in einem Möbelstück, das seine besten Tage zwar hinter sich hatte, aber weiterhin ausgesprochen massiv war, machte Gegenwehr kaum möglich.

Panik ergriff ihn, während seine Lunge nach Sauerstoff gierte.

Kapitel 34

»Was soll ich mit ihm machen?«, hörte Jannik die rasselnde Stimme von Herrn Albrich hinter sich, während der Mann den Schlauch seiner Sauerstoffflasche immer enger um Janniks Hals zog.

»Volker, hör auf! Du bringst ihn noch um«, rief seine Frau.

»Aber er weiß zu viel!«

Jannik strampelte mit den Füßen. Die Hände weiter am Hals, versuchte er hochzukommen. Als das misslang, stieß er die Fersen in den Teppichboden und stemmte sich nach hinten in der Hoffnung, der schwere Sessel möge kippen und den Mann aus dem Gleichgewicht bringen, doch das verdammte Ding bewegte sich kaum auf dem Teppichboden.

Janniks Lungen brannten, und er hatte das Gefühl, als quöllen ihm die Augen aus den Höhlen.

»Volker, es ist vorbei«, rief Frau Albrich. »Wenn er es weiß, dann weiß es auch die Polizei. Mach die ganze Sache nicht noch schlimmer!«

Der Plastikschlauch um Janniks Hals lockerte sich.

Sofort schlang Jannik seine Finger darunter, und er riss ihn sich über den Kopf.

Keuchend sog er Luft ein, wobei sein Atem beinahe so rasselnd klang wie der von Volker Albrich.

»Fuck!«, krächzte Jannik und schaute über seine Schulter.

In seinen Jogginghosen und dem verwaschenen *Metallica*-Hoodie, der an seinem Körper wie ein übergroßer Sack herunterhing, sah Volker Albrich erbärmlich aus. In einer Hand hielt er den Plastikschlauch, in der anderen ein Schälmesser. Der Wagen mit der Sauerstoffflasche stand neben ihm. Vermutlich hatte er vor Janniks überraschendem Auftauchen gerade den Apfel essen wollen, der auf dem Unterteller auf dem Couchtisch lag, und war in die Küche gegangen, um sich ein Messer zu holen.

Jannik wollte aufspringen, aber Volker Albrich war schneller.

Bevor Jannik sich außer Reichweite des Mannes bringen konnte, drückte dieser ihm die Klinge des Schälmessers an den Hals. Volker Albrichs Atem ging schnell, seine Hand zitterte.

»Sitzen bleiben«, keuchte er.

»Scheiße, Sie können doch nicht …«, begann Jannik, im nächsten Moment spürte er, wie ihm eine warme Flüssigkeit den Hals entlang und unter den Ausschnitt seines T-Shirts lief.

Blut.

»Schnauze halten. Ich muss nachdenken.« Volker Albrich klang gestresst. Aber auch wie ein Mann, der nichts mehr zu verlieren hatte. »Bis jetzt hat die Polizei nicht die geringste Ahnung, denn andernfalls hätte der Grünschnabel die Bullen mitgebracht«, sagte er zu seiner Frau.

»Aber das ist doch totaler Irrsinn«, schaltete Jannik sich ein. Er begann zu schwitzen. »Ihre Frau hat recht! Wenn ich herausgefunden habe, dass sie zusammen mit Lisa am *OceanView* war, wird die Polizei das auch in Erfahrung bringen. Aus dieser Geschichte kommen Sie so einfach nicht mehr raus. Was ist überhaupt passiert?«

»Ich habe Lisa …«, begann Frau Albrich, dann stockte sie und setzte neu an. »Ich wollte es nicht.«

»Sei ruhig, kein weiteres Wort mehr!«, rief Volker Albrich.

»Sie haben Ihre Tochter umgebracht?«, fragte Jannik.

Ein schwaches Nicken war alles, was die Frau zustande

brachte.

»Aber wie … warum?«

Frau Albrich ließ sich aufs Sofa fallen, und es war, als saugte ihr jemand alle Luft aus dem Körper. »Ich wollte es nicht«, wiederholte sie. »Seit Lisa bei uns wohnte, haben wir uns so gut verstanden wie seit Jahren nicht mehr. Vielleicht so gut wie noch nie.«

Jannik überlegte fieberhaft, wie er dieser Situation entkommen konnte, doch ihm fehlte jeder Ansatz einer Strategie. In einem Film hätte der Held nach dem dürren Arm des Mannes gegriffen und ihm das Messer, dieses kleine Schälmesser, das aber eine verdammt scharfe Klinge hatte, mit einem gezielten Handkantenschlag entwunden. Doch die Realität gestaltete sich anders, gravierend anders. Trotz des desolaten Zustands, in dem sich der Mann befand, oder gerade deswegen, schien er über sich hinaus zu wachsen. Mit der letzten Kraft eines Sterbenden versuchte er, seine Frau zu beschützen. Zudem verfügte Jannik über keinerlei Erfahrung im Entwaffnen eines Gegners, daher wusste er nicht, wie er Volker Albrich davon abhalten sollte, ihm die Halsschlagader aufzuschlitzen. Also machte er das Einzige, was er außer Kochen konnte: reden.

»Sie haben Lisa in all den Jahren, in denen sie nicht mehr bei Ihnen wohnte, vermisst. Deshalb haben Sie ihr Zimmer auch nicht anderweitig genutzt, nachdem sie ausgezogen war. Sie haben es so gelassen, wie es war, weil Sie hofften, Lisa würde es sich anders überlegen und zurückkommen. Und dann war sie ein paar Tage vor ihrem Tod tatsächlich wieder da.«

Erneutes Nicken.

»Die Schwangerschaft hat Lisa verändert«, sagte Frau Albrich. »Nie zuvor haben wir sie so ausgeglichen, fast schon euphorisch erlebt, das stimmt doch, Volker?«

»Sei endlich still«, entgegnete ihr Mann. Es sollte energisch klingen, aber Jannik vernahm deutlich das Zittern in der Stimme. Ihm ging der Tod der Tochter nah.

Frau Albrich hörte nicht auf ihren Mann. Jetzt, da sie einmal zu sprechen angefangen hatte, konnte sie nicht mehr aufhören. Vermutlich wollte sie dem allem ein Ende setzen.

»Lisa hatte ihre schwierigen Phasen, natürlich, welcher Teenager in der Pubertät hat die nicht?«, sagte sie. »Aber im Grunde war sie immer eine gute Tochter.«

Jannik erwiderte nichts darauf, denn für ihn klang es, als würde Frau Albrich sich damit selbst belügen. Stattdessen kam er zurück auf das eigentliche Thema und versuchte, sich dabei so wenig wie möglich zu bewegen. Mit einem Messer am Hals sprach es sich nicht gut. »Aber an dem Tag, als Sie Lisa ins *OceanView* gefahren haben, kam es doch wieder zum Streit«, mutmaßte er.

»Anfangs haben wir uns gut unterhalten. Lisa wollte wissen, wie es mir damals während der Schwangerschaft ging, ob mir oft übel gewesen war oder ich sonst irgendwelche Probleme gehabt hatte. Ein ganz normales Gespräch zwischen Mutter und Tochter. Aber dann ist es irgendwie gekippt.«

Nun sprach sie eher zu ihrem Mann als zu Jannik. Womöglich hatten sich die beiden bislang nie wirklich über das unterhalten, was an jenem Tag im *OceanView* geschehen war.

»Dabei habe ich ihr nur helfen wollen«, fuhr Frau Albrich gedankenverloren fort.

»Helfen? Wobei denn?«, fragte Jannik.

»Lisa war doch ganz auf sich allein gestellt, schließlich hatte sie sich gerade erst von ihrem Freund getrennt und lebte irgendwo mutterseelenallein auf dem Festland. Da habe ich ihr angeboten, wieder ganz bei uns einzuziehen. Wir hätten das Obergeschoss zu einer Wohnung ausbauen können, mit Küche und allem drum und dran. Doch Lisa wollte nichts davon wissen, sie ist vollkommen ausgerastet. Von einem Moment auf den anderen. Wahrscheinlich doch die Hormone. Sie hat mir üble Sachen an den Kopf geworfen. Ich hätte mich kein bisschen geändert; ich wolle mich wieder in ihr Leben drängen und sie kontrollieren, aber das würde sie niemals zulassen. Solche Dinge. Als wir am *OceanView* ankamen, war ich mit den Nerven total runter. Lisa hat mich angeschnauzt, ich soll bis ganz nach hinten fahren, weg vom Haupteingang, damit niemand sieht, wie sie aus unserer Schrottlaube steigt. Da habe ich die Nerven verloren. Es tut mir leid, Volker, ich hätte das nicht tun dürfen, aber sie hat mich so provoziert, dass mir die Hand ausgerutscht ist.«

Nun begann das Messer an Janniks Hals doch wieder zu zittern, worauf er sich tiefer in das Polster drückte.

»Du hast Lisa geschlagen?«, fragte Herr Albrich.

»Es war ein Reflex. Lisa ist dann ohne ein weiteres Wort aus dem Auto raus, hat die Tür hinter sich zugeknallt und ist verschwunden. Ich bin im Wagen sitzen geblieben und wusste nicht, wohin mit meinen Gefühlen. Dieses Mal hatte ich alles richtig machen wollen, und trotzdem waren wir wieder an dem alten Punkt angelangt. Nichts hatte sich geändert.«

Jannik kam Lisas Zimmer im ersten Stock in den Sinn. Seit dem Auszug der Tochter hatten die Albrichs es gelassen, wie es gewesen war, ganz so, als würde Lisa eines Tages zurückkehren und dort weitermachen, wo sie aufgehört hatte. Jannik fragte sich, wie die Eltern auf diese abstruse Idee hatten kommen können, aber die Hoffnung starb bekanntlich zuletzt. Und für eine kurze Weile, als Lisa tatsächlich wieder bei ihnen eingezogen war, muss es für die beiden auch wirklich so ausgesehen haben, als erfülle sich ihr Wunsch.

»Sie sind dann Ihrer Tochter ins *OceanView* gefolgt«, sagte Jannik und begriff plötzlich, weshalb Lisas Mutter beim Betreten des Aquariums von keiner der Überwachungskameras erfasst worden war. Sie hatte denselben Weg hinein genommen, wie er vor ein paar Tagen, als er Cherry gefolgt war. »Sie haben nicht den Vordereingang benutzt, sondern sind hinten rein.«

Frau Albrich nickte erneut. »Ich wollte noch einmal mit

Lisa sprechen, doch ich hatte mein Geld zu Hause liegen gelassen. Aber auch sonst hätte ich zwanzig Euro für den Eintritt nicht ausgegeben, Gott bewahre, schließlich wollte ich nur ein paar Worte mit meiner Tochter wechseln. Von dem Platz aus, an dem das Auto stand, entdeckte ich zwei Angestellte, die neben den Müllcontainern standen und rauchten. Ich beobachtete sie eine Weile und hatte Glück. Als sie wieder reingingen, zogen sie die Tür nicht richtig hinter sich zu; sie stand einen Spaltbreit offen. Also bin ich ihnen nach. Wenn mich jemand erwischt hätte, dann hätte ich vorgegeben, auf der Suche nach Cherry zu sein. Die arbeitet im *OceanView,* mit ihr wollte sich Lisa treffen, aber meine Befürchtungen waren unbegründet. Ich bin lediglich einem jungen Mann begegnet, und der hat mich gar nicht beachtet, sondern ist an mir vorbei ins Freie gestürmt.«

Das musste Tim gewesen sein, der nach seiner Auseinandersetzung mit Lisa abgehauen war, dachte Jannik, und sein ohnehin aufgeregt schlagendes Herz legte noch einen Gang zu, doch er zwang sich, nicht mehr an seinen besten Freund zu denken. Wenn er hier unbeschadet raus wollte, musste er fokussiert bleiben. Also konzentrierte er sich wieder auf Frau Albrich. Vor seinem geistigen Auge sah er sie auf der Suche nach einem Zugang in den vorderen, für Besucher vorgesehenen Teil des Aquariums durch den nüchternen Gang streifen und eine Tür nach der anderen öffnen.

»Sie müssen ziemlich erstaunt gewesen sein, als sie Lisa in einem der Technikräume begegneten, die eigentlich nur für Angestellte zugänglich sind«, sagte Jannik.

»Ja, ich war total perplex, aber Lisa war auch überrascht. Ich wollte mich bei ihr entschuldigen, doch so weit kam ich gar nicht. Sie ist sofort wieder auf mich los. Hat mich beschimpft, mir gesagt, ich soll abhauen und mich endgültig aus ihrem Leben raushalten. Ich habe sie angefleht, nicht wieder ohne ein Wort zu verschwinden, wie sie es vor acht Jahren getan hatte, schließlich würde sie bald Mutter und wir Großeltern werden. Daraufhin hat sie erneut gelacht – sie konnte so bösartig, so von oben herab und verletzend lachen – und gemeint, wir würden das Kind nie zu Gesicht bekommen. Dann war es plötzlich, als stünde ich neben mir, als betrachte ich die Szene, die sich dann abspielte, von außen. Ich sah, wie meine Hand etwas Glänzendes, Metallisches, irgendein Ding umklammerte, das dort herumstand. Volker, du musst mir glauben, dass ich das nicht wollte. Bitte! Du kennst Lisa. Sie konnte leider echt abscheulich sein. Sie machte wieder ihren Mund auf, aber bevor noch einmal etwas Verletzendes herauskommen konnte, schlug ich zu. Ich wollte ihre Schulter treffen, nur ganz sacht, wollte nur, dass sie aufhört, aber ich muss ihren Kopf erwischt haben. Blut floss aus einer Wunde an der Stirn, so viel Blut. Sie taumelte rückwärts, hielt sich an dem Geländer der kleinen Treppe fest, das zu einem der Becken führte, und schaute mich voller Entsetzen und Abscheu an. Ich habe den Pfosten sofort weggelegt, habe stattdessen beide Hände ausgestreckt und bin langsam auf sie zugegangen. Doch sie stieg rückwärts die Stufen hinauf, ohne mich aus den Augen zu lassen. Dann hörte ich ein Geräusch, wahrscheinlich war es nur ein Gurgeln in einem der Tanks oder etwas in der Art, aber ich habe es mit der Angst zu tun bekommen und bin weg.« Frau Albrich schluckte schwer. »Ich hätte bei ihr bleiben müssen, dann wäre sie nicht in das Becken gefallen und ertrunken. Ich wollte das nicht. Es war ein Unfall.«

Für einen Moment sagte niemand etwas, und es war so still im Zimmer, dass Jannik das Ticken der Wanduhr auffiel.

Dann zerriss das Rasseln der Türglocke die Stille.

Kapitel 35

Dieses Mal stellte Anke ihr Fahrrad nicht vor der Apotheke ab, sondern kettete es an eine Laterne vor dem *Malz & Milch*. Rasch wuschelte sie sich durch ihre von der Fahrt zerzausten Haare und betrat die eigentümliche Mischung aus Café und Pub. An diesem Samstagabend waren die meisten Tische auf der im Stil eines englischen Pubs eingerichteten Seite und sogar noch einige auf dem in bunten Pastelltönen gehaltenen Café-Bereich belegt.

Nachdem Carsten vorhin gegangen war, wäre Anke liebend gern mit einem Buch ins Bett verschwunden, denn der Tag war lang gewesen, doch etwas nagte an ihr, und sie wusste, sie würde nicht einschlafen können, bevor sie sich nicht um dieses Problem gekümmert hatte.

Ein Gewirr aus Stimmen und Gelächter erfüllte das *Malz & Milch*, das von dem *New Model Army*-Song *Vagabonds* untermalt wurde, einer Nummer, die Anke damals, in der grauen Vorzeit der Neunziger, ziemlich gemocht hatte.

Kellner, um diese Uhrzeit alle bekleidet mit schwarzen T-Shirts, auf denen das weiße Konterfei des Besitzers Enno prangte, trugen Tabletts mit Biergläsern zu den Gästen. Anke schlängelte sich an ihnen und den Tischen vorbei in den hinteren Teil des Ladens, wo sich die Bar befand. Dabei hielt sie nach Enno Ausschau, doch sie konnte ihn nirgends ausmachen. An seiner Stelle kümmerte sich ein Hipster mit gezwirbeltem Oberlippenbart und Tunneln in den Ohrläppchen um die Getränke.

Anke hielt auf den jungen Kerl zu, als jemand ihren Namen rief. »Anke Fischer? Mensch, das ist ja ein Zufall.«

Irritiert drehte sich Anke um und entdeckte Dr. Neth, den Mannschaftsarzt der *Sylter Nixen*, zu dem sie vor ein paar Tagen Gesche mit ihrem lädierten Knöchel gebracht hatte. Er saß vor einem Pint Bier an der Bar und winkte in ihre Richtung. Anke lächelte dem gutaussehenden Doktor zu, doch als sie die dunkelhaarige Frau neben ihm bemerkte, die einen Weißwein trank und eine perfekte Figur mit Rundungen an den richtigen Stellen aufwies, verrutschte ihr Lächeln ein wenig. Mit einem Mal fühlte sie sich furchtbar dick.

Am liebsten hätte sie nur genickt und sich dann ans andere Ende der Theke, ganz nach hinten in den Schatten, verzogen, wo die Punktstrahler nicht ganz so erbarmungslos die Rollen und Polster unter ihrem T-Shirt und der alten Jeans ausleuchteten, doch sie wollte nicht unhöflich sein. Daher steuerte sie auf die beiden zu.

»Dr. Neth, wie schön. Was machen Sie denn hier?«, flötete sie viel zu laut und hätte sich im gleichen Moment am liebsten selbst geohrfeigt.

Dr. Neth, wie schön.

Geht's noch?

Da hätte sie ihm auch gleich ein *Das hat mir gerade noch gefehlt* an den Kopf werfen können. Und dann die überaus geistreiche Frage nach dem Grund seines Besuchs in einem Pub.

»Willkommen in unserer Quizshow, liebe Anke, bei der es zu klären gilt, was dieser gutaussehende Mann und diese schöne Frau an einem Samstagabend im schummrigen Licht einer Bar wohl gerade anstellen. Hier kommen die Antwortmöglichkeiten.«

Trommelwirbel.

»Eins: Sie stricken gemeinsam an einer Patchworkdecke. Zwei: Sie sammeln Unterschriften für eine Petition. Oder drei: Sie haben ein Date. So, liebe Anke, traust du dir zu, die Antwort selbst zu geben, oder möchtest du das Publikum befragen?«

Sie musste zusehen, dass sie wieder öfter unter Leute

kam, so langsam verlor sie jegliche Sozialkompetenz.

Der Arzt schien Ankes unbeholfene Art nicht zu bemerken, oder er war zu höflich, um sich etwas anmerken zu lassen. »Meine Schwester ist zu Besuch auf der Insel, und ich zeige ihr die neuesten Attraktionen«, sagte er und legte der Frau, die ihm ziemlich ähnlich sah – *sie ist seine Schwester! Na, darauf hättest du auch selbst kommen können* – eine Hand in den Rücken.

Anke atmete hörbar aus.

»Eiske Gunnarsson«, stellte die Frau sich vor und gab Anke die Hand. Sie hatte den festen Händedruck einer Frau, die zupacken konnte und sich nicht hinter ihrem guten Aussehen versteckte. »Es wurde langsam Zeit, wieder mal nach Broder zu schauen und ihn aus seiner Praxis zu schleifen. Er kennt ja nichts anderes mehr als seine Arbeit«, sagte sie und lächelte ihren Bruder mit einer solchen Wärme an, dass es Anke einen Stich versetzte.

Es hatte eine Zeit gegeben, als sie und ihre jüngere Schwester Kirsten ein ähnlich gutes Verhältnis gehabt hatten, doch dann war etwas passiert, das alles zwischen ihnen verändert hatte. Inzwischen beschränkte sich ihr Kontakt auf sporadische, belanglose Nachrichten über WhatsApp und eine Karte zu Weihnachten. Nicht mal zu Jens' Beerdigung war Kirsten erschienen, was Anke sehr verletzt hatte, rückblickend betrachtet vielleicht aber ganz gut gewesen war. Anke hatte sich in einer emotionalen Ausnahmesituation befunden, in der sie womöglich auch das letzte dünne Band zu Kirsten gekappt hätte, ohne es wirklich zu wollen, einfach nur, weil sie in ihrer Hilflosigkeit und Trauer ein Ventil für ihre Wut gebraucht hätte.

»Anke Fischer«, stellte Anke sich der Schwester von Dr. Neth vor.

»Kommen Sie, setzen Sie sich doch zu uns«, schlug der Arzt vor und wies auf den leeren Barhocker neben sich.

»Oh, nein, vielen Dank«, wiegelte Anke rasch ab. »Ich will Sie nicht stören.«

»Aber Sie stören doch nicht«, versicherte ihr Eiske Gunnarsson und machte ebenfalls eine einladende Geste. »Broder und ich drehen uns im Kreis und landen immer wieder bei den gleichen Themen. Ständig geht es um seine Praxis und meine Scheidung. Es wäre schön, mal etwas anderes zu hören.«

Also setzte Anke sich. Eigentlich hatte sie nach dem Wein, den sie mit Carsten getrunken hatte, keinen Alkohol mehr gewollt, ließ sich nun aber doch zu einem weiteren Glas Weißwein überreden. Was sprach schon dagegen? Schließlich war es Samstag, und das, was sie eigentlich ins *Malz & Milch* geführt hatte, konnte auch später noch erledigt werden.

Bereits nach dem ersten Anstoßen gingen Anke und die Geschwister zum Du über. Gemeinsam amüsierten sie sich über die doch sehr norddeutschen Vornamen, Broder und Eiske, für die sich die Eltern der beiden entschieden hatten. Anke erfuhr, dass Broder bereits seit beinahe zehn Jahren geschieden war und Eiske kurz vor der Trennung stand. Im Moment lebte und arbeitete sie noch in Stockholm, wollte aber, sobald der Papierkram erledigt war, nach Deutschland ziehen.

»Möglicherweise sogar auf die Insel, zumindest für den Anfang, bis ich weiß, wie es in meinem Leben weitergehen soll«, sagte sie und wirkte dabei so verloren, wie Anke sich bei ihrem Neuanfang auf Sylt gefühlt hatte.

Gerade wollte Anke ihr Mut machen und sie darin bestätigen, den Schritt zu wagen, da die Abgeschiedenheit der Insel, selbst wenn Urlauber sie überfluteten, dabei half, zurück zu den wirklich wesentlichen Dingen des Lebens zu finden, als das Schrillen ihres Handys sie unterbrach.

»Tut mir leid«, sagte Anke. Fahrig fummelte sie das Telefon aus ihrer Hosentasche und schaute aufs Display. Die angezeigte Mobilfunknummer kannte sie nicht. »Entschuldigt mich bitte.« Sie stand auf und ging nun doch zu dem etwas abseits gelegenen Teil der Bar, an den sie sich hatte flüchten wollen. Jetzt war sie froh darüber, es nicht getan zu haben.

»Ja bitte?«, nahm sie den Anruf an.

Es war Max Ziegler, und er rief in seiner Funktion als Oberkommissar an.

»Es tut mir leid, es geht um Jannik Kalkhoff«, begann er, und Anke hatte plötzlich das Gefühl, als verlöre sie den Boden unter den Füßen.

Kapitel 36

Jannik saß in dem offenen Krankenwagen auf der Trage und ließ die Beine baumeln, während der Sanitäter die Wunde an seinem Hals mit einem sterilen Tuch und ein paar Spritzern einer antiseptischen Lösung säuberte.

»Die Klinge hat die Haut nur geritzt«, meinte der Sanitäter, der ungefähr in Janniks Alter war. »Das heilt auch, ohne dass es genäht werden muss, denke ich. Aber das letzte Wort hat der Doc, er wird noch einen Blick darauf werfen, wenn er drinnen fertig ist.« Er nickte in Richtung des Backsteinhauses der Albrichs, in dem der diensthabende Notarzt mit dem zweiten Sanitäter verschwunden war. Der Arzt schaute nach Volker Albrich, denn nachdem es vorhin erst an der Haustür geklingelt und dann jemand von draußen *Polizei, machen Sie auf!* gerufen hatte, hatte Volker Albrich von Jannik abgelassen und anschließend einen Kreislaufzusammenbruch erlitten. Er brauchte die Dienste des Notarztes definitiv dringender als Jannik.

»Du hast verdammtes Glück gehabt«, meinte Max Ziegler. Der Oberkommissar stand in der offenen Tür und blickte zu Jannik und dem Sanitäter hoch.

Hinter ihm befanden sich ein Streifenwagen mit eingeschaltetem Blaulicht sowie das Zivilfahrzeug, mit dem Max gekommen war. Eine Beamtin in Uniform, die Jannik bei seinem Besuch auf der Polizeiwache zwar gesehen hatte, deren Namen er aber nicht kannte, sorgte dafür, dass die neugierigen Nachbarn, die von den Martinshörnern aufgeschreckt aus ihren Häusern gekommen waren, auf Abstand blieben.

»Ich schätze, ich muss mich bei dir bedanken«, sagte Jannik zu Max. »Wer weiß, was passiert wäre, wenn du nicht aufgetaucht wärst. Was hat dich um diese Zeit überhaupt nach List verschlagen?«

Max verzog das Gesicht. »Du und deine neue Mitbewohnerin, ihr habt euch ganz schön in die Scheiße geritten. Was habt ihr euch dabei gedacht, unsere Arbeit zu übernehmen? Haltet ihr einen Mordfall für eine Lappalie?« Er lachte humorlos auf. »Anke Fischer hat mir heute Abend gebeichtet, dass ihr bei den Albrichs auf Lisas Sachen gestoßen seid. Da dachte ich mir, es könnte nicht schaden, mal ein ernstes Wörtchen mit den beiden zu wechseln. Also bin ich los und genau im richtigen Moment aufgetaucht, wie mir scheint.«

Während der Sanitäter einen Wundverband aus einem der Schränke holte, kratzte Jannik sich am Kopf. »Sorry, echt, Mann. Aber wer hätte denn ahnen können, dass Volker Albrich so reagiert? Lisas Vater kann sich doch kaum auf den Beinen halten.«

Der Sanitäter legte den Verband auf die schmale Arbeitsfläche, dann zog er seine Handschuhe aus und holte eine Zigarettenschachtel aus der Hosentasche. »Wenn der Arzt da war, mache ich das Pflaster drauf. Danach kannst du nach Hause. Ich gehe mal kurz eine rauchen.«

Jannik nickte, und der junge Kerl sprang aus dem Auto.

»Was wird denn jetzt?«, fragte Jannik, nachdem der Sanitäter sich ein paar Meter weiter seine Zigarette angezündet hatte.

Max seufzte. »Mit dir und Anke? Keine Ahnung. Aber gegen Frau Albrich wird Anklage erhoben. Mindestens wegen Totschlags, vielleicht auch wegen Mordes. Schließlich hat sie ihre Tochter bereits im Auto geschlagen.«

»Und was ist mit ihrem Mann?«

»Der wird sich für den Angriff auf dich verantworten müssen, wobei ich mir aufgrund seines desolaten Gesundheitszustandes nicht vorstellen kann, dass viel dabei herauskommt, falls er es überhaupt bis zur Gerichtsverhandlung schafft. Die Familie ist vollkommen zerstört, würde ich sagen. Das ist keine schöne Sache.«

Jannik stand auf und wühlte in seiner Hosentasche, bis er die Tabletten fand, die Cherry ihm überlassen hatte. Er hielt den Blister in die Höhe.

»Was ist das?«, fragte Max, eine Augenbraue in die Höhe gezogen.

Jannik erklärte es ihm.

Nachdem er geendet hatte, ging Max kopfschüttelnd zum Streifenwagen und kehrte kurz darauf mit einem Asservatenbeutel zurück. Er hielt Jannik den offenen Plastikbeutel entgegen, worauf dieser die Tabletten hineinwarf.

»Ich hätte nicht übel Lust, dich eine Nacht in der Zelle schmoren zu lassen, Jannik Kalkhoff«, entgegnete Max.

»Was denn? Jetzt hast du doch das Medikament, das Anke in Lisas Laptoptasche gefunden hat. Ich bin mir sicher, es enthält nicht den Wirkstoff, der auf der Verpackung steht. Jede Wette, dass wir es mit illegalen Medikamententests zu tun haben. Cherry und Lisa waren Versuchskaninchen, und Annabell Joost, die Apothekerin, wusste von der Sache. Deshalb wurde sie ermordet. Möglicherweise weiß ich sogar, von wem. Auf den Überwachungsvideos des *Ocean View* …«

»Wow, jetzt mal ganz langsam«, unterbrach Max ihn. »Du hast dir die Überwachungsvideos angesehen?«

Jannik nickte.

»Herrgott, jetzt ist wirklich Schluss mit den Alleingängen! Ich habe die Schnauze voll.« Er warf sich in die Brust. »Wir werden uns auf dem Revier weiter unterhalten. Ganz offiziell, denn …«

»Ziegler?«, dröhnte eine Stimme durch die Nacht und brachte Max zum Verstummen.

Er drehte sich nach dem Mann um und ließ die Schultern hängen. »Mein Chef«, sagte er zu Jannik. »Der wird mir den verdammten Kopf abreißen.« Er wies mit dem Finger auf Jannik. »Du rührst dich nicht vom Fleck. Bleib hier, bis ich dich hole.«

Damit zog er ab.

***

Eine halbe Stunde später saß Jannik auf dem Beifahrersitz von Max Zieglers Dienstwagen und befand sich auf dem Weg zurück nach Westerland.

Die Vermutung des Sanitäters, die Wunde am Hals müsse nicht genäht werden, hatte der sichtlich übermüdete Notarzt bestätigt, worauf er Jannik ein Pflaster verpasst und anschließend den Krankenwagen für Volker Albrich freigemacht hatte. Mit Blaulicht hatten sie den Mann ins Krankenhaus gebracht, während seine Frau in Handschellen von einer Streifenbeamtin abgeführt worden war.

Seit Jannik neben Max saß, war dieser in Schweigen verfallen, was inzwischen ziemlich an Janniks Nerven zehrte. Sein Hals brannte, und die Verletzung an der Schulter, die er vom Einbruch in Ankes Haus davongetragen hatte, pochte. Er hätte doch das Schmerzmittel nehmen sollen, das der Notarzt ihm angeboten hatte, aber nein, Jannik Kalkhoff, hartgesottener Elitekämpfer, hatte auf Jack Reacher gemacht und milde lächelnd abgelehnt.

Musste er halt die Zähne zusammenbeißen.

Er wollte nur noch in sein Zimmer bei Anke unter dem Dach, sich die Bettdecke über den Kopf ziehen und zwölf Stunden schlafen. Doch stattdessen musste er sich mit dem schlecht gelaunten Bullen herumschlagen, der so tat, als wäre es Janniks Schuld, dass sein Chef ihm die Hölle heiß gemacht hatte.

Jannik seufzte.

Herrgott, er hatte sich wirklich nicht freiwillig in diesen Schlamassel hineinziehen lassen, und er hatte Max auch nicht gezwungen, hinter dem Rücken von

Hauptkommissar Martens zu den Albrichs zu fahren.

»Irgendwie sitzen wir beide im selben Boot«, meinte er, um die Stille zu durchbrechen. »Wir haben beide Scheiße gebaut. Aber wenigstens habt ihr jetzt die Mörderin von Lisa und könnt Tim laufen lassen. Das Ergebnis zählt, das wird dein Boss schon noch einsehen.«

»Wir sitzen vielleicht im selben Auto, aber noch lange nicht im selben Boot«, entgegnete Max gereizt, während er so schnell über die Lister Straße in Richtung Westerland fuhr, dass die knorrigen Bäume im Licht der Scheinwerfer links und rechts am Straßenrand nur so an Jannik vorbeirauschten. »Dir hat dein Chef schließlich nicht mit einem Disziplinarverfahren gedroht.«

»Dafür willst du mich einlochen, das ist auch nicht besser.« Jannik grinste schief.

Max schaute griesgrämig zu ihm herüber, konnte ein Zucken in den Mundwinkeln aber nicht gänzlich unterdrücken. »Ach, leck mich.«

Jannik ließ sich in den Sitz sinken. »Hast du deinem Chef eigentlich von den Tabletten und meiner Theorie erzählt?«

»Hältst du mich für bescheuert? Wenn ich das getan hätte, dann hätte ich gleich meine Sachen packen können. Ich habe keine Ahnung, wie ich ihm das verkaufen soll. Außerdem fallen mir auf Anhieb einhundert Vorschriften ein, gegen die ich verstoße, weil ich dir und Anke helfe.«

»Vielleicht ist mit den Pillen ja auch gar nichts«, gab Jannik zu bedenken, obwohl er nicht davon überzeugt war. Er holte die Visitenkarte aus seinen Baggy-Pants, die Ole, der Labormitarbeiter von *Noxomed* ihm zugesteckt hatte. »Ich kenne jemanden, der den enthaltenen Wirkstoff bestimmen könnte.« Er dachte daran, wie Ole ihn offen angemacht hatte, und sein Grinsen wurde breiter. »Wahrscheinlich würde er es sogar tun, ohne viel Aufhebens darum zu machen, wenn wir ihn nett darum bitten.« Er senkte die Stimme und musterte Max übertrieben von der Seite. »Vielleicht steht er auf dich, bist ja ein ganz hübscher Bursche.«

Sofort schoss Max Blut ins Gesicht. »Was soll denn die Scheiße jetzt?«, brauste er auf. »Willst du damit andeuten, dass ich …«

»Hey, komm mal wieder runter«, unterbrach ihn Jannik. »Ich will gar nichts andeuten. Und wenn du schwul wärst, na und? Was wäre denn schon dabei?« Er kannte Max nicht besonders gut, lediglich von einigen Partys am Strand, wo man zusammen trank und ein paar Worte wechselte, wenn man ungefähr das gleiche Alter hatte und auf Sylt lebte, anstatt hier nur Urlaub zu machen. Ein flüchtiger Bekannter eben. Aber wenn er jetzt so darüber nachdachte, hatte er Max nie in Begleitung einer Frau oder Freundin, sondern immer allein angetroffen.

Ach, das musste keine Bedeutung haben. Außerdem ging ihn das Privatleben des Oberkommissars nichts an. Da würde er sich nicht einmischen.

Erneut verfiel Max in Schweigen, das sich jetzt aber nicht mehr so bedrückend anfühlte.

Jannik lehnte den Kopf gegen die Scheibe, und seine Augen wurden schwer. Es war wirklich ein verdammt langer und ereignisreicher Tag gewesen.

Für einen Moment musste er eingeschlafen sein, doch plötzlich fuhr er mit einem Ruck hoch.

»Warte! Halt mal an«, rief er und war mit einem Mal hellwach.

Vor Schreck zuckte Max zusammen und stieg auf die Bremse. Die Reifen des Wagens quietschten, der VW kam am Straßenrand zum Stehen.

Max konnte sich glücklich schätzen, dass um diese Zeit kaum Verkehr auf der Insel herrschte, andernfalls wäre die Chance groß gewesen, dass ihm ein nachfolgendes Auto wegen des Bremsmanövers hinten reingefahren wäre.

»Was ist denn?«, rief Max.

»Ich hab was gesehen. Da hinten«, meinte Jannik und sprang aus dem Wagen. »Warte kurz, ich bin gleich wieder da.«

Er lief los die Straße hinauf. Über dem Meer stand der Mond hoch am Himmel, weshalb es ihm nicht schwerfiel, in der Dunkelheit zu sehen.

Hinter sich hörte er Schritte, Max folgte ihm fluchend.

Vor einem der protzigen, mit Reet gedeckten und von Friesenwällen eingefassten Backsteinhäuser, die mehr kosteten, als Jannik in diesem Leben verdienen würde, hielt er an.

Hatte er sich also nicht getäuscht.

»Wenn du nicht eine verdammt gute Erklärung für das Theater hast, lege ich dir Handschellen an, verfrachte dich auf den Rücksitz und fahre dich mit verriegelten Türen aufs Revier«, keuchte Max.

Jannik starrte auf das rostige Fahrrad, das an einem der Friesenwälle lehnte. Es war nicht abgeschlossen, aber das war es nicht, was Jannik aufgefallen war.

Er betrachtete die Klingel. Sie hatte die Form eines Schafs.

Das Fahrrad, daran hegte er keinen Zweifel, gehörte Sophia, der jungen Frau, mit der er beinahe einen Zusammenstoß gehabt hatte und mit der er locker verabredet gewesen war, die sich dann aber nicht hatte blicken lassen.

Er hörte die Stimme ihres Kollegen Ole in seinem Kopf.

Zwischenzeitlich hat Sophia gekündigt. Sie hat etwas Besseres gefunden und hingeschmissen.

Wenn sie tatsächlich Hals über Kopf die Brücken hinter sich abgebrochen hatte und von Sylt abgehauen war, würde sie dann ihr Fahrrad einfach so in Keitum lassen? So schätzte Jannik die Frau nicht ein. Sie hatte schüchtern gewirkt, ja, aber sie würde nicht alles stehen und liegen lassen. Auf keinen Fall. Schließlich hatte sie ein Pharmakologie-Studium durchgezogen, dazu gehörte einiges. Das wusste Jannik, weil ein Freund aus Schulzeiten kläglich daran gescheitert war, als er in die

Fußstapfen seines Vaters, eines Apothekers, hatte steigen wollen.

Jannik schaute sich das Anwesen hinter dem Friesenwall an. In der Auffahrt stand ein weißer Tesla.

Der gleiche weiße Tesla, wie ihn einer der *Noxomed*-Chefs fuhr, der ältere Mann im Anzug mit dem Veilchen, der während Lisas Aufenthalt im *OceanView* ebenfalls dort gewesen war, wie er von den Aufnahmen der Überwachungskameras wusste.

»Ich hab ein verdammt mieses Gefühl«, sagte Jannik laut.

»Was?«

Er drehte sich zu Max. »Ich habe keine Ahnung, wie das alles zusammenhängt, aber ich bin mir sicher, dass wir nicht die ganze Wahrheit kennen.«

Kapitel 37

Normalerweise lag das *OceanView* um diese Zeit, es war weit nach dreiundzwanzig Uhr, weitestgehend im Dunkeln, da lediglich einige wenige Laternen am Rand des Fahrradwegs und auf dem Parkplatz ein paar Lichtflecken schufen, um das Areal in den Dünen vor Westerland nicht gänzlich in Finsternis versinken zu lassen. Heute jedoch sah Anke schon von Weitem das von bunten Scheinwerfern angeleuchtete Gebäude aus Backstein und Glas. Wahrscheinlich probten die Techniker heute bereits den Ernstfall, damit morgen, wenn der Bürgermeister und sogar ein Staatssekretär vom Festland bei der Zwanzig-Jahr-Feier über den roten Teppich liefen, nichts schiefging.

Während Anke mit dem Rad bis vor den verlassenen Haupteingang fuhr, merkte sie, dass sie noch immer eine verdammte Wut auf Jannik hatte. Was hatte der Junge sich dabei gedacht, allein bei den Albrichs aufzutauchen und auf Privatermittler zu machen? Sie bekam weiche Knie, wenn sie sich ausmalte, Volker Albrich hätte ihm mit dem Messer die Kehle aufgeschnitten, anstatt nur die Haut anzuritzen, wie Oberkommissar Max Ziegler ihr versichert hatte.

»Es tut mir leid, es geht um Jannik Kalkhoff«, hatte Max das Gespräch am Handy begonnen, das sie im *Malz & Milch* angenommen hatte, und kurz hatte Anke geglaubt, es würde sie vor Schreck von den Beinen reißen, denn mit beinahe den gleichen Worten hatte der Rettungssanitäter ihr die Todesnachricht von Jens überbracht.

»Es tut mir leid, Frau Fischer, es geht um Ihren Lebensgefährten. Die Reanimation ist nicht erfolgreich verlaufen. Wir konnten nichts mehr für ihn tun.«

Doch Jannik war nicht tot, er erfreute sich bester Gesundheit, wenn man von den harmlosen Blessuren an Hals und Schulter absah. Sie musste sich keine allzu großen Sorgen um ihn machen, zumal er gerade eine Aussage auf dem Polizeirevier zu Protokoll gab, wo es selbst um diese späte Stunde genügend Beamte zu seinem Schutz gab.

Anke stieg vom Fahrrad, kettete es aber nicht an. So weit draußen würde wohl niemand ihr Rad klauen.

Sie dachte an Dübel. Mit dem Riesenschnauzer an ihrer Seite würde sie sich bedeutend besser fühlen, aber es musste auch so gehen. »Hallo?«, rief sie und rüttelte an der verschlossenen Tür des *Ocean View*.

Nichts. Dabei wusste sie genau, dass noch jemand da war – jemand, den sie diese Nacht noch sprechen musste. Auch wenn das eigentlich bis morgen Zeit gehabt hätte; der Fall war schließlich gelöst. Frau Albrich hatte den Mord an ihrer Tochter gestanden und Tim damit entlastet. Doch es blieben einige Fragen offen, und die Journalistin in ihr wollte die Antworten darauf. Und zwar jetzt.

Um besser ins Innere des *Ocean View* sehen zu können, schirmte sie mit den Händen die Augen ab und brachte ihr Gesicht ganz dicht an die Scheibe heran.

Lichterketten, die gerade nicht brannten, Stehtische, verkleidet mit weißen Hussen, und jede Menge Infotafeln, die über die zwanzigjährige Geschichte des Aquariums informierten, schmückten den Vorraum. Aus mehreren Tapeziertischen, versteckt unter weißen Leinentischdecken, war im hinteren Teil eine provisorische Theke errichtet worden, auf der eine ganze Armada an umgedrehten Sektgläsern darauf wartete, mit Champagner gefüllt zu werden.

Plötzlich tauchte im Inneren ein Schatten auf, und die Silhouette eines Mannes schälte sich aus der Dunkelheit.

Mit beiden Händen trug er einen Karton, wahrscheinlich eine Kiste mit Sektflaschen, doch so genau konnte Anke das nicht sehen.

Erneut hämmerte sie gegen die Scheibe, worauf der Schatten innehielt.

Enno Sandberg, der Wirt vom *Malz & Milch*, schaute überrascht zu ihr herüber. Dann brachte er den Karton zum Tisch und kam auf sie zu.

»Ach, Moment, jetzt hab ich's«, stellte er fest, nachdem er die Tür für Anke entriegelt und sie einen Augenblick lang stirnrunzelnd gemustert hatte. »Sie waren neulich bei mir im Laden. Nachmittags, als im Pub noch nicht viel los war. Was machen Sie um diese Zeit im *OceanView*?«

Anke fiel auf, dass der Wirt abseits seines Pubs die Leute wohl nicht mehr so vertraulich duzte, wie er es hinter der Theke tat.

»Gut, dass ich Sie noch erwische«, sagte Anke und überging seine Frage. Stattdessen trat sie rasch ein, bevor der Mann es sich anders überlegen konnte und ihr die Tür vor der Nase zuschlug. »Ihr Angestellter, der Mann mit dem schicken Bart und den gewaltigen Ohrringen, hat mir verraten, wo ich Sie finde.«

»Ach, hat er das? Und da Sie bei Ihrem letzten Besuch meinem Charme erlegen sind, konnten Sie es nicht erwarten, mich wiederzusehen und haben sich gleich auf den Weg hierher gemacht?«, schob er sarkastisch nach, bevor er wieder ernst wurde. »Sorry, junge Frau, aber ich muss arbeiten. Das *Malz & Milch* übernimmt das Catering für die morgige Feier, und ich muss noch einiges vorbereiten.«

Junge Frau, diese aus Ankes Sicht fast schon dysphemistische Bezeichnung, die auf abfällige Weise betonte, dass sie alles andere als jung war, hatte bei Anke seit jeher das Potenzial, ihre Sicherungen durchbrennen zu lassen, meinte sie doch nichts anderes als *Du hast die besten Tage lange hinter dir, Schätzchen.* Aber Anke riss sich zusammen. Wenn stimmte, was sie vermutete, scherte dieser Kerl sich ohnehin einen Scheißdreck um Frauen.

»Machen Sie sich keine Sorgen. Bevor ich dem, was Sie als Ihren Charme bezeichnen, erliege, erschieße ich mich lieber«, entgegnete sie. »Ich frage mich wirklich, was Lisa Albrich an Ihnen gefunden hat.«

»Lisa?«, fragte er und hob in einer übertriebenen Geste abwehrend die Arme.

So ein mieser Schauspieler.

»Ach, kommen Sie«, entgegnete Anke. »Lisa war von Ihnen schwanger.«

Kapitel 38

Noch immer schmerzte Sophias Kopf entsetzlich an der Stelle, wo Rob sie mit dem Besenstiel getroffen hatte, und sie hätte viel dafür gegeben, die Schläfen wenigstens ein bisschen mit den Fingern massieren zu können, aber das brauchte sie erst gar nicht mehr zu versuchen. Dr. Tauschek und sein neuer Marketingchef – immer wieder fragte sich Sophia, wie sie sich jemals hatte auf Rob einlassen können – begnügten sich nicht mehr damit, sie im Keller einzusperren, inzwischen hatten sie auch noch Sophias Hände auf dem Rücken mit Kabelbindern gefesselt, was ihre Handlungsmöglichkeiten enorm einschränkte.

Sie lag auf dem Feldbett, hatte neben den Kopfschmerzen entsetzlichen Durst und musste außerdem auf die Toilette, wusste aber nicht, wie sie das mit gefesselten Händen bewerkstelligen sollte.

Wenn nicht bald einer ihrer Entführer kam, würde ihr nichts anderes übrig bleiben, als sich in die Hose zu machen.

Als sie merkte, wie sich schon wieder Tränen ankündigten, stemmte sie sich mit aller Kraft dagegen. Die Heulerei brachte nichts, das hatte sie inzwischen gelernt. Sie führte nur dazu, dass sie sich noch schlechter, noch hilfloser, noch verzweifelter fühlte. Alles Eigenschaften, die ihr nicht halfen, hier rauszukommen, sondern sie lähmten und ihr die aussichtslose Lage vor Augen führte, in der sie sich befand. Gefangen wie ein Tier, ohne dass jemand wusste, wo sie war, und was noch schlimmer wog, so schnell würde niemand sie vermissen.

»Hallo«, rief sie, so laut sie konnte, und lauschte in die Dunkelheit, die nur von dem wenigen Mondlicht durchbrochen wurde, das es von draußen durch das Kellerfenster in ihre Zelle schaffte.

Nichts. Keine Reaktion.

»Rob! Dr. Tauschek! Ich muss auf die Toilette. Bitte!«

Noch immer Stille. Keine Schritte auf der Treppe, kein Lichtschein unter der Tür, der darauf hinwies, dass jemand das Kellerlicht eingeschaltet hatte.

Vielleicht waren die beiden Männer nicht mehr im Haus? Zwar hatte Sophia sie nicht wegfahren hören, aber das musste nichts heißen, denn nach Robs Schlag war sie bewusstlos gewesen, und sie hatte keine Ahnung, wie lange der Zustand angedauert hatte. Möglicherweise hatten Rob und Dr. Tauschek schon längst das Weite gesucht.

Mühsam schaffte Sophia es, sich aufzusetzen und von der wackeligen Pritsche zu steigen, ohne dass diese umfiel. Die Möglichkeit, hier unten ohne Wasser, Essen und ganz auf sich allein gestellt zu sein, ließ erneut Panik in ihr aufwallen.

»Hallo? Hört ihr mich?«, rief sie verzweifelt, während sie auf dem Rücken ihre Daumen unter den Bund der Hose schob, den Bauch einzog und versuchte, das Kleidungsstück irgendwie über ihren Hintern zu bekommen.

Vergeblich. Sie war nicht schlank genug.

Nun liefen doch die Tränen, sie konnte nichts dagegen tun.

In der Hoffnung, die verdammte Hose doch noch irgendwie herunterziehen zu können, sprang sie ein paar Mal in die Höhe und zog gleichzeitig, aber es funktionierte nicht.

Stattdessen kam sie ungeschickt mit dem Fuß auf, ihr Knöchel knickte ein, und sie stürzte der Länge nach auf den nackten Betonboden.

»Bitte, helft mir doch«, wimmerte sie und rollte sich dabei ein wie ein Fötus.

Plötzlich flammte Licht im Garten auf, der Bewegungsmelder musste die Leuchte neben der Eingangstür eingeschaltet haben.

Sophia hielt den Atem an.

Eine Weile passierte nichts, dann meinte sie, vor ihrem Fenster eine Bewegung auszumachen. Sie hob den Kopf und sah, wie sich etwas vor den Mond schob.

War dort jemand?

Hoffnung keimte in ihr auf.

Sofort richtete sie sich auf, den Blick starr nach oben auf das Fenster gerichtet, als sie hektische Schritte vernahm. Doch sie kamen nicht von draußen, sondern hasteten die Kellertreppe hinunter.

Das musste Rob sein. Dr. Tauschek traute sie nicht zu, mit einer solchen Geschwindigkeit in den Keller zu sprinten.

Wie bei den Zuschauern eines Tennismatchs ruckte ihr Kopf von links nach rechts, hin und her zwischen Tür und Fenster.

Draußen tauchten Schuhe auf. Weiße, an einigen Stellen rissige Osiris, wenn sie das im Licht des Mondes richtig erkannte, liefen über den Kiesweg, der an Dr. Tauscheks Haus vorbei führte.

Jannik, schoss es ihr durch den Kopf. Ja, das musste der gutaussehende Skater sein, den sie beinahe über den Haufen gefahren hatte und der trotzdem so nett gewesen war, sie zum Essen einzuladen, auch wenn es nur ein Essen an seinem Foodtruck gewesen war.

Sie rief seinen Namen. Erst zögerlich, dann lauter. »Hilfe! Jannik, ich bin hier unten! Sie halten mich …«

Weiter kam sie nicht, denn in diesem Moment flog die Kellertür auf, und eine raue Hand – Robs verdammte Hand – legte sich von hinten auf ihren Mund und erstickte jeden weiteren Laut.

»Halt dein Maul, oder du wirst es bereuen«, zischte er von hinten in ihr Ohr.

Sie roch seinen faulen, alkoholgetränkten Atem, während ihr Blick sich weiter an Janniks Schuhe heftete.

Die weißen, ein wenig mitgenommenen Osiris blieben einen kurzen Moment lang auf der Stelle, dann lief der Besitzer der Schuhe weiter und entfernte sich.

Wärme breitete sich zwischen Sophias Schenkeln aus, als ihr bewusst wurde, dass ihr Hilfeschrei Jannik nicht erreicht hatte. Er würde nicht vor dem Kellerfenster auftauchen, sich nicht zu ihr hinunterbeugen. Nein, Jannik, ihre einzige Hoffnung auf Rettung, verließ das Grundstück von Dr. Tauschek.

Kapitel 39

»Ich soll der Vater von Lisas Kind sein?«, polterte Enno Sandberg los und versuchte sich an einem verächtlichen Lachen, das jedoch nicht richtig gelang und auf halbem Weg zwischen Bierbauch und Kehle stecken blieb. »Sie haben eine blühende Fantasie, Lady.«

»Ist das so?«, konterte Anke und achtete darauf, einen angemessenen Abstand zum Wirt des *Malz & Milch* einzuhalten, sich aber trotzdem weiter in dem eng umrissenen Lichtkegel aufzuhalten, der von einer vor dem *OceanView* stehenden Laterne in den Vorraum geworfen wurde. »Dann werden Sie nichts gegen einen DNA-Abgleich einzuwenden haben. Damit lässt sich ganz schnell ausschließen, dass Sie etwas mit Lisas Schwangerschaft zu tun haben.«

»Einen Dreck werde ich. Wie kommen Sie auf diesen Mist?« Enno machte einen Schritt auf sie zu, worauf Anke sich nun doch weiter zurückzog, weg von der Tür, weg vom Licht.

»Ich habe es erst nicht erkannt, aber dann ist mir aufgegangen, wer hinter der Empfängeradresse der E-Mail steckt, an die Lisa die Ultraschallbilder geschickt hat: david_copperfield2000@hotmail.com.«

»Hä?«

»Ich hatte nicht die geringste Vermutung, dass Sie der Vater sein könnten, zumal Sie ja verheiratet sind, bis ich das Emailleschild an der Wand Ihres Pubs gesehen habe.«

»Ich habe keine Ahnung, wovon Sie sprechen«, stieß

Enno aus. Er wirkte aufrichtig verwirrt. »Was für ein Schild? Im *Malz & Milch* hängen Dutzende davon.«

»Das ist richtig. Die meisten dürften Ihnen von Spirituosenherstellern zur Verfügung gestellt worden sein, auf anderen stehen Sprüche wie *Am Ende ergibt alles einen Gin* und ähnlich hirnloser Stuss, der zum Trinken animieren soll. Aber unter all den Schildern gibt es eins, das nicht zu den übrigen passt. Ich habe es gesehen, ihm aber keine besondere Bedeutung beigemessen. Doch als ich vorhin einen Blick auf meinen selbst bedruckten Kaffeebecher erhascht habe, ist es mir wieder eingefallen. Das Emailleschild ist kleiner und wurde wahrscheinlich von jemandem privat in Auftrag gegeben, vermutlich in einer dieser Online-Druckereien, die alles Mögliche gegen kleines Geld mit Sprüchen und Bildern bedrucken, denn die Farben beginnen bereits zu verblassen. Das ist bei diesen Dingern ja oft der Fall. Wie auch immer, der Spruch ist trotzdem noch deutlich zu erkennen: *Never drink tomorrow what can be drunk today,* was so viel bedeutet wie *Trinke nicht erst morgen, was du schon heute trinken kannst.*«

»Worauf wollen Sie hinaus?«

»Warten Sie, ich komme gleich zum Punkt. Erst dachte ich, wieder so ein Trinkspruch, aber das stimmt nicht. Es ist ein ziemlich bekanntes Zitat, doch ich bin nicht gleich darauf gekommen, weil Sie es leicht abgewandelt haben, damit es einen Bezug zum Trinken hat und zu den übrigen Schildern hinter Ihrer Theke passt. Ich muss Ihnen nicht sagen, von wem dieses Zitat stammt, oder?«

Enno schwieg weiter beharrlich.

»Ach, kommen Sie. Es ist von Charles Dickens, mit dem Unterschied, dass es bei Dickens heißt: *Never do tomorrow what you can do today*, übersetzt in etwa *Verschiebe nie auf morgen, was du heute erledigen kannst.* Eine der berühmtesten Stellen aus Dickens Buch, und jetzt halten Sie sich fest, mit dem Titel *David Copperfield.*«

Noch immer stand Enno wie versteinert da.

»Das hat den Knoten in meinem Kopf platzen lassen«, fuhr Anke fort. »Die E-Mail-Adresse david_copperfield2000@hotmail.com bezieht sich nicht auf den gleichnamigen Magier, wie ich anfangs annahm, sondern auf Charles Dickens. Und Sie sind ein Verehrer seiner Schreibkunst, was mir Ihr Barmann, der junge Mann mit dem gezwirbelten Bart und den Ohrtunneln, verraten hat. Wirklich redselig, der Gute.« Sie ließ ihre Worte wirken, dann fragte sie: »Weiß Ihre Frau eigentlich von der Affäre?«

Ennos Gesicht verzog sich zu einer Fratze, während er mit zwei großen Schritten auf Anke zukam. Er stand so dicht vor ihr, dass sie den Alkohol in seinem Atem riechen konnte, obwohl sie heute Abend selbst zwei Gläser Wein getrunken hatte.

»Sie halten jetzt Ihre verdammte Klappe«, schrie er. »Und kein Wort zu meiner Frau, sonst …«

»Sie weiß es«, unterbrach ihn eine Frauenstimme von weiter hinten.

Zusammen mit Enno drehte Anke sich nach der Stimme um.

Selbst wenn sie nicht im *Malz & Milch* bediente, blieb Tilly Sandberg offensichtlich ihrem Rockabilly-Look treu, denn auch abseits des Rummels in ihrem Laden trug sie über einem Petticoat ein schwarzes Minikleid mit weißen Punkten. Ein Haarband, gefertigt aus demselben Stoff, zähmte ihre knallrot gefärbten Haare, die im hellen Licht der Straßenlaterne jedoch rostig, beinahe schwarz wirkten. Tilly Sandberg stand auf High Heels mit mörderisch hohen Pfennigabsätzen in einer offenen Tür, die zum hinteren, für Besucher normalerweise nicht zugänglichen Bereich des *OceanView* führte, einen Karton mit noch mehr Sektgläsern in der Hand.

»Was?«, fragte Enno, dann hallte sein Bariton durch den Vorraum: »Aber du kannst dieser Frau doch nicht glauben, was sie …«

Weiter kam er nicht.

»Ach, halt einfach deinen Mund«, stieß Tilly aus. »Wenn du ihn aufmachst, kommt in der Regel etwas Lautes, doch niemals etwas Gutes raus.«

Anke wusste nicht, weshalb, aber Tillys weiß gepudertes, perfekt geschminktes und zu einer ausdruckslosen Maske erstarrtes Gesicht erschreckte sie mehr als Ennos ungehobelte Art.

Ankes Herz verfiel in ein hämmerndes Pochen, das Blut rauschte in ihren Ohren.

Sie musste es irgendwie an dem massigen Wirt vorbei zum Ausgang schaffen. Und zwar so schnell wie möglich.

Fieberhaft überlegte sie, ob Enno hinter ihr die Tür wieder abgeschlossen hatte, doch sie wusste es nicht, denn sie hatte sich ganz darauf konzentriert, hineinzukommen. Über ihre verdammte Neugier hatte sie den Rückzug vergessen. Zudem hatte sie niemandem Bescheid gegeben, dass sie zum *OceanView* wollte.

Toll gemacht, Anke, wirklich, ganz toll! Du hast alles dafür getan, dich in eine richtig verfahrene Situation zu manövrieren.

»Ich denke, ich weiß, wann Sie von der Affäre Ihres Mannes mit Lisa Albrecht erfahren haben«, plapperte sie los, um das Gespräch in Gang zu halten, und machte dabei beiläufig einen Schritt von Enno weg, doch der Hüne ließ sie nicht aus den Augen und folgte ihr. »Es war am Tag von Lisas Tod, habe ich recht?«

Da Tilly, noch immer den Karton mit den Gläsern in der Hand, keine Anstalten machte, die Frage zu beantworten, fuhr Anke fort: »Wollen Sie wissen, wie ich darauf komme?«

Schweigen. Außerhalb ihres Ladens zählten die Sandbergs nicht zu den kommunikativen Zeitgenossen.

»Wie gesagt, ich habe mich vorhin ein wenig mit Ihrer Aushilfe hinter der Bar unterhalten. Im Laufe unseres Gesprächs hat der junge Mann mir auch verraten, dass es um das *Malz & Milch* finanziell schlecht bestellt ist und dass er befürchtet, sich bald nach einem neuen Job umsehen zu müssen. Die explodierenden Energiekosten, die hohen Lebensmittelpreise und die gewaltige Miete in der besten Lage von Westerland setzen Ihnen dermaßen zu, dass Sie nun sogar gezwungen sind, Catering-Jobs zu übernehmen.« Mit einer ausholenden Geste wies Anke auf das Sammelsurium an Tischen, Gläsern und Flaschen. »Ihr Angestellter meinte, ein Partyservice sei der Anfang vom Ende, zumal Ihnen jegliche Erfahrung in dem Bereich fehle, und da muss ich ihm wohl beipflichten. Sie betreiben ein Café und einen Pub, kein Restaurant.«

»Ach, was weiß Moos schon«, schnaubte Tilly. »Ich sollte ihn rausschmeißen. Selbst für einen Barkeeper quatscht der Spinner zu viel. Ein paar Schnittchen, ein Topf Gulaschsuppe und zwei Platten mit fleischfreien Bratlingen für die Veganer, das reicht, dafür muss man weiß Gott kein Sternekoch sein.«

»Nein, wahrscheinlich nicht«, entgegnete Anke. »Aber Ihr Barkeeper, also dieser Moos, sagte weiter, Sie würden zu viel Zeit in diesen ersten Partyservice-Auftrag investieren.«

»Was Moos meint und denkt, ist mir herzlich egal«, gab Tilly zurück. »Also, kommen Sie zum Ende. Weshalb die Anspielung auf Lisa und ihren Tod?«

Langsam, ohne Anke aus den Augen zu lassen, trat Tilly an die Tischreihe und stellte den Karton neben die bereits ausgepackten Sektgläser.

»Na, weil Sie mich angelogen haben«, erwiderte Anke. Inzwischen schlug ihr das Herz bis zum Hals. »Als ich neulich mit meiner Freundin Marie bei Ihnen im Café war, gaben Sie vor, zum Zeitpunkt von Lisas Tod auf einer Messe für Gaststätten und Genussmittel gewesen zu sein. Doch von Moos weiß ich, dass lediglich sein Chef – also Enno –, nicht aber seine Chefin auf der Messe in Lübeck gewesen ist. Sie, Tilly, waren im *OceanView* und haben mit den Vorbereitungen für die Jubiläumsfeier begonnen. Und dort haben Sie dann zufällig den Streit zwischen Lisa und ihrer Mutter mitbekommen. So war es doch? Vermutlich hat Lisa ihrer Mutter im Laufe der Auseinandersetzung gestanden, dass sie nicht von Tim, sondern von Enno schwanger war und dass sie plante, mit Enno aus Westerland zu verschwinden, um mit ihm ein neues Leben anzufangen.«

»Noch ein Wort und Sie bereuen es, das schwöre ich Ihnen«, knurrte Enno und trat dichter an sie heran.

Vor Schreck vergaß Anke ihr Vorhaben, an dem Wirt vorbei zur Tür zu laufen, und zog sich stattdessen tiefer in den dunklen Vorraum zurück.

»Lisa und ich, da war nichts«, sagte Enno an Tilly gewandt.

»Hör auf, mich für dumm zu verkaufen, du triebgesteuertes Arschloch«, zischte sie, und Anke bemerkte, wie die bislang eisige Miene der Frau erste Risse bekam.

»Ja, es stimmt«, sagte Tilly, nun an Anke gewandt. »Ich habe die kleine Schlampe und ihre Mutter streiten hören. Sie waren drüben im Technikraum, wo unsere Absperrständer lagern, die wir für morgen brauchen. Keine Ahnung, wie Lisa und ihre Mutter dort hineinkommen konnten. Möglicherweise habe ich die Tür nicht richtig zugezogen, es war viel los an dem Tag. Enno glänzte durch Abwesenheit, ich war gestresst.« Tränen traten in Tillys Augen, und Anke erkannte die Mühe, die es sie kostete, sie zurückzuhalten. »Ich wollte gerade etwas holen, da hörte ich Geschrei. Lisa stand mit ihrer Mutter vor dem Becken mit dem Hai und brüllte sie an. ›Du weißt nichts von mir. Tim, dieser Loser, war doch bereits Geschichte, als ich noch im *Malz* gearbeitet habe. Ach, Mutter, du kannst nicht ernsthaft glauben, ich würde den gleichen Fehler wie du begehen und mir einen Versager wie meinen Erzeuger angeln. Das Kind ist nicht von Tim, Enno ist der Vater‹, hat sie ihrer Mutter zugerufen. ›Wir werden nach Hamburg ziehen, und ihr werdet das Kind nie zu Gesicht bekommen!‹« Tilly schnaubte. »Lisa war so eine verdammte Bitch.« Nun liefen ihr die Augen doch über, und die Tränen nahmen den darunter aufgetragenen Kajal mit auf ihrem Weg über ihre Wangen. Schmerzerfüllt legte sich ihr Blick auf ihren Mann. »Wie oft hast du betont, dass du keine Kinder willst. In Wirklichkeit aber wolltest du bloß keine Kinder mit mir.«

Mit hängendem Kopf stand Enno zwischen Anke und Tilly und wagte es nicht, seiner Frau in die Augen zu blicken, während sich tief aus Tillys Innerem ein Schmerz seinen Weg an die Oberfläche zu bahnen schien. Plötzlich wirkte Tillys exzentrisches Outfit auf Anke wie eine Verkleidung, ein Panzer, hinter dem sich eine zutiefst verletzte Frau versteckte.

»Es muss eine Genugtuung für Sie gewesen sein, als Frau Albrich ihre Tochter im Laufe des Streits mit einem der Pfosten niederschlug«, führte Anke aus, was sie von Max am Telefon erfahren hatte. »Aber Sie werden sich wegen unterlassener Hilfeleistung verantworten müssen.«

»*Sie* war es?«, fragte Enno fassungslos. »Ihre eigene Mutter hat Lisa umgebracht?«

Anke nickte und empfand dabei wenig Bedauern für den Wirt. Hätte er nicht in der Gegend herumgevögelt, wäre allen viel Leid erspart geblieben.

»Glaub das nicht, glaub das verdammt nochmal ja nicht, du Scheißkerl«, hörte Anke plötzlich Tilly rufen. Die Tränen der Frau waren inzwischen versiegt, und sie hatte sich wieder in ihren Panzer aus Tüll und Chiffon zurückgezogen. »Ihre Mutter hat Lisa auf die Bretter geschickt, das stimmt, aber dann ist sie unverrichteter

Dinge abgehauen. Ich war es. Ich war diejenige, die dem Dreckstück den Rest gegeben hat, und ich habe jede Sekunde genossen und dabei an dich gedacht, Enno. Du bist mein Mann! Wenn du kein Kind mit mir haben willst – schön. Aber dann wirst du auch keins mit einer anderen haben.«

Mit dem Finger deutete Tilly auf Anke.

»Und jetzt schnapp sie dir!«

Kapitel 40

Sophia keuchte und versuchte, Luft durch die Nase zu bekommen, doch das Atmen fiel ihr zunehmend schwer.

Bitte, wollte sie sagen, aber es kam kaum mehr als ein Gurgeln aus ihrem Hals, während Rob weiter seine Hand auf ihren Mund presste.

Schon seit einer Ewigkeit standen sie reglos in der Dunkelheit, zumindest kam es Sophia so vor, und die Nässe zwischen ihren Beinen wurde langsam kalt. Seit Jannik sich wieder vom Grundstück entfernt hatte, regte sich draußen nichts weiter.

Unvermittelt nahm Rob seine Hand von ihrem Mund und stieß Sophia unsanft von sich weg.

Da sie ihre Hände nicht dazu nutzen konnte, sich abzufangen, landete sie hart und ungebremst auf dem nackten Betonboden.

Vor Schmerz heulte sie auf.

Im nächsten Moment flammte das Licht auf.

»Er ist weg«, hörte Sophia die Stimme von Dr. Tauschek.

Der wissenschaftliche Leiter von *Noxomed* stand in der offenen Tür. Mit seinem Bluterguss, der inzwischen die Hälfte seines Gesichts überzog, und dem unterwürfigen Tonfall in der Stimme wirkte er beinahe so verängstigt, wie Sophia sich fühlte.

»Was wollte der Kerl hier? Kennst du den?«, fuhr Rob den Doktor an.

»Nein, tut mir leid. Ich weiß nicht, weshalb er hier herumgeschlichen ist.«

»Das gefällt mir nicht. Mach das Auto startklar, sie muss von hier weg«

»Aber wo soll sie denn hin? Und soll ich sie …?«, begann Tauschek, wurde jedoch sofort von Rob unterbrochen.

»Keine Diskussion, der Wagen!«

Tauschek zuckte zurück und zog die Schultern ein. Offenbar war er die längste Zeit Robs Chef gewesen, die Rollen hatten sich umgekehrt.

»Und sieh zu, dass du den Ziegenschädel aus dem Müll holst. Pack ihn in einen, nein, besser in zwei oder drei Beutel, dann stinkt er nicht so, und leg ihn in den Kofferraum. Der muss auch weg. Wie kann man nur so dämlich sein, die Drohung eines Erpressers in den Hausmüll zu werfen, wo sie auch noch drei Meilen gegen den Wind stinkt? Ich fasse es nicht. Wie habt ihr Dilettanten eigentlich so lange mit der Sache durchkommen können, ohne dass der Staatsanwalt euch auf die Füße getreten ist?«

Ein Ziegenkopf, wiederholte Sophia trotz ihrer Angst im Geiste. Das musste es gewesen sein, was bei ihrer Ankunft so entsetzlich nach Verwesung gestunken hatte. Aber warum hatte Dr. Tauschek einen abgetrennten Ziegenschädel in seiner Mülltonne?

Weil er erpresst wurde, gab sie sich selbst die Antwort. Das Ganze hatte mit *Xolomed* zu tun, da war sie sich plötzlich sicher, auch wenn sie noch nicht alle Puzzleteile zusammen hatte, um das vollständige Bild zu sehen.

»Du verdammte Schlampe«, wandte Rob sich wieder ihr zu und vertrieb damit jeden Gedanken an eine Erpressung und *Xolomed* aus ihrem Kopf. Vom Alkohol hatte Rob rote Flecken auf seinen Wangen. Ein teuflisches Funkeln loderte in seinen Augen. »Ist ja widerlich, du hast dich eingenässt«, spie er ihr ins

Gesicht, doch sein Gesichtsausdruck passte nicht zu seinen harschen Worten, er wirkte ausgesprochen zufrieden. Ihm gefiel die Macht, die er über Sophia hatte, das erkannte sie deutlich. Er genoss ihre vollkommene Abhängigkeit von ihm.

Während ihrer Beziehung hatte er sich weitestgehend im Griff gehabt und ein Mindestmaß an Konventionen aufrechterhalten, das war inzwischen nicht mehr nötig. Sophia sah den Psychopathen in ihm, und bei dem Gedanken daran, was er alles mit ihr anstellen konnte, jetzt, wo sie allein waren, wuchs ihre Angst zu einer Größe, die über Todesangst hinausging.

»Bitte, Rob«, flehte sie und hasste sich dafür, aber sie fürchtete sich einfach zu sehr. »Ich kann mich sauber machen, doch dafür musst du mir die Fesseln abnehmen.«

Humorlos lachte Rob auf und trat dichter an sie heran. Mit dem Fuß schob er ihre Beine auseinander.

»Für diese Sauerei werde ich dich bestrafen müssen, das ist dir doch klar, oder?«

Sie schüttelte mit dem Kopf.

Im nächsten Moment traf seine flache Hand sie im Gesicht. Der Schlag war so heftig, dass ihr die Brille von der Nase rutschte.

Vor Schmerz und Überraschung schrie sie auf.

Sie wollte sich weiter weg von diesem Monster schieben, hatte das Ende des Kellerlochs jedoch bereits erreicht und stieß mit dem Rücken gegen die Außenwand.

»Tss, tss, tss«, ermahnte er sie wie ein Vater, der sein ungezogenes Kind maßregelt. »Jetzt werde ich mich um dich kümmern, mein Schatz. Du wirst genug Zeit haben, aus deinen Fehlern zu lernen, das verspreche ich dir. Wir werden noch einmal ganz von vorn beginnen.«

»Das kannst du doch nicht ernst meinen«, versuchte

Sophia, an den letzten Rest seiner Vernunft zu appellieren. »Das ist doch Irrsinn!«

Wut flammte in seinem Blick auf. »Nennst du mich wahnsinnig?« Dieses Mal hob er nicht die flache Hand, sondern die Faust, als eine Stimme durch den Keller hallte.

»Polizei! Weg von der Frau!«

Kapitel 41

»Ich kann das nicht«, hörte Anke die Stimme des Wirts von vorn bis zu sich dringen.

Sie lag mit Klebeband gefesselt zwischen Kisten und Kartons im Laderaum des Lieferwagens vom *Malz & Milch*, konnte sich nicht rühren und wurde in jeder Kurve unsanft gegen einen Stapel leerer Bierkästen geschleudert. Das kleine Fenster in der Trennwand zur Fahrerkabine stand offen, weshalb Anke jedes Wort zwischen Enno und Tilly verstand.

»Reiß dich gefälligst zusammen«, fuhr Tilly ihren Mann an. Sie saß am Steuer, und Anke hatte keine Ahnung, wohin die Fahrt ging. »Wer seine Angestellte fickt, der muss auch mit den Konsequenzen klarkommen. Also hör auf zu jammern, und sei einmal im Leben ein echter Kerl.«

Nach Tillys Geständnis, die aus einer Kopfwunde blutende Lisa ins Meerwasserbecken des *OceanView* gestoßen und dort ertränkt zu haben, hatte Anke noch versucht, an Enno vorbei zum Ausgang zu kommen, doch trotz des sichtlich mitgenommenen Zustands, in dem sich der Wirt nach der erschütternden Nachricht seiner Frau befunden hatte, hatte er sich als erstaunlich behände erwiesen. Mit einigen schnellen Schritten hatte er Anke auf ihrem doch eher kläglichen Fluchtversuch eingeholt, sie an den Oberarmen gepackt und zu Boden geworfen.

Wahrscheinlich musste man als Wirt nicht nur Bierfässer stemmen können, sondern auch in der Lage sein, eine aus dem Ruder laufende Kneipenschlägerei zu beenden, bevor das gesamte Mobiliar zu Bruch ging. Obwohl Anke selbst einige Kilos auf die Waage brachte und zudem nicht gerade unsportlich war (den *Sylter Nixen* sei Dank), hatte sie nicht den Hauch einer Chance gegen den massigen Enno gehabt. Wie ein gestrandeter Hummer hatte sie hilflos auf dem Bauch gelegen und über sich ergehen lassen müssen, wie Enno sie weiter zu Boden drückte, während Tilly ihr zunächst einen Streifen Klebeband über den Mund geklebt und anschließend ihre Hände auf den Rücken gefesselt hatte. Den Rest der Rolle hatte Tilly darauf verwendet, Ankes Knöchel zu fesseln. Mit dem Ergebnis, dass Anke nun verschnürt und ohne die Aussicht, sich selbst irgendwie befreien zu können, in dem verdammten Kastenwagen hin und her geschleudert wurde.

»Aber das hat doch alles keinen Sinn mehr«, sagte Enno, und Anke konnte ihm nur zustimmen, was sie auch getan hätte, wenn man ihr den Mund nicht mit Klebeband verschlossen hätte. »Vielleicht hat sie längst die Bullen informiert.«

»Glaube ich nicht«, entgegnete Tilly. »Dann wäre die Polizei bereits beim *OceanView* aufgetaucht. Nein, die hat niemandem etwas gesagt. Die ist auf eigene Faust los, da bin ich mir sicher. Sie wollte ihrem trostlosen Leben einen Adrenalinkick verpassen. Und den kann sie haben, sobald wir am Hafen sind.«

Hektisch atmete Anke durch die Nase Luft ein. Hatten die beiden wirklich vor, sie zu töten? Sie mochte seit einiger Zeit oft an den Tod gedacht haben, zumal ihr bewusst war, dass sie sich im letzten Drittel ihres Lebens befand, doch zu wissen, dass das Ende dieses Drittels nun unmittelbar bevorstand, versetzte sie in Panik.

Sie zwang sich, ruhiger zu werden, aber es gelang ihr

nicht. Im Gegenteil, ihr Atem ging immer schneller. Also dachte sie an Dübel und daran, wie sie ihre Nase in sein Fell steckte. Das half ein wenig.

Denk nach, denk nach, denk nach, trieb sie sich an, doch ihr fiel nichts ein, was sie hätte tun können.

Selbst wenn Enno ihr nicht ihr Handy abgenommen hätte, würde sie damit nichts anfangen können; nicht, solange sie ihre Arme und Hände nicht gebrauchen konnte.

»Trotzdem«, fuhr Enno fort. »Wenn sie herausgefunden hat, dass Lisa und ich … also, dann bekommen die Bullen das doch auch raus.«

»Ach was. Das interessiert die doch überhaupt nicht. Die haben Lisas Mutter als Mörderin verhaftet, das reicht denen. Sobald wir die Schnüfflerin los sind, kann uns niemand mehr etwas beweisen. Dann halten wir eine Weile die Füße still und kehren Sylt den Rücken. Wir fangen ganz neu an.«

»Aber womit denn? Wir haben unsere gesamte Kohle ins *Malz & Milch* gesteckt, und der Laden ist so gut wie pleite. Uns steht das Wasser bis zum Hals.«

»Bitte, Enno, beleidige nicht meinen Verstand«, entgegnete Tilly. »Wir haben mehr als genug Startkapital, wenn wir das Geld nehmen, das du und Lisa von der Apothekerin erpresst habt.«

Kapitel 42

Um den Blutdruck seines Chefs, Hauptkommissar Martens, in abenteuerliche Höhen schnellen zu lassen, reichten Kleinigkeiten, selbst wenn die Dinge ansonsten einigermaßen reibungslos und in geordneten Bahnen verliefen: eine streikende Kaffeemaschine am Morgen, ein verlegter Locher, eine bis zum Rand gefüllte Spülmaschine, deren Inhalt niemand ausräumen wollte. Doch so wütend wie in der heutigen Nacht hatte Max ihn nie zuvor erlebt.

Martens stand ihm auf dem Flur vor den Verhörräumen gegenüber, das Gesicht hochrot, die Fäuste geballt, ein Schweißfilm auf der hohen Stirn. Mühsam hielt er seine Stimme in Zaum; er brüllte nur deshalb nicht, weil Jannik Kalkhoff in Hörweite auf einem der Plastikstühle vor der Backsteinwand saß und wartete. »Diese Aktion wird eine Dienstaufsichtsbeschwerde nach sich ziehen, von der sich Ihre Karriere nicht erholen wird. Das verspreche ich Ihnen, Ziegler!«

Speicheltröpfchen trafen Max, doch er rührte sich nicht. Stattdessen senkte er den Kopf und hielt es für das Beste, die Standpauke schweigend über sich ergehen zu lassen.

»Verdammt, Junge, warum sind Sie da alleine rein?«, fuhr Martens fort. »Sie hätten bei der Sache draufgehen können, das ist Ihnen doch hoffentlich klar? Weshalb haben Sie keine Verstärkung angefordert?«

Martens schob ihn noch ein wenig weiter von Jannik weg und erwartete eine Antwort.

Max zuckte mit den Achseln. »Es ist alles so schnell gegangen«, versuchte er, sich zu rechtfertigen, auch wenn er wusste, dass dies seinen Chef nicht besänftigen würde. »Ich musste eine Entscheidung treffen.«

»Und dann haben Sie einfach alle Vorschriften, jede Form der Eigensicherung und zudem noch Ihren gesunden Menschenverstand in den Wind geschlagen und sind ohne Rückendeckung rein in das Haus eines Entführers? Habe ich Ihnen in den letzten Jahren überhaupt nichts beigebracht?«

Martens hatte ja Recht. Max hatte Mist gebaut und zwar gewaltigen. Zum zweiten Mal in einer einzigen Nacht, was unzweifelhaft als neuer Rekord in die Annalen der Sylter Polizei eingehen würde.

Aber immerhin hatte er die Frau (Sophia Mauer, wie sie inzwischen wussten) befreien können, ohne dass jemand zu Schaden gekommen war.

»Entschuldigung, aber das war alles meine Schuld«, hörte Max unvermittelt Jannik dazwischenrufen. Offenbar sprach Martens trotz seines Bemühens um Ruhe doch so laut, dass seine Worte über den leeren Gang bis zu Jannik drangen.

»Zu Ihnen komme ich später, Freundchen«, rief Martens.

»Nein, ehrlich.« Jannik stand auf und trat auf Max und Martens zu. »Max war die Sache zu heikel. Er hat alles getan, um mich zurückzuhalten, und vorgeschlagen, auf seine Kollegen zu warten, aber ich bin trotzdem rein.«

Das entsprach der Wahrheit – zumindest zum Teil.

Max hatte Jannik tatsächlich daran hindern wollen, das Anwesen zu betreten. Inzwischen hatten sie ebenfalls in Erfahrung gebracht, dass es sich um das Wohnhaus von Dr. Frank Tauschek handelte, das von einer Pharmafirma namens *Noxomed* für ihn angemietet worden war. Doch Max hatte keineswegs vorgehabt, Verstärkung zu rufen. Dafür hatte er in dieser Nacht schon zu sehr den Unmut seines Chefs auf sich gezogen, als dass er das gewagt hätte. Wenn es nach ihm gegangen wäre, hätte er bis zum nächsten Tag gewartet und dann eine Streife zu dem Haus geschickt, schließlich hatten sie nichts weiter vorzuweisen als ein abgestelltes altes Fahrrad ohne Schloss. Nicht gerade ein Fund, der es rechtfertigte, sich ohne richterlichen Beschluss auf dem Grundstück eines offensichtlich wohlhabenden Bewohners umzusehen. So eine Villa, selbst wenn sie lediglich angemietet worden war, konnte sich niemand leisten, der nicht über ein sechsstelliges Jahreseinkommen im oberen Bereich verfügte.

Doch Jannik hatte nichts von Max' Bedenken wissen wollen. Ungeachtet möglicher rechtlicher Konsequenzen hatte er sich im Garten umgesehen. Dabei hatte er alles mit dem Handy gefilmt und es Max anschließend gezeigt, der vorschriftsmäßig und mit einer Stinkwut im Bauch am Gartentor gewartet hatte. Die Aufnahmen von Jannik hatten Sophia Mauer schließlich gerettet, denn Max hatte darauf eine Entdeckung gemacht.

»Und dann haben Max und ich … Also ich meine, Oberkommissar Ziegler und ich haben seltsame Lichtblitze aus einem der Fenster im Keller kommen sehen«, erklärte Jannik dem Hauptkommissar die Geschehnisse. »Davon können Sie sich selbst ein Bild machen, das kann man auf dem Video deutlich erkennen. Hätten Ihre Kollegen nicht mein Handy beschlagnahmt, könnte ich es Ihnen zeigen.«

»Die Lichtblitze, die wir gesehen haben, stammten von der Brille des Opfers«, schaltete Max sich ein.

»Von der Brille?«, hakte Martens nach.

»Ja, ganz richtig. Als Jannik den Garten betreten hat, wurde die Lampe neben der Haustür durch einen

Bewegungsmelder aktiviert. Das hat Sophia Mauer in ihrer Zelle im Keller mitbekommen, woraufhin sie Hoffnung schöpfte. Sie wollte um Hilfe rufen, besonders als sie Jannik, beziehungsweise Janniks Schuhe um das Haus schleichen sah, doch sie konnte es nicht, weil ihr Entführer ebenfalls durch das eingeschaltete Licht alarmiert worden war. Robert Zoller – so heißt der Mann, er ist ein Exfreund von Sophia und ein krankhafter Stalker – ist zu ihr runter und hat ihr den Mund zugehalten. Wir hätten von Sophias Anwesenheit in dem Haus nie erfahren, hätten die Gläser ihrer Brille das von oben durch das Kellerfenster einfallende Mondlicht nicht reflektiert, während sie panisch zu Jannik oder wohl eher zu seinen Schuhen hochgesehen hat. Das waren die Lichtblitze, die wir auf dem Video gesehen haben und die uns, äh, mich dazu bewogen haben, den Keller durch den Gartenzugang zu betreten. Die Tür war, wenn ich das noch hinzufügen darf, nicht verschlossen, weshalb ich mir nicht gewaltsam Zutritt verschaffen musste.«

»Na, da bin ich aber froh«, meinte Martens ironisch.

Max schluckte trocken. »Selbstverständlich hätte ich vor dem Betreten Meldung machen müssen, aber … na ja, wie gesagt, ich musste möglichst schnell eine Entscheidung treffen, ich durfte keine Zeit verlieren.«

»Das ist doch *Gefahr im Verzug*!«, sprang Jannik ihm zur Seite. »Nur so ist es Max gelungen, Sophias Exfreund und den Doktor festzunehmen, ohne dass Sophia etwas zugestoßen ist. Wenn Sie meine Meinung hören wollen, dann verdient er einen Orden.«

»Seien Sie versichert, Ihre Meinung interessiert mich am allerwenigsten«, fuhr Martens ihn an. »Und jetzt halten Sie die Klappe, und setzen Sie sich wieder hin. Warten Sie gefälligst, bis ich Sie rufe.«

Mit eiligen Schritten trat Polizeimeisterin Krepe in

den Flur, wobei Max auffiel, dass sie eigentlich immer auf dem Sprung und vielleicht deshalb so hager war. »Herr Dr. Tauschek hat sich mit seinem Anwalt beraten«, sagte sie zu Martens, ohne Max auch nur eines Blickes zu würdigen. »Er ist zu einer Aussage bereit.«

»Na los, Ziegler«, meinte Martens, »wenn das so ist, hören wir uns mal an, was der Doktor zu sagen hat.«

Kapitel 43

Der Kastenwagen bog ein letztes Mal um eine Kurve, dann endete die Fahrt abrupt, und Tilly stellte den Motor ab. Hinten bei Anke im Laderaum wurde es ein wenig heller, als Licht, wahrscheinlich von einer Laterne, durch die Windschutzscheibe ins Fahrerhaus fiel.

Anke überlegte, wo sie sein mochten, doch so sehr sie sich auch bemühte, den Kopf zu heben, um etwas durch das winzige Fenster weit über ihr zu erspähen, sie schaffte es nicht.

Seit sie das *Ocean View* verlassen hatten, dürften nicht mehr als zwanzig Minuten vergangen sein, was aber gleichzeitig bedeutete, dass sie praktisch fast überall auf der Insel sein konnten, schließlich brauchte man um diese nächtliche Uhrzeit keine Staus zu fürchten.

Ankes Herz schlug wild, ihre Gedanken rasten.

Enno und Lisa hatten die Apothekerin Annabell Joost erpresst. Anke ging jede Wette ein, dass es dabei um die Tabletten gegangen war, die sie in Lisas Laptoptasche gefunden hatte. Und nun war Annabell Joost tot. Ertrunken, genau wie Lisa Albrich. Das konnte kein Zufall sein.

»Was?«, fragte Enno vorn seine Frau. »Woher weißt du …«

»Woher ich von der Schweinerei weiß, die du und Lisa abgezogen habt? Von der Erpressung und dem ganzen Geld?«, unterbrach ihn Tilly. Sie lachte humorlos auf. »Vor ihrem Ableben haben Lisa und ich uns ein wenig unterhalten. Ich habe sie mit dem Gesicht unter

Hallo! Ich bin's, der Thomas Herzsprung! Danke, dass du mein Buch bestellt hast! Das ist mega und bedeutet mir viel

Eine Bitte hab' ich noch an dich: Bitte melde dich für meinen Newsletter an. Damit unterstützt du mich beim Schreiben. Und für dich ist's auch gut. Denn so verpasst du nicht meinen nächsten Roman. Daaaanke!

www.thomas-herzsprung.de/Newsletter

WWW.THOMAS-HERZSPRUNG.DE/NEWSLETTER

* Nach der Anmeldung bekommst du eine E-Mail mit einem Bestätigungs-Link.

Wasser gedrückt, aber anfangs hat sie es trotz der Kopfverletzung ab und zu geschafft, sich gegen mich aufzulehnen. Hustend ist sie hochgekommen und hat mich angefleht, sie gehen zu lassen. Und dann hat sie mir Geld angeboten, viel Geld. Und auf meine Nachfrage, woher eine asoziale Bitch wie sie so einen Haufen Kohle hat, fing sie an, mir alles zu erzählen. Du brauchst also gar nicht so zu tun, als seist du pleite. Lisa wusste nicht, wo du die Kohle versteckt hast, was dein Glück ist. Andernfalls hätte ich mir das Geld geschnappt und wäre schon längst weg. Aber gut, es ist, wie es ist. Die Beute holen wir später. Jetzt kümmern wir uns erst mal um unseren ungebetenen Gast. Los, komm.«

Tilly öffnete ihren Sicherheitsgurt, stieg aus und schloss leise die Tür hinter sich. Kies knirschte, als sie um den Kastenwagen herum auf den hinteren Teil zulief.

Hektisch befreite Enno sich ebenfalls von seinem Gurt, dann drehte er sich flüchtig um und sah in den Laderaum.

Helfen Sie mir, versuchte Anke mit den Augen zu sagen, doch da hatte Enno sich bereits wieder abgewandt.

Dann tat er etwas, mit dem Anke nicht gerechnet hatte.

Kapitel 44

Anstatt seiner Frau nach draußen zu folgen, schob Enno sich über die durchgehende Sitzbank des Kastenwagens nach links, klemmte sich hinters Lenkrad und ließ den Motor an.

Der Kerl versuchte abzuhauen. Weg von seiner irren Frau, was er wahrscheinlich bereits seit Jahren wollte, anders hätte er wohl kaum etwas mit Lisa angefangen und sich mit ihr zusammen auf eine Erpressung eingelassen.

Der Motor heulte auf, doch bis auf das kreischende Geräusch des Getriebes passierte nichts. In seiner Hektik hatte Enno bei dem Versuch, einen Gang einzulegen, offenbar die Kupplung nicht richtig durchgetreten.

Verzweifelt warf Anke sich zur Seite und schaffte es, sich vom Bauch auf den Rücken zu drehen.

Noch einmal kreischte das Getriebe.

Dann flog die Hecktür auf und Tillys Gesicht erschien. In dem wenigen Laternenlicht, das durch das winzige Fenster der Trennwand fiel, wirkte ihr weiß geschminktes, von schwarzen Schlieren aus Kajal durchzogenes Gesicht fratzenhaft.

»Was tust du?«, brüllte sie Enno zu.

Noch einmal heulte der Motor auf, dieses Mal aber machte das Fahrzeug einen Satz nach vorn. Metall kreischte, und der Kastenwagen geriet ins Schlingern, als er mit irgendetwas zusammenstieß, dann aber fuhren sie.

Tilly wurde von den Beinen gerissen, konnte sich

aber gerade noch an der offenen Tür festhalten. Sie schleifte über den Asphalt.

Durch die Tür sah Anke einen spärlich beleuchteten, verlassenen Parkplatz. Dahinter lag eine lose Ansammlung kleinerer und größerer Gebäude in der Dunkelheit. Vor einer Halle stand auf einem Anhänger ein Segelboot mit umgelegtem Mast.

Ein Hafen, schoss es Anke durch den Kopf. Sie mussten an einem Hafen sein.

»Halt sofort den Wagen an, oder ich bring dich um«, kreischte Tilly, doch Enno hörte nicht auf sie.

Er beschleunigte den Kastenwagen weiter, aber es gelang ihm nicht, Tilly abzuschütteln. Die zierliche Frau musste über eine enorme Kraft verfügen, anders hätte sie es wohl auch nicht geschafft, Lisa mit bloßen Händen so lange unter Wasser zu drücken, bis diese tot gewesen war.

Zentimeter für Zentimeter zog Tilly sich hoch, hinein zu Anke in den Laderaum des Kastenwagens.

Das konnte, nein, das durfte Anke nicht zulassen. Sie musste die Frau aufhalten. Wenn es Anke gelang, nah genug an Tilly heranzukommen, würde sie ihr mit den Beinen einen solchen Stoß versetzen, dass Tilly sich unmöglich weiter würde festhalten können.

Mit aller Kraft stemmte Anke die Hacken ihrer gefesselten Füße auf den unverkleideten Blechboden des Kastenwagens, winkelte die Beine an und half gleichzeitig mit den hinter ihrem Rücken zusammengebundenen Händen nach.

Ein höllischer Schmerz fuhr durch Ankes Schultergelenke, als sie vor zum Ausgang robbte, doch sie ignorierte ihn, kämpfte sich weiter zur Ladeluke, während Tillys Beine noch immer außerhalb des Wagens baumelten.

Es war offensichtlich, dass sie ahnte, was Anke

vorhatte.

»Bleib liegen, das wird eh nichts«, sagte Tilly, doch Anke machte weiter.

Zwischen ihr und Tilly lag noch ein knapper Meter, was unter normalen Umständen ein Witz war, doch in ihrer momentanen Lage eine unüberwindbare Distanz darstellte, denn die Frau in Petticoat und Kleidchen hatte es hinbekommen, ihre Beine in den Wagen zu hieven, und kniete nun vor Anke.

Mit einem verzerrten Grinsen streckte sie die Arme aus und hielt sich an den Seitenwänden fest, während sie sich hoch auf die Beine zog. Noch im Aufstehen nahm sie aus einer der Kisten eine leere Flasche, packte sie wie eine Keule am Hals und hob sie über den Kopf.

Anke erstarrte, den Blick nur noch auf die Flasche gerichtet. Jeden Moment würde das Glas ihr den Schädel einschlagen, was sie vielleicht nicht töten, aber definitiv außer Gefecht setzen würde, daran gab es nichts zu beschönigen.

Tilly holte weiter aus und wollte gerade zuschlagen, als der Kastenwagen ungebremst vom Weg abkam und mit einem Klatschen auf dem Wasser aufschlug.

Anke und der Rest der Ladung rutschten nach hinten, Tilly verlor das Gleichgewicht und stolperte tiefer hinein in den Laderaum, wobei ihr die Flasche aus der Hand fiel, ohne jedoch zu zerbrechen. Im nächsten Moment schlug Tilly mit dem Kopf hart gegen die Rückwand. Sie schrie auf. Es folgte ein hässliches Knirschen, bei dem Anke eine Gänsehaut überlief, ehe die Schreie schließlich verstummten und Tilly in sich zusammensackte.

Anke erkannte ihre Chance.

Als die Bierflasche an ihrem Rücken vorbeirollte, griff sie blind danach und erreichte sie im letzten Moment. Sofort schlug sie das Glas gegen einen der mit dem

Fahrzeugboden verschraubten Metallringe, an denen Zurrgurte befestigt werden konnten.

Zunächst tat sich nichts, doch als sie noch einmal, dieses Mal fester, das Glas gegen das Metall schlug, zerbrach die Flasche.

Anke drehte den Kopf so weit nach hinten, wie sie konnte, was ihre Nackenwirbel mit protestierendem Knacken quittierten, und richtete den Blick fest auf die Scherben hinter sich. Gerade als sie nach einer der größeren greifen wollte, begann die Front des Wagens nach vorn abzusinken, und die Glasscherben rutschten aus Ankes Reichweite.

So eine gottverdammte Scheiße, dachte Anke. Panik brandete in ihr auf.

Hektisch versuchte sie, auf die Beine zu kommen, was sich, gefesselt an Armen und Knöcheln, aber unmöglich in die Tat umsetzen ließ. Salzige Gischt spritzte Anke durch die offene Heckklappe ins Gesicht, wodurch sie die Tränen nicht bemerkte, die ihr an den Wangen herunterliefen.

Ihre letzten Gedanken waren bei Jens, während der Kastenwagen rasch weiter absank und alles in seinem Inneren mit in die nachtschwarze Nordsee zog.

Kapitel 45

»Hau ab!«, sagte Jannik und schlug den Pfannenwender so vehement auf den aus Massivholz gefertigten Verkaufstresen seines Foodtrucks, dass es knallte.

Die Möwe, die auf einem der Fässer gelandet war, die den Gästen als Tisch dienten, stob auf und flog mit einem protestierenden Kreischen in Richtung Meer davon.

Das fehlte gerade noch, dass die Viecher ihm alles vollkackten, bevor die hungrigen Urlauber einfielen. Heute war Sonntag, Wetter und Wellen zeigten sich in Höchstform, und da die Polizei die Promenade und damit auch seinen Foodtruck nach den Ermittlungen zum Tod der Apothekerin wieder freigegeben hatte, stand ihm ein Großkampftag bevor. Den Jannik bitter nötig hatte. Die unfreiwillige Pause hatte ein gewaltiges Loch in seine ohnehin angespannte Kasse gerissen, und er wollte wenigstens einen Teil dieses Lochs am Ende des Tages gestopft haben.

Oberkommissar Max Ziegler trat an den Truck und schaute zu Jannik hoch. »Kann ich schon was bestellen?«, fragte er.

Jannik schüttelte mit dem Kopf. »Ich kann dir ein Bier geben.«

Max schaute demonstrativ auf seine Armbanduhr. »Es ist noch keine zehn, mein Freund. Außerdem bin ich im Dienst, auch wenn es Sonntag ist. Gib mir eine Cola, vielleicht hilft die mir, wach zu werden. Letzte Nacht habe ich weniger als drei Stunden Schlaf bekommen.«

»Na, da bist du nicht allein«, entgegnete Jannik, der selbst kaum ein Auge zugemacht hatte. Er holte zwei Cola aus dem Kühlschrank und reichte eine über den Tresen. »Wie lief es noch mit dem Doktor gestern? Hat Tauschek ausgepackt?«

Max verzog das Gesicht. »Ich darf nicht über laufende Ermittlungen sprechen.«

»Ach, komm.« Jannik schaltete die Fritteuse ein. »Ohne mich hättet ihr Tauschek überhaupt nicht auf dem Schirm gehabt. Schließlich habe ich ihn auf dem Überwachungsvideo erkannt. Was ist jetzt? Mach es nicht so spannend. Weshalb ist er Lisa ins *OceanView* gefolgt?«

Max nahm einen großen Schluck von der Cola, dann resignierte er mit einem Stöhnen. »Kein Wort zu irgendwem über das, was ich dir sage!« Er wies mit dem Finger auf Jannik.

Jannik nickte.

»Also schön«, sagte Max schließlich. »Tauschek hat ein umfassendes Geständnis abgelegt. Es ist, wie wir schon vermutet haben. *Noxomed* forscht an einem neuartigen Mittel, das helfen soll, Übergewicht leichter in den Griff zu bekommen. Die Forschungen zu dem Wirkstoff, so Tauschek, sind weitestgehend abgeschlossen, das Medikament steht kurz vor den klinischen Tests und der anschließenden Markteinführung. Aber während einer der letzten routinemäßigen Versuchsreihen ist Tauschek auf Unstimmigkeiten gestoßen. Es verfestigte sich der Verdacht, dass das Medikament – es soll unter dem Namen *Xolomed* auf den Markt kommen – bei der Einnahme über einen längeren Zeitraum Herzrhythmusstörungen hervorruft.«

Jannik nickte wieder. Er verstand nun, weshalb Lisa

Nachforschungen im Internet betrieben hatte.

»Diese mögliche Nebenwirkung durfte auf keinen Fall bekannt werden«, fuhr Max fort. »Andernfalls hätte man die klinischen Tests auf unbestimmte Zeit verschieben müssen, ein Umstand, der *Noxomed* das Genick gebrochen hätte. Tauschek und seine Partner wären ruiniert gewesen, auch privat sind sie bis über beide Ohren verschuldet. Sie haben alles in dieses Medikament gesteckt. Deshalb mussten die Nebenwirkungen unter Verschluss bleiben, koste es, was es wolle. Darum hat *Noxomed* anfangs auch so bereitwillig das Geld gezahlt, das Lisa und Enno von der Apothekerin erpresst haben. Doch inzwischen stand der Firma das Wasser bis zum Hals. Daher ist Tauschek an Lisas Todestag überhaupt im *OceanView* gewesen. Er wollte sie treffen, sie dazu bringen, ihm und der Firma mehr Zeit für die weiteren Zahlungen einzuräumen. Doch dazu kam es dann ja nicht mehr, und Tauschek ist unverrichteter Dinge abgezogen. Als er von Lisas Tod erfahren hatte, dachte er, seine Probleme hätten sich auf wundersame Weise von selbst erledigt.«

»Bis Tauschek entdeckt hat, dass auch Sophia Zweifel an dem neuen Medikament gekommen sind. Und aus diesem Grund wurde sie dann auch entführt«, schloss Jannik.

Max bejahte. »Stimmt. Wie Tauschek und Lisa sind auch ihr die schweren Nebenwirkungen aufgefallen, obwohl sie eigentlich schon längst nicht mehr mit den Medikamententests hätte betraut sein sollen. Aber Sophia ist … na ja, sie ist irgendwie eine graue Maus. Eine Frau, die niemand richtig wahrnimmt und deren Existenz man vergisst, solange man nicht mit der Nase auf sie gestoßen wird. Nicht meine Worte, sondern die von Tauschek. Deshalb hat die Chefetage es schlichtweg versäumt, sie mit einer anderen Aufgabe zu betrauen. Sie hatten vergessen, dass Sophia an den Testreihen arbeitet. Erst als es zu spät war, als Sophia bereits die richtigen Schlüsse gezogen hatte, nahm Tauschek sie wieder wahr.«

»Und dann hat er sich auf seine Weise um das Problem gekümmert«, ergänzte Jannik. »Aber was hat ihr Exfreund mit der Sache zu tun?«

»Robert Zoller? Ein Scheißkerl allererster Güte«, sagte Max und nahm noch einen Schluck Cola. »Seine Beteiligung an der Sache ist mehr ein Fall von gutem Timing als von gezielter Planung. Seit Sophia sich von ihm getrennt hatte und auf Sylt untergetaucht ist, hat Zoller versucht, sie ausfindig zu machen. Anfangs ohne Erfolg, doch er blieb hartnäckig, und da die Pharmabranche gut vernetzt ist, hat er sie schließlich bei *Noxomed* aufgespürt. Und sich auf die freie Stelle des Marketingchefs beworben, was für *Noxomed* wie ein Sechser im Lotto gewesen sein musste. In seinem Job ist Zoller ein echtes Schwergewicht. Ein Mann, der eigentlich nur für die ganz Großen der Branche arbeitet, jemand, den *Noxomed* sich aus eigenen Stücken niemals hätte leisten können.«

»Dann war es Zollers Idee gewesen, Sophia zu verschleppen?«, fragte Jannik.

Max nickte. »Das behauptet Tauschek, kann im Hinblick auf die kommende Verhandlung aber auch reine Taktik sein. Damit sollen sich die Gerichte befassen. Fakt ist, dass Zoller One-Way-Flugtickets für sich und Sophia nach Thailand gebucht hat. Er hatte vor, sie ins Ausland zu verschleppen. Was *Noxomed* nur recht gewesen sein dürfte, hätte es sie zwar den Marketingchef gekostet, ansonsten jedoch ihre Probleme gelöst. Sophia hat verdammt großes Glück gehabt, dass du ihr altes Fahrrad vor Tauscheks Villa wiedererkannt und die richtigen Schlüsse gezogen hast.«

Jannik spürte, wie ihm warm wurde, was nicht an der allmählich auf Betriebstemperatur steigenden Gradzahl des Frittierfetts lag.

»Wenn man vom Teufel spricht, wie meine Oma immer gesagt hat«, wechselte er rasch das Thema, als er in einiger Entfernung Sophia entdeckte. Zusammen mit ihrem Arbeitskollegen Ole schlenderte sie die Promenade entlang und steuerte auf den Foodtruck zu.

Sophia, eine graue Maus, die man nicht richtig wahrnimmt, wiederholte Jannik im Geiste, was er soeben gehört hatte.

Völliger Stuss.

Okay, beim Schaulaufen der Bunnys, die sich um die reichen alten Säcke in der *Sansibar* scharrten, würde sie wahrscheinlich keine Beachtung finden, aber hey, wer wollte schon so ein silikonbusiges Püppchen mit einem IQ weit unterhalb dem der Salatblätter, an denen es den ganzen Tag mümmelte? Er nicht, so viel stand fest.

Hätte er nicht von Oles Unempfänglichkeit gegenüber den weiblichen Reizen gewusst, hätte er die beiden auch für ein Paar halten können.

»Ach, hier finde ich dich«, sagte Ole, und Jannik war erstaunt, dass er nicht ihn, sondern Max dabei ansah.

Sofort färbten Max' Wangen sich rot, und er zog den Kopf ein.

»Ah, hey«, sagte er so leise, dass selbst Jannik, der sich heruntergebeugt und seine Unterarme auf den Verkaufstresen gestützt hatte, um besser sehen zu können, ihn kaum verstand.

»Seid ihr also schon beim Du, Herr Oberkommissar?«, fragte er grinsend und registrierte zufrieden, wie die Röte nun auch dessen Hals erreichte.

»Sei einfach still, okay?«, zischte Max zurück.

Aus der Gesäßtasche seiner Shorts zog Ole ein gefaltetes Blatt Papier und wedelte damit in Max'

Richtung. »Ich habe das Untersuchungsergebnis«, rief er, während er sich neben ihn an den Verkaufstresen stellte.

Sophia wartete in einigem Abstand, den Blick zu Boden gerichtet.

»Und?«, fragte Max. »Mach es nicht so spannend.«

Jannik wusste, von welchen Untersuchungsergebnissen die Rede war, da er es ja selbst gewesen war, der den Kontakt zwischen der Polizei und Ole hergestellt hatte. Da den Beamten daran gelegen war, möglichst schnell in Erfahrung zu bringen, welcher Wirkstoff die Tabletten enthielten, die Lisa und Cherry von der Apothekerin bekommen hatten, hatten sie Ole um eine rasche Analyse gebeten.

Als Pharmakologe in einem hochmodernen Labor hatte er wesentlich mehr Möglichkeiten als die doch eher bescheiden ausgestatteten Forensiker in Kiel.

»Bei dem Medikament, das du mir gegeben hast, handelt es sich eindeutig um *Xolomed*, da gibt es überhaupt keinen Zweifel«, sagte Ole. »Aber es ist mir wirklich ein Rätsel, wie ihr da rangekommen seid. Betriebsinterna, alles top secret.«

Ungefragt holte Jannik zwei weitere Flaschen Cola aus dem Kühlschrank und stellte sie vor Ole und Sophia ab. Auffordernd schaute er zu Sophia, die seinen Blick für eine Millisekunde erwiderte, ehe sie wieder zu Boden sah. Wenigstens kam sie näher, murmelte ein *Dankeschön* und griff nach dem Getränk, bevor sie erneut auf Abstand ging.

»Ich habe die Tabletten von Cherry«, erklärte Jannik. »Das ist eine Freundin von Lisa, der Toten aus dem Aquarium«, fügte er an, als er Oles Stirnrunzeln bemerkte.

»Dann stimmt es also?«, fragte Ole.

Jannik fiel auf, wie der Blick des gutaussehenden Pharmakologen immer wieder zu Max streifte, egal, mit wem er sich unterhielt.

»Hat Tauschek also tatsächlich mit Tests an Menschen begonnen?«, fragte Jannik schließlich.

Max nickte. »Ja, eindeutig. Er hat *Xolomed* in Blister mit dem Aufdruck *Orlistat* von *Proval* verpackt, um zu suggerieren, dass es sich um ein freiverkäufliches Mittel handelt. Annabell Joost hat das gefälschte Präparat dann unter die Leute gebracht. Gegen eine hübsche Stange Geld von *Noxomed* versteht sich, denn sie steckte in finanziellen Schwierigkeiten. Sie hat das Medikament aber nur an abnehmwillige Frauen verkauft, von denen sie wusste, dass sie auf Sylt leben. Nur so konnten sie und Tauschek die unfreiwilligen Probandinnen und die Wirkweise des Medikaments im Auge behalten. Tja, wie wir von Cherry wissen, die das Mittel bereits seit einiger Zeit einnimmt, ist *Xolomed* ein echter Hammer. Cherry meint, damit könne sie haufenweise ungesundes Zeug in sich hineinschaufeln und nehme trotzdem ab.«

Ole verzog das Gesicht. »Dazu ist *Xolomed* eigentlich nicht gedacht. Nach der Markteinführung soll es lediglich schwer adipösen Patienten verabreicht werden und dies auch nur unterstützend auf dem Weg zu einem gesünderen Lebensstil.« Er lachte humorlos. »Na, letztendlich wird es wohl doch jeder bekommen, der eine schlanke Taille will, aber den Umweg über Sport und Disziplin scheut. Das ist schließlich ein gigantischer Markt, auf dem sich eine Menge, eine unvorstellbare Menge Geld verdienen lässt.«

Ole drückte Max das Ergebnis seiner Analyse in die Hand, wobei Jannik nicht entging, wie seine Finger dabei die von Max streiften.

»Ich habe was gut bei dir«, sagte Ole zu Max. »Ich will ein Abendessen, sagen wir, traditionell norddeutsch, irgendwas mit Fisch. Aber komm ja nicht auf die Idee, mich zu *Josh & Jakob* einzuladen. Also, wann hast du

Zeit? Heute?«

»Äh, ich muss noch aufs Revier. Keine Ahnung, wie spät es wird, es ist viel passiert. Viel mehr, als normalerweise auf der Insel los ist … Was ich eigentlich sagen will … Hier ist es sonst viel ruhiger …« Er vergrub die Hände in den Hosentaschen und zog den Kopf ein. »Ich sag dir einfach Bescheid, deine Nummer habe ich ja. Und ich muss dann auch mal wieder los. Wir sehen uns«, sagte er, winkte in die Runde und ging.

»Warte, ich komme mit«, rief Ole und folgte ihm. »Ich muss noch ein paar Besorgungen in der Stadt machen.«

Jannik konnte sich ein Grinsen nicht verkneifen, als er die beiden über die Promenade laufen sah – Ole wild gestikulierend, Max noch immer mit eingezogenem Kopf. Sie mochten ein ungleiches Paar abgeben, aber irgendwie passten sie auch zueinander. Also, so rein hypothetisch, schließlich wusste Jannik nicht wirklich, ob Max auf Männer stand.

»Das Fett ist jetzt heiß genug«, sagte er zu Sophia. »Wenn du willst, kann ich dir einen meiner berühmten Backfische machen.«

Zögerlich kam sie näher.

»Danke«, antwortete sie leise, und Jannik wusste, dass sie damit nicht das angebotene Essen meinte.

Er nickte, dann sagte niemand mehr etwas.

»Wie geht es denn jetzt mit der Firma weiter?«, fragte er, bevor die Stille zwischen ihnen unangenehm werden konnte.

Sophia zuckte mit den Achseln. »Solange die Ermittlungen andauern, hat *Noxomed* den Geschäftsbetrieb eingestellt und alle Mitarbeiter auf unbestimmte Zeit beurlaubt. Einige Kollegen meinen, ein Konkurrent würde *Noxomed* möglicherweise übernehmen und die Arbeit fortsetzen, aber das halte ich für unwahrscheinlich. Nach dem Skandal wird sich niemand mehr an *Xolomed* die Finger verbrennen wollen, vor allem, da noch vollkommen offen ist, ob das Mittel jemals zugelassen wird.«

»Und du? Was ist mit dir?«

Erneutes Achselzucken. »Keine Ahnung. Rob bin ich Gott sei Dank los. Der wird nicht um eine Haftstrafe herumkommen, meint der Staatsanwalt. Damit hält mich im Grunde nichts mehr auf Sylt. Zumal die Stellen für eine Pharmakologin im praktischen Jahr hier nicht gerade üppig gesät sind.«

Jannik spürte einen leichten Stich.

»Klar«, sagte er, weil er nicht wusste, was er sonst hätte entgegnen sollen. Vehement riss er einen Karton mit Pommes auf.

»Wenn du nicht gewesen wärst …«, begann Sophia, und Jannik bemerkte die aufsteigenden Tränen hinter ihren Brillengläsern.

»Nein, ist schon gut, ehrlich«, unterbrach er sie rasch und setzte ein Lächeln auf. »Das hätte jeder getan. Nur gut, dass du so eine miserable Radfahrerin bist, anders wären wir uns nie begegnet.« Mit einer Schaufel holte er Pommes aus dem Karton und warf sie in die Fritteuse.

Dampf stob auf.

»Eigentlich bin ich total sicher auf dem Rad. Ich hatte noch nie einen Unfall«, protestierte Sophia. »Wir können ja mal gemeinsam fahren, dann zeige ich es dir.«

Kapitel 46

Von ihrem Fenster aus konnte Anke die weitläufige, karg bewachsene Dünenlandschaft von Westerland sehen, doch der Blick reichte nicht bis ans Meer, dafür lag das Krankenzimmer nicht hoch genug.

»Einhundertzwanzig zu achtzig, Sie haben den Blutdruck einer Zwanzigjährigen«, sagte die Schwester, eine resolute Frau in den Dreißigern mit dunklen, zu einem Dutt gebundenen Haaren. Mit einem Ratschen löste sie den Klettverschluss der Manschette um Ankes Oberarm.

»Dann kann ich ja jetzt nach Hause«, entgegnete Anke, wobei sie selbst hörte, dass sie wie ein nörgelndes Kind klang.

Die Schwester gab die Werte der Untersuchung in ein iPad ein. »Das muss der Arzt entscheiden. Er müsste gleich kommen, sonntags ist die Visite aber immer etwas später dran als während der Woche. Ich schaue mir noch kurz Ihre Hände an, dann sind Sie mich wieder los.«

Mit einem Stöhnen ließ Anke sich zurück ins Kissen sinken und streckte der Schwester ihre mit Gaze verbundenen Arme entgegen.

Während die Schwester die Verbände wechselte, fragte Anke sich, was sie hier noch sollte? Sie hasste Krankenhäuser, sie wollte einfach nur raus.

Gestern Nacht hatte sie den Sanitätern einzig aus dem einen Grund erlaubt, sie zur Beobachtung mit in die Klinik zu nehmen, weil sie vollkommen entkräftet, blutend und trotz der warmen Nacht bis auf die

Knochen frierend am Hafen von Rantum gesessen hatte, wo Enno und Tilly sie hingebracht hatten. Anke hatte auf der Mauer des kleinsten Hafens der Insel gehockt und nicht gewusst, ob Enno den Kastenwagen absichtlich im Hafenbecken versenkt oder in seiner Panik schlicht den falschen Gang erwischt hatte und statt rückwärts zurück auf die Straße zu fahren, versehentlich die Absperrung durchbrochen hatte und im Wasser gelandet war.

Eine Antwort darauf hatte sie auch jetzt noch nicht. Wahrscheinlich würde sie die auch nie bekommen, denn der Einzige, der sie beantworten konnte, war Enno, und den konnten sie nicht mehr fragen. Im Gegensatz zu Anke hatte er sich nicht aus dem sinkenden Wagen winden können und war elendig im Fahrerhaus ertrunken. Die Polizei hatte nur seine Leiche bergen können und sie noch in der Nacht für eine Autopsie aufs Festland gebracht.

Eine Gänsehaut überzog Anke, als sie daran dachte, wie knapp sie dem Tod von der Schippe gesprungen war. Mit einer wahnwitzigen Geschwindigkeit war Wasser durch die offene Hecktür in den Laderaum geströmt und hatte alles überflutet. Die zusätzliche Last hatte den Wagen mit der Front voran rasch nach unten auf den Grund des Hafenbeckens sinken lassen, wodurch Anke mitsamt der Ladung und der bewusstlosen Tilly gegen die Trennwand geworfen worden war. Das Salzwasser hatte in Ankes Nase gebrannt, sie hatte kaum noch Luft bekommen. Die Panik hatte Anke zu übermannen gedroht, doch dann hatte ein scharfer Schmerz in ihrer Hand sie plötzlich zur Besinnung gebracht. Eine der Scherben der zerbrochenen Bierflasche hatte sich in den Ballen ihrer rechten Hand gebohrt und eine tiefe Schnittwunde zurückgelassen.

Das Wasser war inzwischen so weit angestiegen, dass es Anke von allen Seiten überspülte.

Trotz des Schmerzes behielt Anke die Scherbe in der Hand und schaffte es irgendwie, sie hinter ihrem Rücken so zu positionieren, dass sie gegen das Klebeband drückte. Ihre Lungen brannten und schrien nach Sauerstoff, doch diesen Zustand kannte sie vom Unterwassertraining bei den *Nixen*. Anke wusste, dass sie noch Luft hatte, nicht mehr viel, aber es war auch nicht nichts.

Sie zwang sich zur Ruhe, bewegte mehr das Klebeband als die Scherbe, wobei sie sich trotzdem immer wieder auch die Haut aufritzte, doch letzten Endes waren ihre Hände frei.

Sofort brachte sie ihre Arme nach vorn und schwamm los. Die gefesselten Knöchel ignorierte sie, die störten sie nicht weiter, denn durch das Synchronschwimmen war sie es gewohnt, wie eine Meerjungfrau durchs Wasser zu gleiten. Sie versuchte, sich in der Dunkelheit und zwischen den um sie herum treibenden Bierkisten und dem Gerümpel zu orientieren, doch sie sah nichts als Schwärze.

Die Panik kehrte zurück, bis Anke einen schwachen Punkt aus Licht entdeckte, der durch die offene Hecktür fiel. Sofort schwamm sie darauf zu und hatte sich schon fast aus dem Laderaum retten können, als etwas nach ihren Füßen griff und sie wieder zurückzog.

Mit weit aufgerissenen Augen blickte Anke über die Schulter.

Tilly war halb hinter, halb unter ihr und hielt sich an ihren Beinen fest.

Anke schüttelte den Kopf und strampelte, um Tilly loszuwerden. Bläschen kamen aus Tillys Nase und stoben hoch, doch sie ließ nicht los.

Also schwamm Anke weiter.

Hier in diesem Krankenhauszimmer mit der Schwester an ihrem Bett, die gerade mit einem Streifen Pflaster den Verband fixierte, kam es Anke vollkommen absurd vor, dass sie es geschafft hatte, nicht nur sich, sondern auch Tilly aus dem sinkenden Wagen zu retten, doch so war es gewesen.

»So, ich bin jetzt fertig«, sagte die Schwester. »Ruhen Sie sich aus, wie gesagt, der Doktor sollte gleich kommen.«

»Vielen Dank«, entgegnete Anke, doch da war die Schwester schon halb aus dem Zimmer und zog die Tür hinter sich zu.

Anke wartete, bis sie sicher sein konnte, dass die junge Frau im nächsten Krankenzimmer verschwunden war, dann stieg sie aus dem Bett. Sie schlüpfte in die Birkenstocks, die Jannik ihr heute in aller Herrgottsfrüh zusammen mit einigen sauberen Sachen vorbeigebracht hatte, und folgte der Schwester.

Auf dem Gang war es ruhig, sonntags schienen die Uhren auch in einem Krankenhaus anders zu ticken.

Anke musste nicht lange suchen. Schon hinter der nächsten Abbiegung entdeckte sie eine uniformierte Polizistin auf einem Stuhl neben einem der Krankenzimmer. Gelangweilt starrte die Frau die gegenüberliegende Wand an.

»Hallo«, sagte Anke und trat auf die Polizistin zu.

Kurz schreckte die Beamtin zusammen, dann richtete sie sich auf ihrem Stuhl auf und nahm Haltung an. »Moin«, erwiderte sie und musterte Anke skeptisch.

»Mein Name ist Anke Fischer, ich liege in Zimmer 101«, stellte sie sich vor und fragte sich im nächsten Augenblick, weshalb sie ihre Zimmernummer erwähnt hatte. Das tat doch gar nichts zur Sache.

»Aha«, sagte die Polizistin dann auch wenig interessiert. »Wenn das so ist, gehen Sie bitte wieder zurück in Ihr Zimmer. Hier gibt es nichts zu sehen.«

Offenbar war die Beamtin zwar zur Bewachung von Tilly Sandberg abgestellt, jedoch nicht weiter über die näheren Umstände des Falls informiert worden, weshalb ihr der Name Anke Fischer nichts sagte.

»Ich habe Tilly Sandbergs Leben gerettet«, half Anke ihr auf die Sprünge und nickte zu der geschlossenen Tür. »Kann ich kurz mit ihr sprechen? Sehen, wie es ihr geht?«

Nun stand die Beamtin auf, richtete demonstrativ den Gürtel, wodurch sie Ankes Blick unwillkürlich auf die Waffe in ihrem Holster lenkte. »Bitte, Frau Fischer, auch wenn ich mich wiederhole: Es ist das Beste, wenn Sie zurück auf Ihr Zimmer gehen. Außer medizinischem Personal ist es niemandem gestattet, mit der Patientin zu sprechen. Also …« Sie breitete die Arme aus. »Wenn ich Sie bitten dürfte!«

Shit.

Wäre Anke Teil einer vorabendlichen Krimiserie, würde sie sich jetzt einen OP-Kittel schnappen, eine Gesichtsmaske anlegen und an der renitenten Polizistin vorbei in Tillys Zimmer marschieren und ein paar Worte mit ihr wechseln, doch in der Realität klappte so etwas nie.

Also gab sie klein bei, verabschiedete sich und schlurfte zurück über den Gang zu ihrem Krankenzimmer.

Auf halbem Weg kam sie an einer offenen Tür vorbei, hinter der sich ein Raum befand, in dem Bettwäsche, Handtücher und andere Textilien lagerten, die für den Stationsalltag unerlässlich waren. In der Mitte stand ein mannshoher, bis oben hin mit Wäschesäcken gefüllter Container.

Okay, als Ärztin im OP-Kittel mochte sie sich vielleicht nicht an der Polizistin vorbeischleichen können, aber anders standen ihre Chancen, wenn sie …

Kapitel 47

Eine Viertelstunde später hatte Anke ihren Trainingsanzug gegen eine weiße Stoffhose und den dunkelroten Kittel der Reinigungskräfte getauscht und zudem die Haare unter einem Kopftuch versteckt, das sie zusammen mit dem Kittel ganz hinten in dem kleinen Lager entdeckt hatte. Beiläufig schob sie den Wäschewagen über den Gang, was die Räder bei jeder Umdrehung quietschen ließ.

Ankes Puls schnellte in die Höhe, als sie wie selbstverständlich auf Zimmer 119 zuhielt, wobei sie den Wäschewagen so drehte, dass sie halb dahinter versteckt blieb.

Die Beamtin saß wieder auf ihrem Stuhl und glotzte die Wand an. Der Reinigungskraft mit Kopftuch und einem riesigen Wagen voller Wäsche schenkte sie kaum Beachtung, und sie hinderte Anke auch nicht daran, das Zimmer von Tilly Sandberg zu betreten.

Anke schob den Wagen durch die überbreite Tür, nickte der Polizistin kurz zu, ohne sie dabei anzusehen, und stand im nächsten Moment mit einem Herzschlag wie ein Presslufthammer vor dem Krankenbett von Tilly.

Ohne die Schminke, die extravagante Kleidung und die aufwändig frisierten Haare wirkte die zwischen den weißen Laken der Krankenhausbettwäsche liegende Frau klein und unscheinbar. Dunkle Ringe lagen unter ihren Augen, der Rest ihrer Gesichtsfarbe ließ sich am ehesten mit der von Käse, hergestellt aus saurer Milch, vergleichen.

Vorsichtig schloss Anke die Tür hinter sich.

Ebenso teilnahmslos, wie es die Polizistin vor der Tür getan hatte, sah Tilly dem Treiben der vermeintlichen Reinigungskraft zu, bis Anke das Kopftuch abnahm und sich durch die Haare wuschelte.

»Sie sind das?«, fragte Tilly Sandberg, worauf etwas Leben in die Frau zurückkehrte.

»Ich dachte, wir sollten uns ein wenig unterhalten. Sie sind mir ein paar Antworten schuldig.«

Für einen Moment bäumte sich die Betreiberin des *Malz & Milch* auf, und Anke hatte den Eindruck, sie würde nach der Beamtin vor der Zimmertür oder einer Schwester rufen, doch dann ließ sie sich zurück ins Bett fallen.

»Ja, wahrscheinlich stimmt das sogar«, sagte Tilly Sandberg tonlos und wollte noch etwas hinzufügen, aber plötzlich fing sie so heftig zu husten an, dass Anke sich aufgeregt umsah und damit rechnete, dass jeden Moment doch noch die Tür aufgehen und ein Arzt, eine Schwester oder – Gott bewahre – die Polizistin hineinkommen würde.

Tilly griff nach dem Glas mit dem Wasser auf dem Rollwagen neben ihrem Bett, trank einen Schluck, und der Anfall ebbte ab, ohne dass jemand ins Zimmer kam, um sich nach dem Befinden der Patientin zu erkundigen.

Anke trat dicht an das Bett heran. »Es tut mir leid, dass Enno es nicht geschafft hat. Ich weiß, wie es ist, den Lebensgefährten zu verlieren.«

Ein feuchter Glanz erschien in Tillys Augen, doch sie erwiderte nichts darauf, weshalb Anke fortfuhr: »Glauben Sie, Enno wollte den Wagen im Hafen versenken? Um mit allem Schluss zu machen?«

Tilly zuckte mit den Schultern. »In unserer Beziehung war er es immer, der als erster den Schwanz eingezogen hat, wenn es mal nicht rundlief. Aber ich hätte nicht gedacht, dass der Scheißkerl noch was anderes mit seinem Schwanz anstellt, als ihn einzuziehen.«

Anke überhörte die vulgäre Anspielung auf Ennos Affäre mit Lisa. »Wie lange ging die Sache zwischen den beiden?«

»Über ein halbes Jahr, zumindest hat Lisa das behauptet.« Sie stieß ein verächtliches Keuchen aus. »Und ich glaube nicht, dass sie mich angelogen hat.«

Wohl kaum, dachte Anke, *schließlich hat Lisa um ihr Leben gekämpft*. Laut sagte sie: »Über sechs Monate, das ist eine lange Zeit. Ich verstehe Ihren Zorn. Während Sie sich abgerackert haben, das *Malz & Milch* irgendwie über Wasser zu halten, machte Ihr Mann mit einer anderen herum, schwängerte sie darüber hinaus noch und wollte mit ihr ein neues Leben anfangen. Mit Geld, das die beiden von Annabell Joost erpresst haben, nachdem sich ihr Verdacht, die Apothekerin verabreiche Lisa ein noch nicht zugelassenes Medikament, erhärtet hatte. Ein Umstand, den Sie ebenfalls von Lisa erfahren haben.« Anke hatte einige Spekulationen darüber angestellt, wie sich die Dinge im Anschluss daran zugetragen hatten, und jetzt war der Zeitpunkt gekommen, zu überprüfen, ob ihre Hypothesen stimmten. »Was ist anschließend passiert?«

Tilly entfuhr erneut ihr verächtliches Keuchen. »Was dann passiert ist? Nichts weiter.«

»Ach, kommen Sie. Ich sage Ihnen, wie es weiterging. Sie wollten von Lisa wissen, wo sie und Enno das Geld aus der Erpressung versteckten, doch entweder wusste Lisa es nicht, oder sie war bereits tot, bevor sie es Ihnen verraten konnte. Ich vermute Ersteres, denn in Lisas Wohnung ist ein Teil des Geldes, ungefähr zehntausend Euro – ein Taschengeld –, gefunden worden. Den weitaus größeren Teil dürfte Enno an einem sicheren

Platz versteckt haben, an den Lisa nicht so ohne Weiteres herankam, schließlich wusste er von ihrem verschwenderischen Lebensstil. Na, wie auch immer. Fakt ist, Sie haben keine Ahnung, wo die Kohle steckt. Und Enno konnten Sie auch nicht fragen, denn dann hätten Sie ihm erklären müssen, wie Sie an die Informationen gekommen sind. Also sind Sie auf die Idee gekommen, dort weiterzumachen, wo Lisa und Enno aufgehört hatten: Sie haben Ihrerseits Annabell Joost erpresst. Sie haben damit gedroht, die Medikamententests auffliegen zu lassen, aber die Apothekerin hat nicht mehr gezahlt, habe ich recht? Annabell Joost konnte nicht mehr, sie war mit den Nerven am Ende, wollte nur noch aus der ganzen Sache aussteigen, ungeachtet der Konsequenzen, die das für sie selbst bedeutet hätte. Annabell Joost wollte zur Polizei und dort reinen Tisch machen. Eine verzwickte Situation, denn nun waren Sie plötzlich in der Defensive. Hätte Annabell Joost ausgepackt, dann wären Sie und Enno in ernste Schwierigkeiten geraten. Wahrscheinlich hätten Sie beide wegen Erpressung eine langjährige Haftstrafe antreten müssen, wobei Sie ja nicht mal einen Euro von dem Geld gesehen haben. Eine Ironie des Schicksals, doch das wäre dem Gericht einerlei. Erpressung ist und bleibt Erpressung, darauf steht Gefängnis. Also mussten Sie handeln. Annabell Joost durfte nicht zur Polizei gehen, um keinen Preis.«

»Die Schlampe«, spuckte Tilly aus. »Die ganze Zeit, in der ich mich abgerackert habe, das *Malz & Milch* aus den roten Zahlen zu holen, ist Miss Großkotz mit gerümpfter Nase an unserem Laden vorbei in ihre Apotheke stolziert, immer die teuersten Klamotten, immer wie aus dem Ei gepellt. Pah. Alles nur Show. Die war genauso pleite wie wir, deshalb hat sie sich auch von *Noxomed* kaufen und zu der Sauerei mit den

Medikamenten überreden lassen. Scheiße, dabei hat sie das Geld an Enno und Lisa doch gar nicht aus eigener Tasche gezahlt, sondern ist schnurstracks zu den Pharmabossen gerannt und hat es sich von denen geben lassen. Es hätte für sie doch gar keinen Unterschied gemacht, ob *Noxomed* noch ein paar Euro mehr an mich abdrückt oder nicht. Trotzdem wollte sie zu den Bullen und auspacken.«

»Das konnten Sie nicht zulassen«, folgerte Anke, und mit einem Mal wurde ihr klar, aus welchem Grund Tilly sie nach Rantum an den Hafen gebracht hatte. Anke hätte den gleichen Weg nehmen sollen wie die tote Apothekerin. Entweder besaß Tilly ein Boot, das in Rantum vertäut lag, oder sie hatte Zugang zu einem. »Was haben Sie getan, um Annabell Joost auf ein Boot zu locken?«

Tillys Stirn legte sich in Falten. »Locken? Ich musste sie nicht locken. Dass sie zu ihrem Motorboot fuhr – na ja, genau genommen handelt es sich um das Boot von ihrem Exmann –, war einfach eine glückliche Fügung. Ich bin der Joost lediglich gefolgt, weil ich sehen wollte, ob sie ihre Drohung wahr macht und zu den Bullen geht. Doch sie ist nicht nach Westerland, sondern nach Rantum zu eben jenem Boot gefahren. Ich dachte, das ist eine gute Gelegenheit. Ich wollte ihr nichts tun, ich wollte nur noch einmal in aller Ruhe mit ihr reden, sie zur Vernunft bringen und ihr die Vorteile einer weiteren Zusammenarbeit aufzeigen. Doch die Alte war renitenter, als ich dachte.«

»Und da haben Sie keinen anderen Ausweg gewusst, als sie gleich umzubringen? Und mit mir wollten Sie das Gleiche machen? Nur, dass Sie mich wahrscheinlich weiter raus gefahren hätten, denn in dem Punkt haben Sie bei Annabell Joost eindeutig einen Fehler begangen. Sie hätten sie viel weiter draußen in die See schmeißen müssen. Dann wäre die Leiche womöglich nie oder zumindest sehr viel später angespült worden.«

»Das lag an der einsetzenden Ebbe«, sagte Tilly. »Wenn ich länger unterwegs gewesen wäre, hätte ich nicht mehr zurück gekonnt. Ich musste mich entscheiden.«

Anke seufzte. So viel Leid wegen eines Mannes, der seine Triebe nicht im Griff gehabt hatte. Sie überlegte, was sie getan hätte, wäre Jens mit einer anderen ins Bett gegangen. Hier und heute war es leicht, zu behaupten, sie wäre zwar enttäuscht gewesen, aber ihre Liebe hätte diesen Vertrauensbruch überwunden. Doch stimmte das?

Anke merkte, wie ihre Gedanken abdrifteten, also fuhr sie rasch fort: »Nachdem die Apothekerin als Geldquelle ausgefallen war, haben Sie sich direkt an *Noxomed* gewandt«, fasste sie zusammen, was die Polizei mutmaßte. »Sie haben dem wissenschaftlichen Leiter ein Erpresserschreiben zukommen lassen und ihm einen Ziegenkopf ins Esszimmer gelegt, um Ihren Forderungen Nachdruck zu verleihen.«

Unvermittelt griff Tilly nach Ankes Arm, woraufhin Anke erschrocken zusammenfuhr.

»Wären Sie mir nicht in die Quere gekommen, hätte mein Plan funktioniert. *Noxomed* hätte gezahlt, die hatten gar keine andere Wahl!« Tilly schob das Kinn vor.

Anke versuchte sich losmachen, doch in der sichtlich geschwächten Tilly schien mehr Kraft zu stecken, als Anke es ihr zugetraut hätte.

»Was soll das?«, stieß sie aus. »Lassen Sie los!«

»Den Teufel werde ich! Glaubst du, ich erzähle dir alles und lasse dich davonkommen?«, zischte Tilly und richtete sich blitzartig auf.

Noch bevor Anke etwas unternehmen konnte – die Polizistin vor der Tür alarmieren, Tilly mit der gläsernen

Wasserkaraffe niederschlagen, irgendetwas –, sah sie die aufgezogene Spritze in der anderen Hand der Frau. Im Metall der feinen Nadel spiegelte sich das Licht der Deckenlampe.

Die ganze Zeit über musste Tilly die Einwegspritze unter der Decke versteckt gehalten haben. Jetzt rammte sie Anke die Nadel in den Unterarm und drückte den Kolben herunter.

Was immer sich für ein Mittel in der Spritze befand, es brannte wie die Hölle.

Ankes Knie wurden weich, und ihr entfuhr nun doch ein Schrei, aber sie war sich nicht sicher, ob er tatsächlich so kräftig geraten war, wie sie es sich erhoffte.

Ihre Beine knickten ein, und noch bevor sie auf dem Boden aufschlug, versank alles um sie herum in Dunkelheit.

Kapitel 48

Drei Wochen später

Freddy Mercurys Stimme hallte durch das Stadionbad in Hannover, als die Veranstalter *We Are The Champions* aus den unter dem kuppelförmigen Dach der Schwimmhalle angebrachten Lautsprechern schmettern ließen.

Die Zuschauer, die sich auf drei Ebenen bis ganz nach oben zogen, applaudierten, während auf der großen Leinwand hinter dem Fünfzig-Meter-Becken die Ergebnisse der norddeutschen Meisterschaft im Synchronschwimmen noch einmal tabellarisch aufgelistet wurden.

Die *Fördenixen* aus Flensburg lagen sich in den Armen und winkten überschwänglich, wohingegen die *Elbnixen* trotz ihres zweiten Platzes lange Gesichter machten. Die Hamburgerinnen hatten eindeutig mehr erwartet, das ließ sich an ihren zwar immer noch dick geschminkten, dafür aber gerade ziemlich langen Gesichtern leicht ablesen.

Auf der Suche nach dem Ergebnis für die *Sylter Nixen* – erst jetzt fiel Anke auf, wie viele Nixen sich unter den Vereinen tummelten, und sie nahm sich vor, bei einer der nächsten Versammlungen eine Namensänderung ins Spiel zu bringen – musste ihr Blick bis ganz nach unten in der Tabelle wandern.

Letzter Platz.

Verdammt, dabei hatten sie alles gegeben. Noch immer fühlten Ankes Beine sich wie aus Gummi an, und in ihren Armen brannten Muskeln, von denen sie bislang nicht gewusst hatte, dass sie diese überhaupt besaß.

Trotzdem. Es hatte nicht gereicht. Hinten und vorn nicht.

Dabei hatten sie eine große Anhängerschaft mitgebracht. An mangelndem Enthusiasmus auf den Zuschauerrängen während ihrer Darbietungen hatte es also nicht gelegen. Obwohl Gesche mit ihrem lädierten Knöchel nicht am Wettkampf hatte teilnehmen können, hatten sie und ihr Mann einen Haufen Sylter zusammengetrommelt, in Niebüll einen Bus gechartert und die gesamte Meute nach Hannover verfrachtet, wo alle die *Sylter Nixen* lautstark angefeuert hatten.

Sogar Tim war mitgekommen.

Anke sah ihren Beinahe-Stiefsohn zusammen mit Carsten, seinem ehemaligen Anwalt, in einer Traube Insulaner stehen und sich angeregt unterhalten, worauf das miese Abschneiden nicht mehr ganz so schwer wog. Falls der ein oder andere immer noch Zweifel an Tims Unschuld hegte – solche Vorwürfe wurde man, besonders auf einer so kleinen Insel, nie ganz los –, bemerkte Anke davon nichts. Niemand grenzte Tim aus.

Als sie Tim nach seiner Entlassung aus der Untersuchungshaft abgeholt hatte, waren sie eine Weile schweigend in Ankes Unimog gefahren. Keiner hatte gewusst, was er hätte sagen sollen. Doch schließlich hatte Tim den Anfang gemacht, hatte sich bei Anke für ihren Einsatz bedankt und dann den Fortschritt gelobt, den Grisus Ausbau machte, wodurch das Gespräch unweigerlich auf Jens, seinen Vater, gekommen war, da er das Ungetüm gekauft hatte. Daraufhin hatten Anke und Tim sich ausgesprochen. Es war ein gutes Gespräch gewesen, nicht überwältigend und auch nicht begleitet von Tränen oder großem Pathos, aber eben ein gutes Gespräch. Ein Anfang. Etwas, auf dem sich aufbauen ließ.

Möglicherweise entwickelte sich doch noch eine Verbindung zwischen ihnen, die über die reine Tatsache, dass sie beide auf Sylt lebten und zufällig denselben Mann (Tim seinen Vater, Anke ihren Jens) geliebt hatten, hinaus ging.

Ach, Jens …

Ein Arm legte sich um ihre Schulter, worauf Anke sich in Maries Richtung drehte.

»Schau doch nicht so! Wir hatten eine Menge Spaß und eine Gratis-Busfahrt nach Hannover, das ist doch auch was? Außerdem hat die Jury unser Engagement, unseren Sportsgeist und nicht zuletzt unser fortgeschrittenes Alter lobend erwähnt.«

Genau wie Anke und alle übrigen *Sylter Nixen* trug Marie das dunkelblaue T-Shirt und die dazu passende Hose mit dem Logo des Vereins. Die historischen Badeanzüge, die von der Jury keine besondere Erwähnung gefunden hatten, steckten nass in den Sporttaschen.

»Eine Gratis-Busfahrt nach Hannover«, echote Anke. »Wer wollte denn schon nach Hannover? Und eine positive Erwähnung, die auch noch das Durchschnittsalter der Mannschaft einschließt. Echt jetzt? Das können die sich sonst wo hinstecken. Dafür können wir uns nichts kaufen.«

»Aber für den Titel doch auch nicht.« Marie strahlte sie so ansteckend an, dass sich auf Ankes Gesicht ebenfalls ein kleines Lächeln stahl. »Ruhm und Ehre, sonst gibt es beim Synchronschwimmen ohnehin nichts zu gewinnen. Und Ruhm und Ehre haben wir doch auch so schon mehr als die anderen.« Sie nickte zu den Reportern herüber, die sich nicht um eine der Siegerinnen aus Flensburg, sondern um Jannik scharrten und ihn mit Fragen löcherten. Als einziger Mann unter den ganzen Frauen zog er das Interesse der Medien auf sich, egal, welcher Platz am Ende für die *Sylter Nixen* herausgekommen war.

»An Ihrer Beinarbeit müssen Sie aber noch arbeiten«, scherzte gerade der Reporter vom *Hamburger Wochenblatt*, ein kleiner Mann mit dickem Bauch. Wegen der feuchtwarmen Luft in der Schwimmhalle klebte ihm das Hemd feucht am Rücken, obwohl er die Ärmel bereits bis zu den Ellenbogen hochgekrempelt hatte.

»Äh, ja«, antwortete Jannik. »Eigentlich bin ich auch nur für eine *Nixe* eingesprungen, die sich den Knöchel verstaucht hat. Ohne mich hätte die Mannschaft besser abgeschnitten, da bin ich mir sicher. Das können Sie getrost schreiben. Im nächsten Jahr werden die *Sylter Nixen* eine Aufholjagd starten und weit vorn mit dabei sein.«

Hilfesuchend wanderte sein Blick durch die Halle, bis er Anke entdeckte. Auffordernd riss er die Augen auf und fuchtelte mit den Armen.

Bring mich weg von hier! Sofort!

Ankes Grinsen wurde breiter. Wie ihr auffiel, trug Jannik kein Vereinsshirt, auch wenn sie ihm extra eins in seiner Größe hatten drucken lassen, sondern eines, auf dem *Janniks Fischbraterei* stand.

Na, sollte er ruhig noch ein bisschen mit den Kollegen von den Lokalzeitungen sprechen. Wenn sein Foto es in die Zeitungen schaffte, dann brachte ihm das kostenlose Werbung ein, und die konnte sein Foodtruck weiß Gott nach wie vor gut gebrauchen. Die Saison neigte sich langsam, aber stetig dem Ende zu, und noch immer musste Jannik sich jeden Tag abrackern, damit sein Geschäft irgendwie überlebte. Die Konkurrenz, allen voran *Josh & Jakob*, machte ihm das Leben schwer. Das war auch der Grund, weshalb Jannik immer noch bei Anke unter dem Dach wohnte. Momentan konnte er sich einfach keine andere Unterkunft leisten.

Manchmal wünschte Anke sich schon, sie und Dübel hätten das Haus wieder für sich allein, doch an den meisten Tagen schätzte sie sich glücklich, dass noch jemand bei ihr war. Besonders, wenn die Alpträume kamen und sie mitten in der Nacht aus dem Schlaf rissen.

In ihren Träumen lag sie wieder gefesselt und geknebelt im Laderaum des untergehenden Kastenwagens, doch dann schaffte sie es nicht, sich zu befreien und an Land zu schwimmen, sondern verreckte elendig in den salzigen Fluten. In anderen Nächten wiederum spritzte Tilly Sandberg ihr nicht das Morphium, das sie irgendwie unbemerkt einer der Krankenschwestern abgenommen hatte und dessen Dosierung zwar hoch, aber in Ankes Fall nicht tödlich gewesen war, sondern Kaliumchlorid.

Auch wenn Anke keine Erinnerung mehr daran hatte, war ihr Schrei, als Tilly ihr die Spritze in den Arm gerammt hatte, doch laut genug gewesen, um die Polizistin vor der Tür aufzuschrecken. Diesem Umstand hatte Anke es letztendlich zu verdanken, dass sie heute mit den *Sylter Nixen* einen miserablen Auftritt abgeliefert hatte, anstatt mit den Füßen in einer Holzkiste das Krankenhaus zu verlassen. Der eilig herbeigeholte Arzt hatte Anke Naloxon als Gegenmittel zum Morphium verabreicht, ihren Kreislauf stabilisiert und sie auf die Intensivstation verlegt.

Bei der Vorstellung, wie alles hätte anders kommen können, bekam sie trotz der Wärme in der Schwimmhalle eine Gänsehaut. Wenigstens hatte sie die Gewissheit, dass Tilly die nächsten Jahrzehnte hinter Gittern verbringen würde. Zwar dauerte es noch bis zur Hauptverhandlung, doch Carsten meinte, dass bei dieser Beweislage selbst der gewiefteste Anwalt es nicht fertig bringen würde, ein Urteil zu erreichen, das nicht auf Mord hinauslief.

Anke zwang sich, das Gedankenkarussell zu stoppen und sich wieder auf Jannik und die Reporter zu konzentrieren.

»Jede Wette, hinter vorgehaltener Hand lästern sie über Jannik. Dass er hier mit uns am Start war, reicht ihnen, um ihm das Etikett *schwul* anzuheften«, raunte Anke ihrer Freundin Marie zu und fügte an, wie entsetzlich klischeehaft sie eine solche Sichtweise fand. Wie lange würde es noch dauern, bis die Menschen nicht mehr in Schubladen dachten und bei jeder Abweichung von der vermeintlichen Norm – und sei es nur ein Mann beim Synchronschwimmen – gleich den Stempel zückten?

»Ist doch egal, wer was tut oder wer mit wem ins Bett steigt. Letztendlich wollen wir alle doch nur eins: geliebt werden und nicht einsam sein. Wann kapiert die Menschheit das endlich?«, schloss Anke ihren kleinen Monolog.

Himmel, sie war ins Schwadronieren geraten, aber einer alten Emanze, die sich ihr Leben lang für die Rechte von Minderheiten stark gemacht hatte, kam man so schnell nicht bei, legte sie einmal los.

Mit einem Mal war Maries gute Laune wie weggeblasen, und sie begann mit dem Fuß zu wackeln.

»Was ist denn plötzlich mit dir los?«, fragte Anke.

Verstohlen blickte Marie sich um, womit sie Anke einen ziemlichen Schrecken einjagte, denn so geheimnisvoll zu tun, passte überhaupt nicht zu ihrer Freundin.

»Alles in Ordnung, Marie?«

»Nein … ja … ach, ich weiß auch nicht. Es geht um Max«, sagte Marie schließlich und wirkte, als würde sie jeden Moment in Tränen ausbrechen.

»Okay, ganz ruhig. Sprich mit mir: Was ist mit Max?«

»Na, was du eben gesagt hast …«

»Dass es keine Rolle spielt, wen man liebt?«

Marie nickte, sagte aber nichts weiter.

Kurz stand Anke auf dem Schlauch, dann fiel der Groschen, und ihr entfuhr ein erleichtertes Seufzen. »Scheiße, mach das ja nicht mehr mit mir. Nach den Ereignissen der letzten Wochen sind meine Nerven noch immer nicht die besten. Ich habe gedacht, es sei sonst was passiert. Du willst also sagen, Max ist schwul?«

Marie wurde blass und senkte die Stimme. »Nicht so laut. Das darf niemand wissen.«

Ankes erster Impuls bestand darin, nachzuhaken, weshalb Marie so eine große Sache daraus machte, aber nach einer Sekunde des Zögerns verkniff sie es sich, denn der Grund lag auf der Hand. Die Zeitungen, das Fernsehen und sogar die meisten Parteien versuchten zwar seit Jahrzehnten (mehr oder minder erfolgreich) zu vermitteln, wie normal, akzeptiert und unkompliziert es heutzutage war, *anders* zu sein, doch in der Realität, im echten Leben, bedeutete es oft noch immer, ausgegrenzt oder stigmatisiert zu werden, wenn man nicht der gesellschaftlichen Norm entsprach. Sei es durch die sexuelle Orientierung, geschlechtliche Identität, Herkunft oder schlicht durch ein äußeres Erscheinungsbild, das aus dem Rahmen fiel.

»Seit wann weißt du es?«, fragte Anke deshalb, und auch sie senkte die Stimme.

»Er hat es uns, also mir und Eugen, vor ein paar Tagen anvertraut. Offenbar hat er jemanden kennengelernt.«

»Aber das ist doch gut, oder?«

Maries Augen wurden wieder feucht. »Ja, natürlich ist das gut. Eugen und ich haben uns in den letzten Jahren oft Sorgen um Max gemacht, weil er nie eine Freundin mit nach Hause gebracht hat und er so schrecklich einsam auf uns gewirkt hat. Das ist jetzt vorbei, und ich freue mich für ihn. Andererseits habe ich ein wenig Angst. Ich will nicht, dass er enttäuscht wird. Oder dass er Probleme im Job bekommt, wenn herauskommt, dass er … na, du weißt schon. Kannst du das verstehen?«

Nun war es Anke, die beide Arme an Maries Schultern legte. Sie blickte ihrer Freundin direkt in die Augen.

»Ja«, antwortete sie. »Ich verstehe das. Aber Max ist weiter der Max, den wir kennen. Und dieser Max ist auch durchaus in der Lage, schwierige Zeiten durchzustehen. Er ist ein Kämpfer, und er hat das Herz am rechten Fleck. Das ist es doch, was zählt … Apropos Kämpfer«, wechselte sie das Thema, denn die lärmende Schwimmhalle eignete sich nicht sonderlich gut, um ein solches Gespräch zu führen. »Hat Max' Chef eigentlich ernst gemacht und ihm ein Disziplinarverfahren angehängt?«

Marie schien froh über den Themenwechsel zu sein. Während sie antwortete, fuhr sie sich beiläufig über die Augen. »Nein, Martens hat es bei einer Verwarnung belassen und ihn zur Strafe für ein paar Wochen in den Innendienst versetzt. Max ist noch mal mit einem blauen Auge davongekommen, aber er hat mich schwören lassen, dass wir uns nicht noch einmal in die Polizeiarbeit einmischen.«

Anke lachte laut auf. »Das kann ich ihm hoch und heilig versprechen«, sagte sie und hob die Finger der rechten Hand zum Schwur.

»Ach, und ich soll dir von Max ausrichten, dass du offiziell aufgefordert wirst, an deinem Unimog die Blaulichter abzumontieren. Wie gesagt, er arbeitet gerade die Papierberge im Innendienst ab.«

Anke nickte und versprach auch das.

Ja, wenn die *Nixen* Hannover den Rücken gekehrt und zurück auf ihrer Insel sein würden, würde sie das bestimmt tun.

Irgendwann.

Anke ließ ihren Blick von Marie zu den übrigen *Sylter Nixen* und zu Jannik schweifen, und ihr fiel auf, dass sie von Sylt als *ihrer Insel* gedacht hatte.

Ein Lächeln kehrte auf ihr Gesicht zurück.

Obwohl – oder gerade weil in letzter Zeit so viel passiert war – hatte sie zum ersten Mal, seit Jens gestorben war, das Gefühl, irgendwohin zu gehören.

Und das war ein verdammt gutes Gefühl.

Nachwort

Norddeutschland wird regelmäßig von Verbrechen heimgesucht. Mord und Totschlag stehen hoch im Kurs. Literarisch, wohlgemerkt. Mörder, Einbrecher, Betrüger und Entführer treiben schon lange nicht mehr nur in Großstädten ihr Unwesen. Auch an der beschaulichen Ostsee sowie auf Sylt, Föhr, Borkum und den anderen Nordseeinseln geraten sie ins Visier von Kriminalkommissaren, Sonderermittlern und Privatdetektiven. Was den Leser – uns alle, die wir Krimis mögen – nicht nur mitnimmt auf Verbrecherjagd, sondern auch auf eine kleine Reise. Kaum schlagen wir einen Küstenkrimi auf, riechen wir das Salz in der Luft, spüren den Wind, fühlen uns frei. Strandglück, Meeressehnsucht – das ist tief in uns verankert, glimmt in unserem Herz. Und mit jedem Nordseekrimi wird aus dem Glimmen ein Leuchten.

Ich liebe das. So wie ich die Nordsee liebe.

Still kann sie daliegen, ein spiegelndes Blau unter endlosem Himmel, fast zärtlich in ihrer Weite. Und doch genügt ein einziger Wetterumschwung, ein Windstoß – und alles ist anders.

Wie im Leben.

Manchmal glauben wir, das Steuer fest in der Hand zu haben. Die See ist ruhig, der Kurs klar. Doch dann türmen sich Wellen auf, brechen über uns hinweg, reißen unsere Pläne mit sich fort.

Wo, wenn nicht an der Nordsee, könnten wir dies besser begreifen? Verstehen, dass das Vertraute von gestern im Heute verändert erscheint. Und dass morgen schon wieder alles neu sein kann. Küstenlinien verändern sich, Sandbänke wandern, Inseln schrumpfen – oder entstehen neu. Sylt verliert Jahr für Jahr ein Stück seiner Fläche, während vor den Halligen Sandbänke wie Japsand wachsen, fast unbemerkt, vom Wasser geformt.

Alles ist im Wandel. Es gibt keine Konstante außer der Bewegung.

Die Nordsee zeigt uns das – jeden Tag.

Wer dort unterwegs ist, merkt schnell: Hier läuft nicht alles nach unserem Takt. Fähren fahren, wenn das Meer es zulässt – nicht dann, wenn es uns am besten passt.

Und genau das hat etwas Tröstliches.

Beruhigendes.

Heute, wo fast alles sofort greifbar ist, erinnert uns dieser Rhythmus daran, dass man nicht immer direkt ans Ziel kommt. Dass man manchmal Geduld haben und warten muss.

Und dass das in Ordnung ist.

Vielleicht ist das sogar die eigentliche Lektion: dem Leben zuzuhören, statt es ständig überholen zu wollen. Denn wenn wir uns auch mal dem Moment hingeben, wenn wir am Ufer stehen, den Wind im Gesicht, die Meeresbrandung in den Ohren, dann spüren wir: Wir sind Teil von etwas Größerem.

Zum Schluss noch eins

Danke, dass du genau diesen Krimi gewählt hast – obwohl es so viele andere gibt. Es bedeutet mir viel, dass meine Geschichte dich ein Stück begleitet hat.

Wenn du magst, bleib gern in Kontakt mit mir. Auf Instagram oder Facebook gebe ich Einblicke ins Schreiben, erzähle aus meinem Leben, vom nächsten Projekt – und freue mich über jede Nachricht.

Und falls du mir eine kleine Freude machen möchtest: abonniere meinen Newsletter. Kein Spam, versprochen – nur ab und zu ein paar Zeilen von mir, wenn es wirklich etwas zu berichten gibt.

Bis dahin: Bleib neugierig. Und dem Meer verbunden.

So können wir in Kontakt kommen:

www.facebook.com/TommyHerzsprungAutor
www.instagram.com/tommy_herzsprung
www.thomas-herzsprung.de
www.thomas-herzsprung.de/newsletter

Und neuerdings sogar mit Videos auch auf TikTok:

www.tiktok.com/@thomasherzsprung

Euer Krimi-Thomas oder einfach Tommy

Playlist

Loving You's A Dirty Job – Meat Loaf
Vagabonds – New Model Army
Traveling On – The Decemberists
Aijā – Sudden Lights
Born With A Broken Heart – Damiano David
YaYaYa – RY X
Freedom – Racoon
Yes, I Have Ghosts – David Gilmour
Raise A Glass – Mighty Oaks
Paspatou – Parra For Cuva
In Celebration Of Life – Nosound
Chain Reaction – Mick Flannery & Susan O'Neill
The Fantasy Life of Poetry & Crime –
Peter Doherty & Frédéric Lo
Record Player – Daisy The Great x AJR
Ocean – Platon Karataev
So Far Away – Martin Garrix, David Guetta
Feeling You – Harrison Storm
In My Head – The Haunted Youth
Fun – Daan
Missed Connection – The Head And The Heart
Sing – Travis
Make It Out Alive – Tanner Usrey, Jessi England
The Most Beautiful Boy – The Irrepressibles
Silver Lining – Mt. Joy

Jetzt hab ich doch noch was vergessen

Bevor ihr das Buch zuschlagt und vielleicht schon den nächsten Krimi auf dem Nachttisch stapelt (ich kenn euch doch), muss ich euch noch fix was erzählen. Und zwar von meiner Thriller-Reihe mit dem Ermittlerduo Bachmann und Klawitter.

Falls ihr die noch nicht kennt – *Der Behandler*, *Der Heimsucher* und *Der Blutbote* –, habt ihr jetzt quasi den nächsten Adrenalinkick direkt vor der Nase. Auch da gibt's Spannung, unvorhersehbare Wendungen/Plottwists, authentische Figuren, die euch nicht mehr loslassen, und diese leisen, emotionalen Zwischentöne, bei denen einem manchmal beim Lesen ein bisschen das Herz rutscht – nach oben oder nach unten, je nachdem.

Und ja, die Reihe wurde sogar mit ein paar wichtigen Auszeichnungen und Awards beworfen – unter anderem dem *Planet Award* fürs *Buch des Jahres*. Hat nicht wehgetan, aber gefreut hab ich mich schon, zumal die Bachmann-und-Klawitter-Reihe aus der Reihe fällt (tja, ich liebe Wortspiele – grins). Die Thriller gehen ordentlich an die Nerven. Schlaflose Nächte nicht ausgeschlossen. Taschenlampe unter der Bettdecke inklusive.

Wenn euch also dieser Krimi gefallen hat (und davon gehe ich jetzt einfach mal rotzfrech aus), dann werft doch mal einen Blick auf die anderen Bücher. Ich verspreche euch: Auch dort wird's nicht langweilig. Eher im Gegenteil.

So. Jetzt aber wirklich: Ende Gelände.

Bleibt neugierig. Und passt auf, wem ihr im Dunkeln begegnet.

Wir lesen uns.

(Juhu, ey, ich freu mich drauf – denn ihr seid spitze, die weltbesten LeserInnen, die ich mir nur wünschen kann.)

Euer Thomas

Leseprobe

Thomas Herzsprung

Der Behandler

Thriller

Das Wasser am Grund des Brunnenschachts stank nach Fäulnis und Verwesung. Darunter mischte sich der kupferne Geruch nach frischem Blut. Ihrem Blut.

Ironischerweise hatte Ashwa sich ihre Kopfverletzung nicht beim Sturz in den drei oder vier Meter tiefen Schacht zugezogen, sondern war mit der Stirn gegen die Brunnenwand geknallt, als sie in ihrer Panik beim Aufstehen das Gleichgewicht verloren hatte.

Sie musste zusehen, dass sie schleunigst aus dem Wasser kam. Zwar reichte es ihr nur bis zur Hüfte, doch wer wusste schon, wie viele Mäuse und Frösche hier unten bereits verendet waren?

Da das Mondlicht kaum bis auf den Grund drang, konnte Ashwa, egal wie sehr sie sich bemühte, nichts erkennen, aber nun meinte sie, neben sich etwas gesehen zu haben.

Das Glühen zweier Augen.

War das ein Tier, das auf sie zuschwamm?

Wieder kroch die Panik in ihr hoch, denn mit einem Mal glaubte sie, mit Bestimmtheit vorhersehen zu können, was geschehen würde. Mit letzter Kraft würde eine Ratte, die in den Brunnen gefallen war und seit Stunden aufgeregt umherschwamm, an ihr hochspringen und sich an ihr festkrallen, vielleicht sogar in sie verbeißen, in der Hoffnung, mit ihr wieder nach oben zu gelangen.

Ashwa wagte nicht, sich zu bewegen, wagte kaum zu atmen, als etwas ihre Finger streifte. Sie stieß einen spitzen Schrei aus, schüttelte die Hand, worauf ihr brackiges

Wasser ins Gesicht spritzte und über die Wangen und den Hals lief. Was immer sie berührt hatte, sie konnte es nicht entdecken, dafür klebte halb verfaultes Laub an ihren Fingern.

Ungläubig schaute sie nach oben.

»Bitte holt mich raus.« Ihre sonst so tiefe Stimme, von der ihre Mutter immer sagte, sie ließe eher an eine Kette rauchende Alte als an eine achtzehnjährige Schülerin denken, quiekte.

Marc und ein paar Jungs und Mädchen aus seiner Clique sahen auf sie hinab.

»Na, wie gefällt es dir da unten, Paki-Fotze?«, fragte Marc, worauf die anderen zu lachen anfingen. Duck, der eigentlich Fabian hieß, hob seine Bierdose und stieß sie mit einem dumpfen Klacken gegen Marcs.

Ashwa war auf Marc hereingefallen, und die Erkenntnis traf sie wie ein Schlag.

Wie hatte sie nur ihren gesunden Menschenverstand abstellen und sich zu Gefühlsduseleien hinreißen lassen können? Marc war attraktiv – groß, breitschultrig, Grübchen im Kinn, dazu dieser Welpenblick, bei dem die Mädchen reihenweise weiche Knie bekamen –, doch Ashwa hatte angenommen, nicht anfällig für seinen Charme zu sein.

Sie hatte sich geirrt. Die Immunität hatte nur so lange Bestand gehabt, wie er sie ignoriert hatte.

Antonia-Sophie, die neben Marc stand, schaltete ihre Handytaschenlampe ein und ließ den Schein auf Ashwa fallen. »Jetzt fängt sie an zu heulen«, rief sie.

Marc lachte hämisch, worauf Ashwa rasch den Kopf senkte. Ihr Gesicht brannte vor Scham.

Verdammt, Ashwa, du bist so blöd! So blöd!

Vor ein paar Wochen, am Beginn der Abiturprüfungen, hatte Marc aus heiterem Himmel begonnen, mit ihr zu sprechen, statt sie zu drangsalieren. Anfangs war sie misstrauisch gewesen – da hatte ihr Verstand noch gearbeitet –, doch nach dem Mündlichen hatten ihre Schutzschilde versagt. Marc hatte ihr tief in die Augen gesehen, ihr seine Handynummer zugesteckt und sie auf diese Feier in den Stadtwald eingeladen. Die ganze Woche waren Schmetterlinge in ihrem Bauch umhergeflogen, und sie hatte sich gefragt, warum er ausgerechnet mit ihr auf diese Party gehen wollte.

Jetzt kannte sie den Grund.

Nicht, weil er sie näher kennenlernen wollte, sondern weil …

Weil er mich hasst.

Dabei hatte der Abend so gut angefangen. Marc hatte sie von zu Hause abgeholt und hierher gefahren. Auf dem Parkplatz hatten sie Bier getrunken, dann hatte er sie zu einem Waldspaziergang überredet. Einem Spaziergang, der für sie in einem Brunnenschacht geendet hatte.

»Warum helft ihr mir nicht?« Ashwa schlug sich die Hände vors Gesicht, denn inzwischen liefen die Tränen ungehindert und mischten sich mit ihrem Blut.

»Warum helft ihr mir nicht?«, äffte Marc sie nach.

Ashwa hörte, wie er die Nase hochzog. Im nächsten Moment traf sie sein Rotz. Durch die geschlossenen Lider sah sie, wie das Licht von Antonia-Sophies Handy über ihr Gesicht tanzte. Celina – von ihr konnte Ashwa keine Hilfe erwarten; sie konnten sich nicht ausstehen – kicherte.

Ashwa fragte sich, ob es Zufall, einfach Pech gewesen war, dass sie in den Brunnen gefallen war. Oder hatte Marc sie bewusst hierhergelockt, um sich einen Spaß mit ihr zu erlauben?

Sie hatte keine Ahnung, ihre Gedanken überschlugen sich. Warum sicherte kein Schutzgitter den Schacht? Und weshalb war das Loch von Ästen und Blättern verdeckt gewesen?

»Marc?«, hörte sie eine helle Stimme rufen. »Wo steckst

du? Wo kommen die komischen Typen her? Ich dachte, es wird nur eine kleine Abschlussparty, und jetzt ist der halbe Wald voll mit Leuten, die ich nicht kenne.«

Ashwa erkannte die Stimme als die von Mia und schöpfte Hoffnung. Zwar waren Mia und sie nicht befreundet, doch bislang hatte Mia sich ihr gegenüber immer fair verhalten.

Ashwa nahm die Hände vom Gesicht und blickte nach oben. »Mia, hilf mir, ich bin hier unten«, rief sie.

Plötzlich wurde Marc unruhig. »Halt die Schnauze«, zischte er, was Ashwa nur dazu veranlasste, lauter zu rufen.

»Mia! Ich bin im Brunnen!«

Einen Moment später tauchte Mia auf. Sie schob Ole, den wortkargen Norddeutschen mit der Baseballkappe, der erst vor zwei Jahren mit seiner Mutter nach Frankfurt gezogen war, zur Seite. Dann trat sie so dicht an den Rand des Brunnens, dass Ashwa die Spitzen ihrer Doc Martens erkennen konnte. Mia ging in die Knie und blickte skeptisch zu ihr hinunter, wobei sie ihre mit blauen Strähnen durchzogenen Haare hinters Ohr strich.

Absurderweise fiel Ashwa das leichte Sommerkleid auf, das Mia trug und das ihre elfenhafte Figur betonte.

Ein solches Kleid könnte ich nie anziehen. Dazu sind meine Beine viel zu fett, ging es ihr durch den Kopf.

»Was ist denn hier los?«, fragte Mia. »Himmel, Ashwa, bist du das? Wie bist du da unten hingekommen? Bist du verletzt?«

So viele Fragen. Ashwa wusste nicht, womit sie anfangen sollte. Schließlich entfuhr ihr ein Schluchzen der Erleichterung.

Unvermittelt legte Marc einen Arm um Mia und zog sie ein Stück vom Rand des Brunnens weg. »Gut, dass du kommst. Irgendwer hat das Gitter vom Brunnen abmontiert, und Ashwa ist hineingestürzt. Sie hat sich den Kopf gestoßen, aber sonst scheint sie okay zu sein. Hast du ein Seil im Auto? Wenn wir sie da wieder rausholen wollen, brauchen wir eins.«

Ashwa erstarrte, als sie sah, wie Mia sich in Marcs Umarmung fallen ließ und sich wie selbstverständlich an seine Brust schmiegte.

Bis gerade eben hatte Ashwa nicht gewusst, dass die beiden etwas miteinander hatten, doch bei genauerer Betrachtung wunderte es sie nicht. Die selbstbewusste kleine Mia mit der großen Klappe passte so viel besser zu dem sportlichen Marc als sie selbst, die fette *Paki-Fotze*.

Erneut stiegen Tränen in ihr auf; ärgerlich wischte sie sie weg. Sie würde diesem Arschloch nicht hinterherweinen. Doch zu sehen, wie Marc auch noch den anderen Arm um Mia legte, tat beinahe mehr weh als der Sturz.

»Das ist lebensgefährlich«, sagte Mia. »Welcher Penner hat das Sicherungsgitter abgeschraubt? Wir sollten der Polizei Bescheid geben.«

»Bist du bescheuert?«, sagte Marc. »Wir können nicht die Bullen rufen. Wenn die von der Party Wind bekommen, haben wir einen Haufen Ärger an der Backe. Es herrscht akute Waldbrandgefahr, schon vergessen? Das kann richtig teuer werden. Also, was ist jetzt, hast du ein Seil? Vielleicht ein Abschleppseil?« Er schob Mia vom Brunnen weg, sodass Ashwa die Antwort nicht verstehen konnte.

Nachdem Marc mit Mia verschwunden war, dauerte es nicht lang, bis die anderen das Interesse verloren und ihnen folgten.

Ashwa unterdrückte einen Schluchzer und blickte sich im Brunnen um. Zunächst verschwamm alles vor ihren Augen, doch dann riss sie sich zusammen und bemerkte einen aus der Brunnenwand hervorstehenden Stein. Wenn sie sich auf die Zehenspitzen stellte, konnte sie ihn mit Sicherheit erreichen. Vielleicht, ganz vielleicht, würde sie es schaffen, aus eigener Kraft zu entkommen.

Sie streckte sich, packte den Stein und zog sich hoch.

Sofort begannen ihre Arme zu brennen.

Du bist einfach zu fett.

Ihre Füße suchten nach Halt und fanden einen kleinen Vorsprung, worauf das Brennen in den Oberarmen etwas nachließ. Der Brunnen war alt; im Laufe der Jahrzehnte hatten sich die Wände verschoben, sodass an einigen Stellen breite Risse zwischen den Fugen entstanden waren. Sie musste sich nur Stück für Stück nach oben ziehen. Das konnte hinhauen.

Vorsichtig löste sie eine Hand vom Stein und tastete nach weiteren Unebenheiten über sich. Als sie eine schmale Spalte entdeckte, grub sie die Fingerspitzen hinein, doch im nächsten Augenblick rutschte ihr Fuß ab, und sie verlor den Halt. Ein heller Schmerz durchzuckte sie, als der Nagel ihres Mittelfingers abriss.

Ashwa fiel zurück ins Wasser.

Sofort sprang sie wieder auf und ermahnte sich, ruhig zu bleiben. Doch als sie auf das rohe Fleisch an ihrer Hand blickte, wo eben noch ein Fingernagel gewesen war, drohte die Panik sie zu überwältigen. Wild schüttelte sie ihre Hand und watete durchs Wasser, wobei sie kehlige Laute wie ein verwundetes Tier von sich gab.

Plötzlich rieselten Erde und Steinchen auf sie herab. Sie schaute auf und erblickte eine einzelne Gestalt, deren Silhouette vor dem Mondlicht wie ein Scherenschnitt wirkte.

»Marc?«, fragte Ashwa und kniff die Augen zusammen, um besser sehen zu können.

Die Gestalt trug einen schwarzen Hoodie und eine Basecap, die sie tief ins Gesicht gezogen hatte.

»Ole? Bist du das?«

Keine Antwort.

»Bitte, hol mich raus«, flehte sie.

Die Gestalt trat dichter an den Brunnen, so dicht, dass ein Teil ihrer Sohlen über den Rand ragte. Wäre es heller gewesen, hätte Ashwa das Profil der Schuhe erkennen können. Vielleicht wäre ihr das Blut aufgefallen, das in den Zwischenräumen klebte; vielleicht aber auch nicht, denn es war zu einer dunklen Masse geronnen, die man selbst bei Tageslicht leicht für Straßenschmutz hätte halten können.

»Keine Sorge«, sagte die Gestalt, deren Stimme ihr bekannt vorkam. »Niemand wird dir jemals wieder Leid zufügen. Ich helfe dir.«

***

Die dünnen grauen Haare von Falk Bachmanns Vater standen wild nach allen Seiten ab. Seine wächserne Haut wirkte im Mondlicht, das durch einen Spalt zwischen den Vorhängen ins Zimmer fiel, noch fahler als bei Tag.

»Was willst du hier?«, fragte der Alte. Da das Kopfteil des Bettes, eines dieser monströsen Pflegeheimbetten mit Galgen und Haltegriff, hochgefahren war, musste sein Vater sich nicht aufsetzen, um Falk anzufunkeln. »Es ist mitten in der Nacht. Verschwinde, oder ich rufe eine der Pflegerinnen. Die machen dir Feuer unterm Arsch.«

Falk verdrehte die Augen, was einen ersten Anflug von Kopfschmerzen aufziehen ließ. »Erspar mir dein Gezeter«, sagte er und blickte sich um. Neben dem Bett, einer Anrichte und einem Nachtschrank mit ausklappbarem Tisch befanden sich nur noch ein paar alte Möbel seines Vaters in dem heruntergewohnten Zimmer. Es war verdammt trostlos.

Residenz am Huthpark schimpfte sich das Seniorenheim, in dem sein Vater seit einiger Zeit lebte, dabei hatte der dreigeschossige Kasten im Frankfurter Osten nichts mit einem herrschaftlichen Anwesen gemein, sah man von den gepfefferten Preisen einmal ab.

Verdammt, der Alte sieht mehr tot als lebendig aus, schoss es Falk durch den Kopf. Dabei hätte er längst an den Anblick gewöhnt sein müssen. Seit Monaten baute sein Vater ab, und seit mindestens genauso langer Zeit hatte er das Bett nicht mehr verlassen. Trotzdem weigerte sich der Drecksack, endlich abzukratzen.

Was tue ich überhaupt hier? Und wie spät ist es?, überlegte Falk. *Vier Uhr? Nein, eher fünf.* Er blickte auf seine Armbanduhr, doch im Dunkeln konnte er die Zeiger nicht erkennen. In letzter Zeit machten ihm seine Augen sogar im Hellen manchmal Schwierigkeiten, trotzdem ging er nicht zum Optiker. Mit seinen dreiundvierzig Jahren fühlte er sich für eine Lesebrille noch zu jung.

»Was ist mit ihr passiert?«, stellte Falk die Frage, die er seinem Vater seit nunmehr sechsundzwanzig Jahren stellte, ohne je eine Antwort bekommen zu haben. Seine Stimme klang kratzig, die Zunge fühlte sich pelzig an, und der dumpfe Schmerz in seinem Kopf begann in ein Hämmern überzugehen. Die ersten Nachwehen des zurückliegenden Wochenendes. Doch noch zirkulierte genügend Wodka in seinen Adern, um dem Kater Einhalt zu gebieten, und der Alkohol war es auch gewesen, der ihn auf die abstruse Idee gebracht hatte, mitten in der Nacht ins Pflegeheim einzubrechen, um seinem Vater im Halbschlaf eine Antwort auf die Frage nach dem Verbleib seiner Mutter abzuringen.

»Bist du deshalb hergekommen?«, fauchte der Alte. Sein hagerer Körper bebte unter dem viel zu weiten Pyjamaoberteil, dessen dunkles Blau in starkem Kontrast zu den weißen Brusthaaren stand, die aus dem Kragen quollen. Obwohl er ausgemergelt bis auf die Knochen war und nichts mehr mit dem bulligen Hünen gemein hatte, den Falk und sein Bruder in ihrer Kindheit fürchten gelernt hatten, war seine Stimme noch erstaunlich kräftig: »Wann hörst du endlich mit den alten Geschichten auf?

Deine Mutter, diese Schlampe, ist abgehauen. Ich weiß nicht, wo sie hin ist, und es geht mir auch an meinem faltigen Arsch vorbei.« Ein Husten rasselte in seiner Brust, und er griff nach dem Glas auf dem Nachttisch, doch es war leer. »Hol mir Wasser«, keuchte er.

»Ich glaube dir nicht«, erwiderte Falk und senkte die Stimme, als ihm bewusst wurde, dass der Wodka ihn hatte lauter werden lassen. »Sie ist nicht einfach weg.« Er versuchte, sich zusammenzureißen – warum betrank er sich eigentlich, wenn er den Kontrollverlust hasste? – und fuhr fort: »Was ist damals passiert? Was hast du mit ihr gemacht? Sag es endlich. Du hast doch nichts mehr zu verlieren.«

»Verpiss dich.« Die Worte seines Vaters verloren sich in einem neuerlichen Hustenanfall, und bevor Falk dazu kam, etwas zu erwidern, öffnete sich die Tür. Das Deckenlicht ging an …

Thomas Herzsprung

Der Behandler

ISBN 978-3-96032-061-6

Thomas Herzsprung

Der Blutbote

Thriller

Eine grausame Mordserie.
Und nur du kannst sie stoppen!

Nach einem gemütlichen Abendessen mit ihrem Verlobten kommt Jolina Gereke mit dem Auto von der Straße ab. Ein verstörendes Werbeplakat hat sie abgelenkt. Darauf zu sehen: die entsetzlich entstellte Leiche eines Mannes. Obwohl ein Trauma Jolinas früheste Erinnerungen ausgelöscht hat, erscheint ihr das Gesicht des Mannes seltsam vertraut. Überzeugt davon, dass ein psychopathischer Mörder versucht, mit ihr in Kontakt zu treten, wendet sie sich an das LKA.
Hauptkommissar Falk Bachmann, geplagt von eigenen Dämonen, zweifelt an der Zurechnungsfähigkeit der jungen Frau. Für ihn ist Jolina ein Fall für die Psychiatrie, nicht fürs Landeskriminalamt. Doch dann führt Jolina ihn zum Schauplatz des Verbrechens. Als kurz darauf weitere Tote auftauchen, wird klar: Ein Serienmörder hinterlässt blutige Botschaften. Und er hört erst auf, wenn Jolina sich erinnert. Doch an was?
Zusammen mit Bachmann und der Polizeipsychologin Juliane Klawitter lässt Jolina sich auf das mörderische Spiel des Psychopathen ein, das tief in ihre eigene Vergangenheit zu reichen scheint. Aber die Zeit arbeitet gegen sie …